哈巴克达坂

卢一萍◎著

中国文史出版社

目 录
CONTENTS

荒原情歌 127

雷　场 154

七年前那场赛马 169

光荣牺牲 200

2

新 兵 班

1

新兵团开训第一天，凌五斗的傻名就传开了。由于他个子高，所以被排在了第一排的头一名，成了排头兵。那天，新兵班长李打铁详细讲了列队、点名的要领后，问大家明白了没有？新兵们都喊叫着回答明白了。于是，李打铁就大叫道："第一名，出列！"

听到这声口令后，排头兵应闻声正步向前跨出一步，立正，然后其余的战士随他跨出一步，对齐。但李打铁连叫三声，凌五斗都钢钎一样杵在那里，一动不动。

"凌五斗，你为什么不动？"李打铁走到他面前，望着他大声吼叫。

"哦，班长，你刚才是在叫我吗？"

"我不叫你我在叫谁？你的脑子是不是有问题？"

"报告班长，我不叫第一名，我叫凌五斗。我的脑子的确有问题，我在老家乐坝时，被人从台上推下来把脑子摔坏了，从那以后，在我们老家乐坝，他们都把我叫凌傻子！"凌五斗认真地大声回答道。

队伍哗然一笑，弄得李打铁也没把笑止住，好半天才吼叫着对他说："你他妈的听着，这里没有什么凌五斗、凌傻子，在这个整体中，你的名字就叫第一名，明白吗？"

"明白！"

1

但从那以后，每当喊他出列时，他还是反应不过来，待反应过来了，几十秒钟已经过去，因此屡屡出错。但他长得那么高，只能站在排头，李打铁虽然生气，也没有办法。从此以后，大家就断定他真是有点傻了，很自然地得了"凌傻子"这个绰号。

这还没完，有一次操练时，李打铁带队喊"一、二、三、四"的口令，大家跟着喊到四就都收住了，可他却敞开喉咙，接着吼出了三个雷霆般的数字：五、六、七。气得李打铁攥紧了拳头，给了他一记老拳。"凌五斗，你他妈的咋回事，你是不是故意要跟我作对？"

"不是，班长！"

"那请你他妈的改正！"

"是，班长！"

但他就是改不了，只要一喊那口令，他就会把"一二三四"喊成"一二三四五六七"，直听得人心惊肉跳，脊背发麻。

他有时受了李打铁的严厉训斥，也会猛然刹住自己的嗓门，但仍会冒出"五"或"五六"来。把李打铁那张本是黑红的脸气得总是发白，搞得每次会操九班都屈居末尾。李打铁最后只得认命，自叹倒霉。

紧接着，正步训练时，凌五斗又出了洋相。当时，李打铁对全班讲解了正步走的分解动作要领后，发出了"正步走"的口令，口令刚落，全班齐刷刷地把左腿踢了出去。凌五斗由于过于紧张，甩出了右腿，李打铁愤怒地大声喝问道："谁他妈的把两条腿都踢了出来？"

凌五斗犯错已成习惯，见班长发问，有时即使不是自己，也会立马答道："报告班长，是我！"

"你他妈的有本事再踢出一条腿来！"李打铁一边吼叫，一边走过去，朝着凌五斗那条独立的腿踢了一脚，凌五斗泰山崩塌般跌坐在地，似乎才恍然明白，大声叫道："报告班长，我只有两条腿！"他叫出这句话后，立马感到了羞愧，便无言地看着李打铁那张哭笑不得的脸。

李打铁说："我恨不得真给你他妈的踢出三条腿来！"说着，又踹了他两脚才解恨罢休。

凌五斗坐在地上，觉得李打铁愤怒的三脚罪有应得，就任那被踢处自已痛去。

他忽然觉得有些累，忽然觉得当兵真是件不容易的事。他当时还没闹明白冲锋陷阵与把腿踢到严格规定的高度，把手甩到第三和第四颗纽扣之间、立正时非得把中指贴于裤缝有何关系。

就这个问题，他决定专门去请教冯卫东。

冯卫东读过高中，成绩优异，他一直想报考北大，但连考三年都名落孙山，最后不得已才弃文从武，但他是正儿八经的高中生，到部队后很受重视，已做了新兵六连文书。

有一天，凌五斗正和全班一起在冬天的北风中站军姿，远远看见冯卫东上厕所去了，想到那个需要向他请教的问题，就赶紧跑到李打铁跟前，大叫一声："报告班长，我想去拉屎！"

李打铁正和另一个新兵班长谝闲传，听到凌五斗那声吼，惊了一下，有些恼怒地抬起头，盯着他那张撑在高处的脸，盯得凌五斗心里发麻，额头冒汗，忙压低了声音，对李打铁说："班长，对不起，我的声音太大，把你吓着了。"

"你他妈的，就你事多，你说你要去干什么？"

"去拉屎。"

"你个土鳖，那叫厕所。懒牛屎尿多，懒人过场多，快去，五分钟！现在是十点四十七分。"

他大叫了一声"是"，就向厕所飞奔而去。还在厕所门口，就"卫东""卫东"喊起来。

冯卫东没有理他。

他进了厕所，见一矮胖的家伙正扶着自己的家伙要撒尿，愣了一下，一看竟有四个兜，知道是个干部，连忙立正，大叫了一声："首长好！"

四个兜的尿水正要撒出来，这一声问候把尿水又吓得缩回去了。他对凌五斗点点头。凌五斗就在他旁边站定，扯出自己的家伙也要尿，但怎么也尿不出来。而四个兜缩回尿泡里的尿也不出来了，既尴尬又恼火，狠狠地看了一眼站在自己身边这个瘦高的新兵，见他只管悠然自得地扶着自己的东西，一副旁若无人的样子，神思不知道飞到了什么地方。弄得四个兜反而涨红了脸，不知所措，着急了一阵，把自己的东西揣进去，准备从尿槽处退下来。这时，凌五斗好像也感觉到了，连忙从尿槽处退下，还没有扎好裤子，就在四个兜身后"啪"的一个立正，恭恭敬敬地说："首长，请您先尿！"然后就像一根电杆一样站在四个兜身后等着。

四个兜说了声谢谢，重新掏出自己的家伙来，但他身后站着个高个子兵，尿还是不出来，就转过身来，强压住火气，掩饰住尴尬，说："新兵同志，你班长一定不会给你太多时间，还是你先请吧，免得回去挨训。"

凌五斗一听四个兜这么说，忙问："首长，现在是几点？"

四个兜抬腕看了看上海表。"十点五十一分。"

他急得大叫一声："哎呀，马上快五分钟了！哦，完了完了，首长您请！"说完，就飞也似的蹲到冯卫东跟前，冯卫东还悠然地蹲在那里，一边不慌不忙地拉屎，一边翻看着《战胜报》。

因在火车上认识的缘分，凌五斗把冯卫东视为自己最好的朋友。"唉，卫东，看你多好，这么优哉游哉的。想一想，人还得学东西，多一点文化，就会天上人间。告诉你吧，我入伍这么久，还没拉过囫囵屎，你想，每次只给五分钟时间，就是飞跑，路上来回至少也得两分钟，这大冬天的，穿得多，解裤子，提上裤子，怎么着也得半分钟，每次都是三下五除二地拉一通，也不管拉完没拉完，提了裤子就得往回跑。要是碰到厕所人满，那就更倒霉了。"

"那倒也是，我别的优待没有，从从容容上个厕所这优待我们排长还是要给的，半个小时不敢在这里待，二十分钟还是没问题的。也不是想在这儿待着，便秘，没办法！"

"什么叫便秘？我还从来没有听说过，你看你们读书人得的病都和一般人不一样。"

"这是个严肃的科学问题，和你一时半会也说不清楚，说白了，就是拉屎不通畅。"

"拉屎还会不通畅？我只要往厕所里一蹲，嗵嗵，就跟发炮弹一样，全出来了。"他朝冯卫东跟前凑了凑，"嗨，卫东呀，为啥好多东西我就搞不明白？你说这当兵就当兵呗，练射击，练打炮，练投弹，总之，练怎么把敌人往死里杀的本事就行了吧，何苦天天要我们正步走，齐步走，向左看齐，向

4

右看齐，向左转，向右转，向后转，稍有了点空闲，就叫站军姿，那被子松松软软的，盖着多舒服呀，偏得让我们有日没日地压，压得都快成铁板了，盖着一点暖和气都没了，说这叫整理内务。你说，做这些事有啥意思？这些事做好了，就保证能把仗打赢了？"

冯卫东"扑哧"地笑了一声，然后用力清了清嗓子，用很深沉的语调说："军队的本质是作战，它是一架庞大的机器。所有的士兵都是这机器上的零件。为保证机器的运转，就得磨合，做这些事，就是为了磨合。而我们现在连零件都算不上，只是零件坯子，还得加工，精打细磨。直到把每个零件的棱角磨掉，标准了，一致了，才能装配到那架机器上去。到那时，就只有整体，不会再有个体的零件，你只管与那机器一起转动就行了，什么也不用你想，你只需明白前进、后退、开枪、卧倒、向左、向右这些简单的口令就行了。所以，做这些事非常必要。"

"哎……哎，你的话太深奥了，军队就是军队，你怎么和机器扯上了呢？"

"哎，真是对牛弹琴啊，其实，你也没有必要弄明白！赶快回去吧，你恐怕早已超时了！"冯卫东说完，又看报纸去了。

凌五斗叫声："完了完了，我们班长规定了，超过一秒钟，罚站一小时军姿。"他说完，转身就往厕所外冲去。

2

回到操场，李打铁已收了操，凌五斗不知道自己是该站在操场上，还是该回到班里去，愣了一会儿，转眼又过了两分钟。最后，他决定先跑回班里再说。他像炮弹一样射到李打铁跟前，向他敬了个军礼，气喘吁吁地报告道："班……班……长，我跑到操场时你已经收操了，我在那里站了一会儿，赶紧往回跑，到现……现在已超过几分钟啦？"

李打铁动作优雅地抬起手腕，看了看表。"你已超过五分四十一秒，哦，四十二秒、四十三秒，唉，四十四秒了……你自己看着墙上的钟数吧。"

李打铁不慌不忙，任凌五斗数着，自己铺开信纸给女友写起信来。"亲爱的马金花同志！"他每次写信都这样开头。然后是满纸的肉麻话。李打铁每次写了信，必在全班声情并茂地诵读。虽听得像凌五斗之流也浑身起鸡皮疙瘩，但最后还得齐声叫好。

"两千七百一十五秒、两千七百一十六秒、两千七百一十七秒……"凌五斗数秒的声音里已有了哭音。

李打铁仍只管写他的情书，好像凌五斗根本就不存在。

凌五斗含着眼泪把李打铁的信瞟了几眼，把眼泪吞进肚子里，心中不禁有些欢喜，写情书时的班长心情畅快，所以显得宽厚仁慈，和蔼可亲，像一个老大哥。他想班长可能不会收拾他。因此，只管一秒一秒地数下去，任那成百上千秒时间在时光的大河里叮咚流去。

"三千零九十八秒、三千零九十九秒、三千一百秒……"

李打铁暂时搁下笔，把写了一半的信先看了一遍，满意地笑了笑，然后"嗯"了一声，像刚从梦里醒来，看了看表，突然大声对凌五斗吼叫道："行了，白痴，你准备数到死吗？"

凌五斗一下停住了，笔直地站在那里。过了几秒钟，他突然"哇"地大哭起来。李打铁一见，有些紧张，小声问道："你他妈的怎么了？"

他抽泣了半天，才说："班长，我……我……我都迟到三千一百秒钟了，你规定的迟到一秒钟，罚站军姿一小时，我要被罚三千一百小时了，如果我……我一直站下去，我就要站死了，我……"

班长笑了笑，"你他妈的不用担心，站不死的，"他说完，就拿起笔在纸上演算了一番，"我算了一下，你每天只需站五个小时军姿，这样的话，不到两年就可以站完，所以，你不要害怕。"

"多谢班长！"

"那就请你到墙根那里，先把今天五个小时的军姿站完吧。脚后跟并拢，两腿夹紧，收腹挺胸，抬头，两眼平视前方，双手紧贴裤缝。冯卫东，去弄一碗水来，放在凌五斗头上。"

凌五斗木桩样站着。冯卫东好像天生对军队操典和环境气氛就适应，所有科目他一学就会，会后就精，很得班长赏识。他做这些事总是很实在，班长叫端水，他果然就弄来满满一碗水，先小心地放好，再搬来一张凳子，搭在凌五斗身边，小心地把碗放在凌五斗的头顶。

"洒一滴水，再罚站一小时。"班长一边在信封上写着收信地址，一边和颜悦色地说。

　　凌五斗听班长这么说，就忍不住在心里骂冯卫东："冯矮子呀冯矮子，你这不是存心要我的命吗，那么满一碗水，弄得我大气都不敢出……"他接着又骂了许多恶心的话，这些话如果让冯卫东听见了，肯定得跟他拼刀子。这些骂人的狠话，全是凌五斗自幼受乡人和母亲的熏陶，从他们那里学来的。他原来从不骂人，现在这些话不知怎么就冒出来了。

　　一个小时后，凌五斗的脖子开始酸胀，然后全身酸痛，最后终于麻木，没了知觉。但他的头脑却异常清醒，他有一个不能改变的意识：我必须挺住，挺出水平，保证头上碗里的水不洒一滴。他还想，这是班长为了把他培养成一名威武不屈的革命战士，正在训练他如何忍受敌人的刑罚。这使他显得十分高兴起来，一下子有些得意忘形了，这一忘形，头动了，头一动，碗里的水便当头流下来，有一股水像一条冰冷的蛇，从他脖子里流进去，沿着脊背，滑过裤腰，顺着屁股、大腿、小腿一直流到了鞋子里，他禁不住打了个激灵，然后，那只装满水的大铁碗从他头上"哐"的一声掉到了地上，"丁零当啷"一直滚到了床下面。

　　水泼洒了他一身，但他仍像铁柱一样立着，只从内心发出了一声惨叫："妈呀，完了！"

　　全班人的脑袋一下子从各个方向转向了他，都看着他那颗水淋淋的脑袋。

　　李打铁像一个从美梦里惊醒过来的人，痴愣了好一阵，把凌五斗看一眼。但李打铁没有吼他，只轻声问道："你小子，咋了，受不了啦？"

　　凌五斗把迷蒙住他眼睛的水擦了，大声回答道："是的，班长！"

　　李打铁好像没有听见，他转过头去，问冯卫东："刚才这碗水有多少滴啊？"

　　冯卫东"嗖"地站起来，毫不犹豫地回答道："报告班长，大概有一千滴！"

　　"不能大概，说得精确一些！"

　　"报告班长，应该有一千五百二十一滴！"

　　"好，知道了，你再去给凌五斗同志的头上放碗水。"

　　凌五斗一见李打铁那么宽宏大量，顿时感激涕零："班……长，多……多谢了……"

冯卫东把满满一碗水再次放在了凌五斗头上。

"快别感动了，不然你头上的水碗又得掉下来，哦，对了，你可以一边站着，一边算一算，加上那三千一百个小时，你现在要多久才能站完。"他说完，转过身去，划拉了几笔，站起来，像一个要朗诵杰作的诗人，激动而亢奋地来回踱了几圈，"啃吭啃吭"地清理好嗓子，说："大家都坐好了，然后听我给你们念本人写给我老婆的情书，若有不足之处，你们要当面指出，不能因为我是班长就不说实话。在这些方面，我们要体现民主精神。所以，因此，你们要珍惜这个表达意见的机会。"

全班都面向他端坐着，齐声答道："若有不足之处，我们一定当面指出，绝不因为你是班长就不说实话。在这些方面，我们要体现民主精神，珍惜发表意见的机会。"然后，大家都做出洗耳恭听的样子来。

"啊，这碗水掉得真是时候，正碰上班长高兴地把情书写完，正碰上班长准备念情书，不然，非得挨一顿老拳不可。"凌五斗一边看着冯卫东钻到床下去捡自己的大铁碗，一边暗自得意地想。看到冯卫东的那个碗有好几处的瓷摔掉了，他得到了安慰，"谁让你个遭天杀的遭雷劈的遭水淹的把水弄这么满，真是活该，这叫报应。"

"好，同志们，我开始念了啊，啊，不行，下面一段省略——省略三百一十五个字，在天愿作比翼鸟，在地愿作连理枝，千山万水挡不住一个革命军人对你的思念，万水千山隔不断一个革命军人对你的革命情谊，你是我心中的凤凰，你是我心中的孔雀，即使不是，也是画眉和喜鹊，你在我心中的魅力就是七仙女也比不上，我多想变成一只在天空飞翔的雄鹰，飞到你在下马坡公社的家里，与你——以下省略——嗯，我数数看，一、二、三……一百一十一、一百一十二、一百一十四，共省略一百一十四个字，致以革命的敬礼！即将成为你革命伴侣的：李打铁。"

班长激动万分地念完，问大家："你们觉得怎么样？"

"好！"大家齐声答道。

"有没有不妥之处？"

"没有！"

这时，凌五斗突然说："报告班长，有个地方不对！"

"能有吗？"

"报告班长，有！"

"你说说看！"班长的脸有些挂不住了。

"是魅力，不是鬼力。"

"哦，凌五斗同志的这个意见提得非常正确，我老婆是下马坡公社革委会主任马致远的千金，她现在是供销合作社的售货员，我不能在她面前出错，显得我们真是没有文化的臭当兵的。所以你是一个好同志——一个并不太傻的好同志，你过来，给我说说这个字是怎么写的？"

凌五斗被班长如此表扬，激动得满脸通红，心中纷乱莫名，似有千军万马从他的心田上奔掠而过。他平时走路总是"咚咚"直响，而今却发起飘来，行走无声。他感觉自己像云一样飘到了班长跟前，而头上那碗水竟然一滴也没有洒下。他拿起班长的英雄牌钢笔，用颤抖的手写下了"魁"字。

"啊，二傻，本班长得对你刮目相看呀！"

"多谢班长夸奖！"凌五斗的声音也发飘了。

班长把那个字仔细瞅了一阵。"我咋觉得这个字也不太对劲呢？冯卫东，你过来看看！"

冯卫东一看，就说："班长，凌五斗写错了。"然后，拿起笔来，"刷刷刷"写了个"魅"字。

"哈哈，还是冯卫东有文化啊。"

凌五斗听罢，身体不飘了，那碗水不偏不倚，"咣当"一声，正好掉在班长写的情书上。

班长吃惊而又恼怒地盯着他，新兵们也都不吭气了，屋子里突然静得连一根针掉在地上的声音都可以听见。

凌五斗的冷汗一下子冒了出来，他身体发抖，嘴巴哆嗦了半天，想说什么，但一句话也没有说出来。

"你说，你他妈的是不是有意和我过不去？"李打铁对他吼叫道。

"不……不……"

"你他妈的就是白痴，你说怎么办？"

"我……"

"冯卫东，你说说看，这一碗水有多少滴呀？"

"报告班长，一千五百二十一滴！"

"是吗？就那么几滴？"

"报告班长，两千五百滴。"

"是吗？"

"报告班长，准确地说，应该是三千滴！"

"你他妈的也变成傻子了吗？这么简单一个问题都说不准！哪有那么多？我们要实事求是，我估算一下，最多只有两千九百八十滴。"

冯卫东赶紧说："班长说得非常准确！"

李打铁在一张信纸上演算了一番，怒气消了一些，他拍了拍凌五斗的肩膀说："五斗同志，现在你得做好思想准备了，如果你每天站五个小时，要一千五百天才能站完了。"

"我……"凌五斗已说不出话来。没人打他，但他的整个脸都变形了，右眼变小了，右边的嘴角向上扯去，看上去像一个长得很不规则的土豆。

李打铁没有理他，十分心疼地抖了抖情书上的水，然后重新铺开信纸，忙着重新抄写情书。他连眼皮也没抬，就说："好了，滚过去站你的军姿吧。冯卫东，在他的头上再放碗水。"

凌五斗歪着脸给班长敬了个军礼，歪着嘴答了声是，站到墙根去了。冯卫东自然又把满满一碗水放在了凌五斗的头上，而凌五斗似乎已经认命，没有再在心里骂冯卫东。

3

李打铁的对象马金花，年方三七，生得胸高臀肥，腰细腿粗，脸大眼圆，唇丰齿白，鼻子扁平，泼辣野性，可算一漂亮乡野女子。因为她老爸是公社革委会主任，她自然也就在初中毕业后就职于下马坡供销合作社，任售货员。

李打铁出任新兵班长刚一个月，马金花就以为供销社采购物资为名，坐了火车坐汽车，不远万里专程来到部队，"顺便"看望他来了。名为来看望，实则闹吹灯。她一到班里坐下，就不停地看李打铁花了血本为她买的那块上海牌手表。她那么注重时间，好像战场上的一位指战员。她原准备坐半个小时、把话给李打铁挑明了就走，但到班里坐下后，才发现李打铁原来是个颇有权势的人，在他的领导下，班里的内务整洁，战士们对他敬畏有加，分手的决心就发生了动摇。她开头只叫班长的大名，语气很冷，搞得班长很紧张；然后就叫班长的小名大柱子了，大柱子长大柱子短的，班长提醒她，她也改不过来，但可以感觉出来，班长听着很舒服。

她把班里每个战士的被子都很小心地摸了摸，说："大柱子，我刚看到你的部下能把被子叠成这个样子，还以为是假的呢，没想到你个大柱子也能把部队弄得这样规整，我以为你还是老家的那个草包熊样呢，没想到在部队出息了啊，你现在是什么级别的干部啊？"

"中国人民解放军 KL 防区新兵团二营六连三排九班班长。"

"你前次写信还说副班长都没当上呢？我的妈呀，没想这么快就当上班长了，你大柱子家祖坟冒青烟了吧，你怎么不写信告诉我呢？"

"上个月命令刚下来，要训练新兵，实在太忙了，前天给你写的信，信正在路上走着呢。"

"实话跟你说吧，这次是我爹让我来跟你闹吹灯的，现在恐怕不是我吹你，而是你吹我了。"

"难怪你刚来的时候，说起话来冷得像冰坨子一样，我可不是那么没良心的人，更不是陈世美，我从来没有想过要离开你。"

"大柱子你真好！"马金花的眼睛亮得像宝石一样。

马金花一进到班里，就注意到了凌五斗，她朝他看了好几眼，都以为是个模型。但她又一眼看过去时，发现他眨了一下眼睛，觉得很惊奇，又看了几眼，他又一动不动了，她就怀疑是自己看走了眼。

当时，凌五斗的站功已经很了不起了，可以一站五个小时纹丝不动，他感觉自己只要往墙根一站，把水碗往头上一放，就进入了一种他自己都无法言说清楚的境界，只觉得自己好像不存在了，已经融入了一种透明的空间里，人世与他隔得很远，就是有时候虫子爬到他的脸上或身上有些发痒，他也只有轻微的感觉。班长把他的女友带到班里来的时候，他们像是来到他梦境中

11

的人，后面的一切场景都像是在梦境里。

马金花总觉得凌五斗这个"军人模型"太像真的，她对这尊"模型"产生了浓厚的兴趣。她突然产生了一个想法，如果真有这样的军人模型，她想让李打铁送给他一尊，她带回老家去，可以好好炫耀一番，还可以放到他四哥任经理的县国营红旗照相馆里，这样肯定能吸引很多人来跟这个军人模型合影，这样，四哥照相馆的生意就会火爆起来。当然，如果能有一尊像真人一样的女军人的模型就更好了，下马坡的小伙子都会把与女军人合影视为最大的荣耀。想到这里，她忍不住站起来，走近凌五斗，摸了摸他的手，忍不住在心里赞叹道："我的妈呀，这做工也太好了，这皮肤跟真人的皮肤一模一样，还是温的，简直和真人没有任何区别……"

李打铁和其他战士不知道她怎么突然有了这样一个举动，都有些惊讶。

凌五斗感觉梦境中似乎有个女人像天仙一样向他走来，他觉得她像袁小莲。一想起她，他的心里就有些甜蜜，就觉得自己满肚子里都是糖水。

好在马金花没有继续摸下去，他回过头来，对李打铁说："大柱子，这个军人模型不错，简直比真家伙还要真，你能不能给我搞一对？一男一女，我带回去放到我四哥的国营红旗照相馆里，让人们搂着他们照相，保准生意火得不得了。"

因为马金花莫名其妙地跑过去摸了凌五斗的手，李打铁心里开始还有些怪怪的感觉，心想：你个马金花，身为班长夫人，对我的部下也至少应该保持一点距离。听她这么说，他明白是怎么一回事了，忍不住哈哈大笑起来，其他战士听后也没忍住笑。

马金花觉得他们笑得有点莫名其妙，她不解地问道："有什么好笑的！我不就是想要一对解放军模型吗？"

李打铁终于忍住了笑，说："我这里站着的，可不是个模型。"

马金花不相信，又走过去，摸了摸凌五斗的脸，说："这不是个模型，难道还是个真家伙？"她有些生气，"大柱子，你不要骗我了，你不愿意帮我四哥的忙就算了。"

李打铁又笑了："我哪会骗你，那的确不是模型。"

"我看他这么久了，一动没动，是真人的话哪能做到？"

"但我调教的部下就能做到。"

"难道他这是在练功？这是练的什么功啊？"

"铁桩功！"

"那你为什么只调教他一个人呢？"

"他犯错误了，这是惩罚，每天罚站五个小时。"班长有些自豪地说完，从烟盒里弹出一支香烟来，冯卫东马上掏出火柴，小心地把香烟给他点上。班长悠然地吸了一口，借用了吴建德政委前不久讲过的话，说："带兵必须要严，自古以来，慈不掌兵。"

马金花盯着李打铁，眼睛里闪烁着崇敬的光芒。在那个时刻，她的大柱子在她心目中变得异常高大，这个堂堂下马坡公社革委会主任的千金一下子变得自卑起来。但他还是有些不相信凌五斗是个真人，她站起来，还想去摸一摸。

"马金花同志，你坐好吧，你马上就可以知道他是真的还是假的了。"李打铁说完，叫了一声："凌五斗！"

凌五斗正沉浸在对袁小莲的思念之中，班长天神一样的叫声把他唤回到了现实里。他大声应了一声："到！"

"过来！"

"是！"

凌五斗以标准的、但有些僵硬的齐步走姿势走到班长跟前，他头上的水竟然没有洒下一滴！

"哇——"马金花吃惊地叫了一声，她觉得这太不可思议了，好像凌五斗是由一具模型突然间变成了活人似的。

"把头上的水取下来吧！"

"哎呀，他头上还顶着满满一碗水啊！这么满一碗水，他走过来竟然没洒一滴。"马金花吃惊得张大了嘴，她的嘴型夸张而又性感。

班长一听，更是自豪得不行，他朝房间里的战士问道："凌五斗站了多久？"

冯卫东马上站起来，"啪"地立正。"报告班长，凌五斗同志已站了四小时四十三分钟！"

班长拍了一下凌五斗的肩膀，和气地说，"凌五斗同志，你今天表现不错，看在我对象马金花同志不远万里亲自到部队来看望我的分上，今天没有站完的时间你就不用站了。"

"多谢班长！"凌五斗给班长敬了个军礼。转身看见了坐在班长床沿上的马金花，有些惊讶，他的脸一下子红了，他低声问道："袁小莲，你真的来了？"

马金花哈哈笑了，"我不叫袁小莲，我叫马金花。"

其他的战士也跟着马金花笑起来。凌五斗的脸更红了，红得有些发紫。"哦，我知道，你是班长的对象，班长常常念想你，就像我念想我的媳妇袁小莲一样。"他像是刚从梦里醒过来。

"是吗？"马金花幸福地盯着班长，问道。

班长没有回答她，"嗖"地站起来，一步跨到凌五斗跟前，"袁小莲？袁小莲是谁？"

凌五斗笔直地站定了。"报告班长，袁小莲是我们乐坝大队的社员，我和她是我当兵前结的婚，结婚前，她一直喜欢我们乐坝小学的北京知青柳文东老师，但柳老师被推荐到北京读书去了，我和袁小莲结婚前，他回来了一趟，然后又走了。他走后不久，袁小莲就嫁给了我。我常常念想她。我每次念想她的时候，心就痛得不得了！"他说完，已泪流满面，他肚子里的泪水已经满了，从他的眼睛里涌了出来。

班长听完，根本不相信凌五斗已经结了婚，对他说了声："扯淡。"

"报告班长，我没有扯淡。"

冯卫东站起来，"他在火车上也说他结过婚，但我们都觉得他是在耍幽默。"

"没有叫你说话！"班长用威严的口气呵斥了冯卫东，然后转向凌五斗，"你说你结过婚，你说说，结婚是个啥感觉？我们可都是没有结过婚的。"班长说完，看了一眼马金花。他看到马金花的脸红了。

这个问题显然是不好回答的，凌五斗想了想，说："结婚……结婚就是不再害怕晚上睡不着觉了。"

班里一点声音也没有，马金花的眼圈变红了。

班长听罢，好像也受到了触动，他站起来，拍了拍凌五斗的脊背，说："凌五斗，你真能扯淡，好了，从今天开始，你不用站军姿了。"

凌五斗有些不解，他问道："班长，你罚我站军姿是应该的，我还没有站完！"

班长说："你已经站好了！你看，你刚才顶着满碗水走到我跟前，一滴也没有洒出来。这没有人能做到。"

凌五斗听了班长的话，憨憨地笑了。

4

李打铁要马金花没什么事情就赶快回家去，但马金花还想待几天，班长向连队请示后，把她送到了部队招待所。

招待所在营区的西北角，是那种老式平房，比较简陋。进到招待所的房间里，马金花就把班长抱住了，一边在他脸上乱亲，一边低声叫着："大柱子，大柱子，你真的像你班里的那名瘦高个战士所说的，常常念想我吗？"

今天免除了对凌五斗的惩罚，班长不知道为什么心里很高兴，他突然觉得自己变了一个人，而这得归功于马金花的到来，不然，他会把对凌五斗的惩罚进行到底。但看到马金花这个样子，他还是有点顾忌。他低声说："我念想你有什么用啊，你这不是吹灯来了吗？"他一边说，一边想把马金花搂着他脖子的手拿开，"这是部队，顾点影响！看你这个样子，像要把我吃了。"

"部队又不是庙子，我就是要把你吃了呢，整个儿吞到我肚子里去，把你怀上，再生出来……我也想晚上睡不着觉的时候不害怕。"马金花说完，不停地亲着班长。

"金花，我也想，可这大白天的……"

"那你晚上过来。"

"晚上招待所要锁门的，何况，我还有一班人马呢。"

"这是平房，从窗户上爬进来吧，来陪我一会儿，你再回去。"

"好吧，我得回去了。"说完，他就往班里跑去，一路上，引起很多人的侧目。回到班里，全班人都吃惊地望着他。

"看什么看，做自己的事。"

大家都不说话了。这时，只听凌五斗说："报告班长，我有件事情要跟你报告。"

"说吧！"

"报告班长，你脸上全是红印儿。"

"什么红印儿？"

"就是……就是女人嘴巴印上去的红印儿。袁小莲用嘴巴亲我的时候，我脸上也会有。"

班长一听，忙掏出镜子来照，"啊，他妈的，真有啊，不过，这个红印儿呀……好了，我自己知道了，什么女人嘴巴上的红印儿啊，刚才我到连长那里去，摸了印泥，不小心弄脸上去了，呵，干你们的事情吧。"他说完，一边洗脸，一边很幸福地在心里骂了马金花。

这一晚，班长不停地翻身，一直没有睡意。这一晚，凌五斗也破天荒地失眠了，但他不敢翻身。

他满脑子都是袁小莲的影子。就这样，到了半夜他才蒙蒙胧胧有了睡意。正在这时，他看见班长悄悄起了床，飞快地跑进了月光里。凌五斗更加念想袁小莲了，他不知道他多久才能见到她。

两个小时后，班长悄悄地溜了回来。他躺到床上，一个人偷偷地笑了两声，然后就打起了如雷的鼾声。唯有凌五斗盯着从窗外爬进屋子里的一缕寒意凛冽的月光出神。

这样一来，那马金花原说只待一天的，最后却住了七天，直到团里过问了，他们才依依惜别。班长一下子瘦了一圈，神采也没先前好了，但对班里的战士好了许多，像个兄长，而不像个班长了。

5

新兵训练结束后，整个新兵大队都要举行会操和阅兵典礼，在新兵三连，凌五斗个子最高，他无疑是全连的排头兵。他这里一稀拉，连队就会失去精气神。新兵连长钱卫红不想让凌五斗参加，但团里已经强调过，任何人不得缺席。钱卫红就把李打铁叫过来，要他无论如何把凌五斗的"孤僻动作"纠正过来。李打铁答应了，但心里并不抱什么希望，他知道，如果凌五斗的孤僻动作能改过来，他就不叫凌五斗了。

所谓"孤僻动作"，是个军语，有些类似于一个人长年养成的坏习惯，很难轻易改掉，即使有时候觉得自己已经改掉了，如关键时候不小心，又会重犯。

李打铁一再给凌五斗说，只要连长喊第一名，你就要立即大声答到，向前跨一步，立定，这样，全连才能向你看齐。至于喊口令的问题，班长认为最好解决，就是要凌五斗牢记只张嘴不出声就行。

凌五斗说："班长，你放心吧，我记住了。"

就上述两个动作，李打铁把他训练了上百次，凌五斗都做得很好，他舒了一口气，觉得这个大难题终于解决了。

那天会操时，凌五斗做得很好，没有出现任何纰漏，但阅兵时还是出了问题。当钱连长带着像钢铁铸成的新兵六连方队正步走过阅兵台，高喊"一、二、三、四"，全连雷鸣般地跟着高喊，前来检阅的 KL 防区参谋长正要致以赞许的微笑，举手还礼时，凌五斗冒出了他非常有力的"五"，他觉出了不对劲，才把紧接着的"六"和"七"硬憋进喉咙里去了。

他这一喊，大操场上近千人的队伍一下骚动了，如果不是纪律严明，所有人都会爆笑起来。

参谋长的脸一下子僵住了。整个六连则像被扒光了裤子，新兵团也只剩下了内裤。肖怀时的脸由黑转青，由青转白；钱卫红气得差点晕倒。

阅兵结束后，参谋长在军人大会上，对新兵团进行了严厉批评，说新兵训练都结束了，连最基本的东西都没有解决好。肖怀时对六连的批评更为严厉。钱连长气愤不已，他对凌五斗说："凌五斗，我他妈的对你的评语只有一句，我现在就可以告诉你，我现在相信了，你他妈的的确是个百分之百的大傻逼！"

凌五斗自喊出那个"五"后，就一直在心里痛骂自己，直骂得自己体无完肤，痛哭流涕。连长给他那个评语时，他正热泪长流。他不知道怎么表达自己的愧意，流着泪，瞪着钱连长，"啪"地一个立正，敬了个军礼，横空里冒出一句："报告连长，我的确是，谢谢连长！"

钱连长和全连都愣了半晌，然后忍不住大笑起来。他自己又愣了半晌，也忍不住破涕笑了。他人高嗓门大，开始笑时，因为心怀羞愧，有意压制着自己的笑声，但过了没多久，他就把什么都忘掉了，所以就放声大笑起来。那声音把大家的声音都盖住了。他哈哈大笑，笑得痛快淋漓。大家都止住了笑，惊骇地盯着他。他仍然忘乎所以地笑着。大家更加吃惊地瞪着他，眼睛越瞪越大，好像平地里冒出了一个只会大笑的怪物。他像成熟的高粱，一次次笑弯了腰。好几分钟过去，当他猛地抬起头，见大家都没有笑，全都瞪着他看时，才戛然住口。他显得不知所措，愣了半晌，像是明白了什么，又"啪"地一个立正，一本正经地、满怀愧意地说："报告连长，我笑错了！"

6

凌五斗在阅兵时叫的那声"五"，使他从此在新兵团出了名。他的绰号"凌傻子"也很快被所有人知道了。凡遇他的人，如是干部，就会笑着，用一种特殊的眼神看着他。如是战士，则会冲他喊声"一二三四五"。他听到那声喊，开始不好意思，久了，就会向别人友好地笑一笑，好像这件事与他没有任何关系。

新兵下连时，所有的连队都不要他。最后，只好把他分配到K团生活服务中心的养猪场去养猪。他有些不情愿，认为他原来在生产队就养过猪，而专门养猪，则是大队养猪场张麻子干的事。张麻子是他最讨厌的人，因为他身上总有一股子猪下水味儿，一身劳动布衣服一年四季都是明晃晃的，随时随地都是副油腻腻的嘴脸。

凌五斗原来不知道部队也养猪，他想他是来当兵的，从没想过要来干这个差事。

生活服务中心的李主任对他说："五斗同志，你连口令都不会喊，除了干这个，你还想干什么？想当将军吗？"

"不敢想，但我喜欢打仗，我想用手中的钢枪保卫祖国。"

李主任听他这么说，忍不住笑了，说："你要打仗，那就等第三次世界大战打响了再说吧，现在，你把这七十八头猪养好了，领导就会很高兴。你就把它们当作你的部下吧，这样，你可了不得了，一下带了七十八个家伙，相当于干上连长了。"

他听主任这么说，一下子兴奋起来："哦——，是吗？"

18

李主任带着他检阅了每个猪圈里的大猪小猪，最后对他说："这七十八个家伙就交给你了，你一定要记住，这些都是部队的财富，你要像爱护自己的生命一样爱护它们。"

那些猪都很瘦，差不多就是皮包骨。这是他的前任猪倌不负责任造成的。但他没有说什么，只对李主任说："主任，我记住了，你放心吧！我喊口令不行，干这活儿还是在行的，三个月内，我保证把它们喂得膘肥体壮，让你满意。"

凌五斗马上忙活开了——把堆积如山的猪粪运走，把猪圈冲洗干净，到各连去收集剩汤剩饭，把水烧开给猪兑饲料……几天下来，饲养场就变了样。李主任一见，很是高兴，咧着嘴说："五斗啊，你干得不错！你很实在，能吃苦，只要你这样坚持下去，三年服役期满了，我保证让你提干。跟你实说吧，在这部队，就是干这些与军事无关的事情最能出成绩，不瞒你说，我也是新兵下来就养猪，养了整整五年——那五年，团里三分之一的肉食实现了自给，我因此成了干部。我那些老乡开头都瞧不起我，但他们一个个回老家修地球去了，就我吃上了皇粮。"

"我一定向主任学习，一定把猪养好！"

李主任的话更增添了凌五斗的干劲，他什么也不想，只想着怎么把猪养肥。有一次，他对李主任说："七十八头猪也是养，一百头猪也是养，您再买二十二头，凑个整数吧。最好都买母猪，当然，里面得有一头公猪。"他摸了摸脑袋，想了一阵，接着说，"我有个想法，我想扩大养猪场的规模，但又不能让部队投钱，以后，小猪多了，有些猪仔可以卖给附近的老乡，这样，不但可以保障部队的肉食供应，还可以赚些钱补贴到生活服务中心来。"

李主任听了他的话，很是激动，大声说："凌五斗，你很有想法，很有想法啊！我支持你，明天，我们俩就买猪去！"

在养猪场的猪增加到一百头的当天晚上，凌五斗给母亲和袁小莲写了一封信。大意是说，自己现在在部队得到了重用，管着一百号家伙，主任说，相当于一个连长呢。

信寄到的那天，春天已经来了，袁小莲赶场时，街上那个秃头邮递员叫住了她，说有她的一封信。他笑着对袁小莲说："一看就是凌五斗来的信，这个傻子，去部队这么久了，还是第一次来信呢。"

7

凌五斗在乐坝就喂过猪，部队让他喂猪，也算发挥了他的专长。他也的确是个喂猪的好手。三个月后，那些猪就被他喂得油光水滑，干干净净，十分可爱，猪们再也没有因饥饿而嘶叫过，听到的只有它们幸福的歌唱。这喜得李主任眉飞色舞，说这养猪场终于重现了他当年的辉煌。

有一次，团长刘思骏散步到了养猪场，挨个猪圈看了，一边看一边说："好，好，好！"说完，对诚惶诚恐跟在身后的凌五斗说："小伙子，好样的，那天检阅时你口号喊错了，但你养猪养得很好，这也不错。你要继续努力，争取在平凡的岗位上做出不平凡的业绩。"

凌五斗连忙立正，敬礼，说："请团长放心，我一定不辜负您的期望！"

团长走后，凌五斗对一头即将产崽的母猪激动地说："哈哈，团长亲自来这里视察了，不但没有计较那次我在全团阅兵时喊'五'出丑的事，还夸奖了我。你是个老母猪了，要给其他母猪带个头，给我下它十来只肥嘟嘟的小家伙，好让我壮大队伍。"

他对那头母猪特别关照，母猪快临产那两天，他日夜守护，两天两夜没有合眼。那母猪知恩图报，竟一窝产了二十五头小猪，且全部成活。据说一头猪一次产这么多小猪是很少见的，引得全团官兵纷纷前来参观，最后还引来了喀什地区农科所一位搞畜牧研究的研究员前来证实，并拍照。凌五斗自然高兴，乐得闭不上嘴，引得好多人都说，看他那个高兴样儿，好像是他老婆一次给他生了二十五个儿子。

这养猪场一时成了全团最热闹的地方。凌五斗也很自豪。但三天后，母猪不来奶水了。小猪一时没了奶吃，全像断了奶的婴儿一样乱叫，叫得他心如猫抓，忙把自己存下的十三元津贴费取出来，跑到供销社去买奶粉。售货员见他一次买那么多奶粉，很是高兴，就没话找话说："啊，解放军同志，恭喜你了，一定是当爹了吧！"

"没，没……我才二十六岁呢……"

"二十六岁早该当爹了。你一下子买了这么多奶粉，得的一定是双胞胎吧？"

"岂止是双胞胎，你也太小看人了，一下子生了二十五个！哦，我得赶回去喂奶了，多谢你啊！"他想起嗷嗷叫的小猪，一边说着，一边抱起奶粉就往回跑。

售货员听了他的话，"啊"了一声，惊讶得半天没有合上嘴。

凌五斗买回奶粉，就给小猪们一头一头地喂，二十五头小猪喂完得大半天。后面喂完了，前面喂过的小猪又饿了，自下午开始他就没有闲过，终于把那二十五头小猪喂饱，但他自己已累得撑不住，倒在地上，呼呼睡着了。

政委吴建德听说老母猪一窝下了二十五头小猪，那天早上就转到养猪场来视察，见凌五斗正倒地呼呼大睡，二十五头小猪跟他挤在一起，也安静地睡着。唯有那头英雄的母猪见自己的孩子"有奶便是娘"，正在圈里生气地徘徊。吴政委正纳闷，这凌五斗咋在地上睡觉，正想把他叫醒，发现了筐子里的奶粉和他紧紧握在手里的奶瓶，顿时明白了。他非常感动，这个新闻报道员出身的政委，觉得这场景很好，就悄悄回去，拿了宣传股的相机，把这个镜头拍了下来。然后，他才叫醒了凌五斗："喂，小伙子，这地上这么潮，怎么能睡？快起来到床上睡去。"

凌五斗迷迷糊糊地睁开布满血丝的眼睛，一见是吴政委，像一根骤然绷紧的弹簧，"腾"地一下站立起来，敬了个军礼，说："首长下午好！"

小猪一下子惊散了，但很快又聚集在他的周围。

"这是下午吗？已经是早上啦。"吴政委和蔼地提醒他。

"哦，首长早上好！"

"怎么回事啊？母猪没奶吗？"

"报告首长，它原来是有奶的，但昨天中午十二点三十六分就不出奶水啦。"

"知道是什么原因吗？"

"报告首长，不知道，但我想了一下，可能是来参观的人太多，被惊扰了。首长，您想，这么多人来看它的小猪娃，它肯定不放心，心里一急，奶水就没了。"

"这奶粉是谁买的？"

"报告首长，是我昨天下午一点二十分到供销社去买的。"

"花了多少钱？"

"报告首长，花了十三块钱。"

"都是谁的钱啊？"

"是我自己的钱。"

"你自己的钱怎么舍得呢？"

"报告首长，小猪没奶吃，就像没奶吃的小娃娃一样又哭又叫，可怜得很。"

"好吧，今天我就通知全团，不准谁再来参观，你回房子去休息，我让人来帮你。"

"多谢首长，我已经睡好了，我是养猪的，应当由我来干，何况这些小猪娃都娇嫩得很，别人没个轻重，我也不放心。"

"你真是个好同志啊！"

"多谢首长表扬！"

凌五斗又忙着伺候那些小猪去了。吴政委在养猪场转了一圈，见到处干干净净，几乎闻不到猪粪味儿，非常满意地走了，他一边走，一边说："谁说这凌五斗是傻子呢，这是个很好很可爱的小伙子嘛。"

8

不久，吴建德政委亲自拍摄的凌五斗累倒在猪圈里的照片配着他亲自撰写的七百多字文字说明的新闻报道，就出现在了好几家报纸的头版或二版上。吴政委让宣传干事把那些报纸送给凌五斗。宣传干事领命前往，在猪圈里找了好几遍，也没有把凌五斗找见，任他怎么喊，也没人应答。他正要离开，看见一群小猪从水池边慌慌张张跑回来，有几只小猪还一边跑，一边抖着身上的水。他就想凌五斗可能在水池边，就朝那里走去。奇怪的是，这些小猪见他往水池边走，也就跟着他往水池边跑去。

那水池是团里准备用来养鱼的，有两个游泳池大小，两三米深。宣传干事见水池中有个地方正在冒泡，心想不好，把帽子一甩，没脱衣服，就跳了下去，游到那里摸索了一阵，终于摸到了一个人，拉到岸边一看，果然是凌五斗。他虽已昏迷，但手上还紧紧地抓着那头落水的小猪。那干事背起他就往卫生所飞奔。宣传干事在前面跑，剩下的二十四头小猪则跟在他身后，到卫生队门口才停住了，像失去母亲的孩子一样在那里徘徊哼叫。

凌五斗并不会游泳，但他为了救那只不慎落水的小猪，奋不顾身地跳进了养鱼池中，差点献出了年轻的生命。已认识他的吴政委，听了宣传干事的报告后，说："多好的战士，真不愧是凌老英雄的种啊，我要给他立功！"

当时，凌五斗躺在卫生所的床上，正在做梦。

他本来应该梦见自己立功的，他却梦见自己死了。他死后边防K团马上给KL防区打报告，要追认他为革命烈士。但防区很快就否决了，认为他为救一头小猪——而且没有把小猪救起来——死得太轻率了，如果追认为革命烈士，这太荒唐。防区不但没有通过，还把这件事作为事故通报所属部队，大意无非是说K团缺乏安全意识，导致新兵凌五斗被水淹亡，防区各单位要以此为戒，杜绝此类事故再次发生云云。

他因此没能进入烈士陵园，被埋葬在营墙外靶场里的一座小山冈上。除了部队打靶的季节，那里一直是荒凉的。那里有很多战士牺牲后没能进入烈士陵园的坟墓，立着制式的、简陋的水泥墓碑。

安葬他的战友走后，他崭新的坟茔随即陷入无边的孤寂里。即使这样孤寂，他梦里也在想着，千万不能让母亲和袁小莲知道他的死讯，不然，她们会伤心死的。正当他这么想着的时候，袁小莲向他的坟茔走来了。她穿着一身白色的衣服，怀里抱着一大束野花，眼睛早已哭红了，因为过度伤心，她的身体显得十分娇弱。

她把野花放在凌五斗的墓碑前，捧了三把土，撒在他的坟上，然后，就坐在坟前的阳光下，轻轻地为他唱了一首他从没听过的民歌：

田野上的花儿哪里去了？

被好看的姑娘摘走了；

好看的姑娘哪去了？

被当兵的带到军营去了；

军营里那些当兵的哪里去了？

23

他们到坟墓里去了；

他们的坟墓到哪里去了？

他们的坟墓被花儿盖住了。

她一遍又一遍地唱这首歌，直到夜幕降临，也没有离开……

凌五斗醒来时天已黑了，他哭着叫了一声："小莲……"发现枕头已被自己的泪水浸湿，然后他听到了军营里的熄灯号声。当他意识到自己并没有死，而只是做了个梦的时候，他高兴得笑了。

外面月光如水，十分安静。他打量了一下房间，用耳朵听了听，没有听见猪的哼哼声，就翻身爬起来，溜出病房，朝养猪场跑去。他看望了所有的猪，见它们都饿得睡不安宁，又给它们添加了猪食。然后，他一边听着猪争抢吃食的欢快声音，一边去拿了一个碗，装满水，顶在头上，开始站军姿。他突然想再次体味一下那种感觉，想再一次把自己融入那种透明的空间里。

一对登上世界屋脊的猪

1

凌五斗产生那个宏大的愿望是在有天临睡之前。那天晚上天上挂着一轮羊脂玉般的圆月，望着遍地月光，他突然想起了他十六岁那年在生产队养猪场养猪的日子。他那时就显露出了养猪的天赋，所以，在入伍登记表里填自己的专长时，他郑重地写上了"养猪"二字。新兵训练结束后，为了发挥他的专长，他被分配到了团部养猪场做了一名猪倌。在那里，他因勇救落水猪仔差点光荣牺牲，而被宣传报道，荣立三等功，那时，他入伍还不满一年。他的英勇事迹引起了团政委的注意，觉得这小伙子可堪造化，便把他放到先进的天堂湾边防连来，要把他培养成先进典型。他到连队后，连队即安排他到炊事班担负洗菜、烧火、扫地之大任，成了一名光荣的炊事兵。

就是在那如水的月光下，他突发宏愿，要在天堂湾养猪。这个想法让他兴奋莫名，一夜难眠，一熬到天亮，他就去找连长，汇报了自己的想法。连长把他看了半天，然后问他："凌五斗同志，你的脑子没有出问题吧？"

"报告连长，我的脑子好好的。"

"哦，难怪有这样伟大的想法！"

"连长，我认为……"

"闭嘴！"不知道为什么，连长一点也不喜欢他。"你不知道这是天堂湾

25

吗？不知道这里的海拔是五千四百米吗？不知道这里是生命禁区吗？生命禁区！这鬼地方怎么养猪？"

"连长，我们也是生命，但它并没有把我们的命给禁掉啊！"凌五斗是典型的一根筋。

"可你他妈的养的是猪！"

"连长，我认为我们作为人都能在这里生活，卫国戍边，猪比人贱，应该比人更容易活。"

"但这个连队自组建以来，还没有谁想过要在这里养猪！"连长大声嚷起来。

"但我还是想试试，猪仔我可以向团养猪场要，我离开那里的时候，团生活服务中心主任跟我讲过，说我如果需要什么帮助，就跟他讲，我现在刚好可以向他要几头小猪，先试着养一养。小猪到连队后，残汤剩水就足够了，连队不需要花一分钱。"

连长死死地盯了他一阵，看着他满是期待的纯洁无瑕的眼神，无可奈何地叹息了一声，说："你他妈的要养你就养吧！不过，我可以先跟你打个赌，你要能把猪在天堂湾养活了，我到时在手板心里给你做盐煎肉吃！"

凌五斗见连长同意了，高兴得"嘿嘿"地笑了，说："谢谢连长！"

2

凌五斗身材瘦长，稍微有点驼背。他留着平头，长着一张圆脸，脸上的皮肤如婴儿般粉嫩，看上去，细长的脖子上像顶着一个扣着军帽的、熟透了的大苹果。只是上高原后，苹果皮被紫外线灼焦了，看上去像被卤过。他有一对黑红色的招风耳，现在也被紫外线灼成了腊耳朵。它的眉毛像一对懒散躺着的括号，括住一双细长的眼眸。鼻梁低平，鼻头肥硕，嘴唇厚实，像抹了胭脂一样红润。有一颗门牙崩掉了一半，嘴唇四周依稀可见几根和汗毛一样细软的褐色胡须。他兴奋地要通了团生活服务中心李主任的电话。主任听到他的声音很高兴，说："五斗同志，你的名气是越来越大了，简直就是团里的新闻人物啊。我就说我没看错人吧，人家都说你傻，但你傻人有傻福，走到哪里都闪光。你在连队怎么样？找我有什么事啊？"

"报告主任，我挺好的，我现在在炊事班工作，我想在连里养几头猪。"

"什么？在天堂湾养猪？"

"报告主任，是的。"

"哎呀，我看你是脑壳发热了。我还以为你是想我了给我来电话呢，原来是想我的猪了。"

"嘿嘿，主任，我也想您。"

"嗨，你的意思是说，你把我和猪一起想了？算了吧，我可得告诉你，你的想法是好的，但你不要做梦了，天堂湾边防连从组建到现在，还没有人在那里养过猪，海拔那么高，猪还没到连队，就得被高原反应搞死，我可不想让我的猪遭那么大的罪。"

"那您先卖给我两头，我先试着养，等几天有人下高原了，我把钱带给您。"

"你看你说的什么话！"主任已预知那两头猪仔到不了天堂湾就会一命呜呼，颇为痛惜地说，"好，过两天有车上高原了，我就搞两头猪仔给你，你就用它们来做个试验吧。"

有了两头即将驾临天堂湾的猪仔，凌五斗很高兴，他找到连长，"李主任答应给我两头猪仔试养，我得给它们拾掇个猪圈。"

连长冷淡地说："你可以把你的猪兄弟安置在最西头那眼废弃的羊圈里。"

那排羊圈已没了羊。天堂湾这个地方似乎有让所有动物消瘦的神奇功能。连队的羊生长缓慢，就是长大了也只是一副羊骨架撑着一张羊皮；原本神采飞扬的伊犁马，一运到连队，就神色忧郁，不久便毛色暗淡，神飞魄散，渐失军马风采，最后只剩下马皮里包裹着的一副马骨。即使后来换上来的本地藏马，也是终日昏昏，无精打采，比一般的藏马命短；连队也有配属的军犬，他们刚来的时候，也很威猛，但不久就像得了相思病般日渐消瘦。正因为如此，连长才敢和凌五斗打赌。

但凌五斗雄心勃勃地要创造一个奇迹。他把羊圈里的羊粪收集起来，垫在地上，以隔绝永冻层下的寒气。同时，又把原来准备种植温棚蔬菜的棉毡扛出来，缝补好，覆盖在羊圈上，以抵御夜晚的严寒。

万事俱备，就只等两头小猪大驾光临了。

27

3

凌五斗没事就把猪圈里的羊粪翻出来，晒干，再填进去，这样，小猪驾到后，躺卧在里面就更暖和了。他已这样翻晒了好几次。他干这些事情总是一副喜滋滋的样子，像有无穷乐趣。这让通信员汪小朔很是嫉妒。

通信员是个好吃鬼，一背过连里领导，嘴巴就会不停地动，像一头反刍的牛，大家就给他取了个绰号叫"母牛"。他一直把自己视为连长身边的人，自从他进入连部工作的第一天起，就比其他官兵多了一种优越感。这种优越感开始只存在于他和战士之间，不几天就扩大到了所有的班长，最后见了排长他也是爱理不理的，说话都打些官腔了。

母牛嘬着一根鸡腿骨，朝正在猪圈旁忙碌的凌五斗走过来。在距他稍远的地方，吐出嘴里的鸡骨渣，准备腾出嘴巴来和凌五斗说话。

"五斗同志啊，先进典型样样都好，就是太忙啊，你看你又在猪圈里翻腾了？"他嘴里喷出一股鸡骨头味。

"嘿，什么先进啊，你看你说的，怎么叫翻腾呢！"

"我想说你折腾啊、倒腾啊，都怕用词不准。因为你把这羊粪翻出来又倒进去，倒进去又翻出来，好像要从里面找出金锭子似的，你这不是在翻腾吗？"他说完，很为自己说话水平之高而自豪，见凌五斗并没有什么感觉，又埋头摊晒羊粪去了，就不死心地接着说，"我作为一个连机关的人员，随便说话都有水平，这真是没有办法的事。而你凌五斗同志虽然在炊事班，平时用不着说多少话，但你是个先进典型，这个先进典型是要随时作报告、受采访的，所以你应该学着点儿，不能九锤子砸不出一个响屁来——好不容易砸出来了，还是个闷屁。"

"连机关"这个名词也是母牛发明的，自从发明了这个词，他就把自己和班排划分得更清楚了。

碰到这种能说会道的人，凌五斗就会因不知所措而变得更为木讷。他站起身来，搓了搓手里的羊粪，"嘿嘿"地笑笑，一个词也吐不出来，然后又埋头"翻腾"他的羊粪去了。

母牛有些着急了，他低头到猪圈旁的水龙头下，灌了一口雪水在嘴里，"咕噜咕噜"喝了一口，说："我看你是九百锤也砸不出一个响屁来了，你看你也不问问我为什么光临你的猪舍？"

"为啥呀？"

"你今天就要见到你的猪儿子了！"母牛用夸张的声调说，"你要是能把猪养活，我们就有猪肉吃了！你知道吗？我最喜欢吃猪颈项上的肥膘肉了！"他说完，已馋得直咽口水。

看到他那个馋样，凌五斗说："看你那个样子，我真害怕你会把我的猪仔一口吞掉了。"

"我是想吃，但得等你把它们喂肥了。"

"呵呵，那你就等着吧。"

4

凌五斗在当天傍晚十九时十分许拥有了两头肥嘟嘟的、但已被长途颠簸和高原反应折磨得无精打采的小猪。

两头小猪一黑一白，是前来检查工作的后勤处处长亲自顺带护送上来的。他把两只放在木笼里的小猪交给凌五斗的时候，说："告诉你啊，这一路，我对它们就跟对我亲儿子一样好啊！知道为什么吗？因为政委知道你要在天堂湾养猪后非常重视，亲自到团养猪场挑选了这两头最健壮的小猪，让我亲自带给你试养，说如果能够养成，他会给你供应更多的小猪，要多少给多少，还表扬你是一个能创造性开展工作的优秀革命战士。我作为后勤处长，当然会全力支持你！如果在天堂湾能实现肉食供应，哪怕只是一小部分，那也会成为全军后勤工作的一大创举啊。"

凌五斗站得很端正，他郑重地说："首长，多谢您亲自把这两头小猪带给我，请您和政委放心，我一定努力把它们养好！"说完，他给处长敬了个不太标准的军礼，抱着小猪，把它们送进了猪圈，然后到厨房端了早就备好的米汤、剩饭给它们吃。两头小猪躲在角落里，把鼻子往羊粪里拱，其中一只黑猪用不信任的、纯洁无辜的眼神打量了他一眼。它们像一对刚寄养在他门下的、失去了双亲的双胞胎孤儿。对食槽里的吃食，它们只是抬起猪头，用粉嘟嘟的鼻子闻了闻。

它们躺在热烘烘的羊粪上，一副半死不活的样子，它们的可怜样子让凌五斗感到很难过，他把它们抱在怀里，轻轻地拍着。

后勤处处长在连长的陪同下，也来到了猪圈。看到凌五斗和小猪的样子，处长也被感动了。他问："凌五斗同志啊，你知道小猪为什么没有精神，不想吃喝吗？"

"报告首长，它们跟我刚上高原时一样，也会缺氧，也会有高原反应。"

"那就给它们吸点氧嘛！"

那时候，氧气袋还比较稀罕，除了首长到连队视察和有了危重病号，连队平时都舍不得用。连长看着处长，想确定自己是不是听错了。

处长看着连长："舍不得是吧？我把我车上的氧气袋给你们留下！"

连长便对凌五斗说："去把连队的氧气袋拿来吧。"

凌五斗大声答了一句"是"，便向连部跑去。

两只小猪吸了几天氧，虽然瘦了一圈，总算活过来了。到第七天，它们对高原的环境已有所适应，不用再吸氧了。半个月后，它们变得活泼起来，但身上的膘已掉光，变得精瘦。

时光流逝，转眼一个月过去了。凌五斗觉得自己这一个月过得特别充实。他和两头小猪也成了心灵相通的朋友。小猪有什么不适，他心里就会有感觉。比如说，在小猪光临天堂湾第十五天的晚上，一头狼闻到了猪肉味儿，偷偷地潜行到了猪圈附近。凌五斗当时正在酣睡，但他突然从床上弹坐起来，披上皮大衣，拿着手电，向猪圈跑去。他在猪圈门口看到了那匹狼。当手电光圈住它的时候，它吓得嗥叫了一声，飞快地逃窜进无边的夜色里去了。那两头小猪已感知了刚才的危险，夅着脊毛，紧紧地挤在一起，浑身发抖。他钻进猪圈，抚摸了半天，才抚平了它们心中的恐惧。然后，他又连夜加固了猪圈，忙完这些，冬天胭脂色的霞光已经变浓，涂抹到了最高的天堂雪峰顶上。

又一个月过去了，凌五斗发现这两头小猪虽然活蹦乱跳的，但不再长大。不但不长，还因为身上的肥膘掉了，反而变得更为瘦小，完全成了一对小猪精怪。凌五斗想了很多办法，给它们弄了各种吃食，希望它们能长膘变肥。

它们能吃能睡，但好像那些东西一吃到它们嘴里，就化成空气飘走了，它们还是那副精瘦的样子。

但猪仔在天堂湾被凌五斗养活已是事实。团里的新闻干事闻讯笔下生花，迫不及待地写了一篇《生命禁区养活猪，钢铁战士创奇迹》的新闻稿件，很快在《战胜报》上刊登出来了。没想到这则不足三百字的消息一发表，立马引起了军队后勤部门的关注，认为这是"生命奇迹"，要到现场做一番研究。

政委得知这些情况，很是高兴，认为这个凌五斗虽然表面看起来愚钝憨蠢，但的确是个能干事、会干事、有头脑、有眼光、有能力的好兵。没想事后一了解，得知那两头猪到连队后不但不长大，反而变小了，才知道此事很是麻烦。因为那篇经过加工的报道说，那两头小猪在雪域高原在世界屋脊在生命禁区"活蹦乱跳"，"生长正常，在连队喂养五十六天后，已分别由原来的九千克和九点五千克长到了三十九千克和四十一点五千克"。前面的说法科学家们知道是"报道者言"，不会太在意；引起他们兴趣的是后面那句话里的具体数字。团政治处主任为了慎重起见，还专门让连队为小猪称了体重，其重量已分别降至五点五千克和六千克。主任向政委汇报后，政委还以为自己的耳朵听错了。

"你说的是多少斤？"

"一个十一斤，一个十二斤。"

"是斤还是千克？"

"是斤，不是千克。"

"这个凌五斗给老子怎么喂的？那两头小猪可是我和生活服务中心主任一起从养猪场挑选的，我们挑的是身体最壮实、体质最好的两头。"

"政委啊，我当时也以为自己的耳朵听错了，我一连问了两遍，后面还是不相信，叫指导员看看连队的秤是不是有问题，他又亲自称了一次。他说的确只有那么重。说凌五斗非常下功夫，就像养自己的儿子一样尽心，但两头猪原来的膘掉光后，就不再长肉了。"

"我们原来的初衷也就是想让凌五斗试验一下那上面能不能把猪养活，没想到你那个新闻干事笔下的花开得那么脱离实际！你说现在怎么办？"

主任想了想，试探着问道："政委，这个……我倒有个弥补的办法，只是

31

不知道是不是可以用？"

"你快说。"

"那些专家如果实在要来，我们只有一个办法，就是阻止他们到天堂湾去。"

"这是上头安排的，怎么阻止？"

"如果阻止不了，就只有一个下下策了。"

"不要卖关子了，快说快说。"

"那就是从我们养猪场挑两头猪，到时赶在他们前面拉到连队去。"

政委眼睛一亮，"好主意啊，这是上上策嘛！不过，弄虚作假，下不为例啊。"

"兵不厌诈，兵不厌诈。"主任谦虚地说。

5

那两头小猪来到连队不久，因其颜色，各有了一个绰号"黑猴子、白猴子"。但战士们通常把它们连在一起，叫作"黑白猴子"。它们除了不会爬树——海拔太高，连队附近草都不长，自然也没树可爬，古怪精灵的样子还真和猴子差不多。它们能一跃跳过两米多高的矮墙，能跳到营院的围墙上闲庭信步，母牛还准备训练它们走钢丝，现在已经练到可以在两指宽的木板上跑过来跑过去了。最有意思的是，它们已经适应了连队的作息时间，战士们起床，它们也就起来了，战士们唱队列歌曲的时候，它们也会哼哼，并且能哼出大致的调子来。它们特别机灵，比如说黄羊、藏野驴、狼——靠近营区，它们老远就能知道，用尖声哼叫来报警。所以，它们虽然不长肉，断了连队官兵就地吃上猪肉的梦想，但很惹官兵宠爱，没事的时候，大家就会去逗玩一番，这给他们枯燥寂寞的戍边生活带来了不少乐趣。

没过多久，政治处主任拉着两头猪，提前一天光临了连队。主任护送的两头猪是来顶替黑白猴子、供专家们研究的。此事被团里列为机密，为什么拉它们上来，连凌五斗也没有告诉，连里只说这两头猪也是拉上来试养的。

一个堂堂政治处主任，为了两头猪，不远千里，跋涉数日，忍受着高原反应的折磨，历经艰险，来到生命禁区天堂湾，本来就窝了一肚子火，上来

32

看了黑白猴子的精怪样子，气就不打一处来，一挥手就要把黑白猴子宰了，熬一锅乳猪萝卜汤和连队官兵一起打牙祭。但看那两个家伙，剔不下二两肉，咽了一口唾沫，说敲死扔掉算了。好在指导员也很喜欢这两头小猪，就说："主任，这上面少有别的活物，黑白猴子虽然不长肉，但毕竟在这里活下来了，官兵们很喜欢它们，希望您能手下留情，让它们留在连队。"

主任喘了一口气，说："你们喜欢也可以留，但留在连队的话，科学家上来看到了怎么办？"

"我们可以把小猪藏在营房后面的地堡里。但这个凌五斗不会说话，科学家问他，连里怕他说漏嘴，所以，连长准备安排他到前哨班待几天。"

"新闻报道上说是凌五斗养活它们的，科学家来后肯定要向他了解情况的。"

"我们就说他执行任务去了，我们可以找一个机灵一点儿的战士，比方说连部的通信员来回答他们的问题。主任，他们也就是研究猪的专家嘛，无非是问一下两头猪在上面怎么吃，怎么睡，开头有没有高原反应之类的问题，我们通信员天天和凌五斗混在一起，这些他都知道。"

主任想了想，说："那也只能这样了。不过，弄虚作假，下不为例啊。"

6

凌五斗次日一早就被送到了前哨班。连队把黑白猴子关进了连队最西面的地堡里。通信员怕它们受冻，提了好几筐羊粪过去。对那两头新来的猪，主任在挑选它们时就费心不少。首先，对它们的最终重量进行了精确的计算，以顶替黑猴子的猪为例，他先计算出了它在连队每天增加的体重：三十九千克（新闻报道时的重量）－九千克（到连队时的重量）除以五十六天（在连队生长的天数）约等于零点五三五七一千克／天，然后乘以它在连队生长的总天数，最后还不忘加上它上连队前的重量，得出了它现在的重量：即四十九点三六三三千克，考虑到路途颠簸，怕它们掉膘，所以，还额外增加了一点五千克，也就是说，顶替黑猴子的那头猪从团部养猪场出发时的重量是五十点八六三三千克。主任不善算数，算出这个重量后他得意了好一阵子。虽然最后觉得猪在七十多天时间里长这么重有些费劲，但他得以新闻报道上的数据为准，所以只能得出这个结果。

两头猪浑浑噩噩，迷迷瞪瞪，的确是一对蠢猪。但它们享受了很高的待遇，专门有两个战士照顾它们的饮食，给它们吃的是稀饭、面条，喝的是温开水；连队军医负责其健康，每隔两个小时为它们体检一次，还得按时给它们服维生素、红景天，吃藏红花，它们的呼吸稍一急促，马上就得给它们吸氧。

两头肥猪占据着黑白猴子的圈舍，躺在暖烘烘的羊粪上，舒服得哼哼直叫。

母牛在照顾两头猪时显然比平时照顾连长还要细心，因为连队领导把凌五斗支走了，让他担负回答科学家提问的大任，所以他感到无比自豪，决心一定要把这项艰巨的任务完成好，为此他也很注意观察两头猪的状况。

他怕这两头猪因为缺氧而出意外，征得连长同意，在猪圈后面藏了两袋氧气，把输气管隐藏在圈舍的墙壁孔洞里，以便随时给猪输氧。

两位科学家紧随主任的脚步来到了连队。他们承受着强烈的高原反应的折磨，一个脸色灰绿，一个脸色青紫。连队的两袋氧气都被猪用着，连长只好对他们说，连队的氧气用光了，由于交通不便，没有再充氧。两位勇敢的科学家也没有准备用氧，他们认为能够来到天堂湾是一次难得的科考机会，他们一定要珍惜，要亲自体验高原反应带给自己的感受，以便由己及猪，体验它们的痛苦。连长一听，就放心了。

他们看到两头猪活得那么好，长得那么肥，感到很吃惊。见到饲养员母牛，灰绿脸的科学家握住他的手，喘着粗气问道："你……你就是报纸上报道的凌五斗同志吧！"

母牛当时挽着衣袖，胸前挂着干净的白布围裙，给他敬了个军礼，说："报告科学家同志，我是连机关的通信员汪小朔，这猪不久前是由凌五斗同志负责饲养的，我一直负责协助他，他前几天到前哨班执行任务去了，我便一直兼任饲养员的工作。所以，我对这两头猪的情况非常了解。"

"哈哈，那就好，那就好！"

灰绿脸科学家说完，扶住眼镜，和青紫脸科学家一起爬进了猪圈，一个测量，一个记录，他们量了两头猪的身长、身高、腰围、胸围、腹围、臀围和四条腿、尾巴，以及嘴巴、耳朵的长度，量了各个部位的毛长，检查了它们的牙口、视力，测量了哼叫时的音量，称了体重，录了猪哼叫的声音……反正是把那两头猪折腾得够呛。当他们还要继续研究的时候，两头猪因为缺氧有些不对劲了。连长赶紧过来，请他们先到连部去休息休息，喝点水再说。灰绿脸科学家也觉得刚才的一番折腾，自己的头疼得厉害，同意稍事休息后再继续研究。他们一走，母牛赶紧从墙洞里扯出输氧管，放在两头宝贝猪的长嘴跟前，让它们吸了一通。它们很快就安静下来了。

在科学家再次光临猪圈时，两头猪已舒服得睡着了。他们给它们测了体温、血压、肺活量、心跳次数，做了心电图、脑电图，又采集了猪毛、猪的唾沫、尿液、粪便。然后，科学家又问了母牛一些问题，并做了记录。

"通信员同志，我想问一下，这两头猪刚上来的时候有高原反应吗？"

"有，很严重，这和刚到这里来的人一样，但人有革命意志，猪却没有，所以他们的反应看上去比人厉害得多。有头小猪一直口吐白沫，另一只吃什么吐什么。"

"那你们采取什么措施了？"

"也没有什么好办法。最好的办法就是给它们输氧，可是，那玩意儿人都用不上，何况猪呢。只能和人一样慢慢熬吧。猪毕竟是畜生嘛，人能熬过去，猪也应该没问题啊。还有啊，我想人需要精神，将心比心，猪也应该需要的，我便决定在早中晚给它们喂食前，各灌输一次。主要的意思就是说，芸芸猪类之中，你们是有幸来到海拔最高哨卡的两头猪，应该感到无上光荣和无比自豪，你们要时刻牢记自己的责任和使命，你们的责任就是活着，你们的使命就是长膘，成为最肥的猪、最勇敢的猪、最杰出的猪。我还常常给它们讲我们连队的光荣传统，给它们讲我们在这里生存、生活、执勤、战斗时发生的感人故事。我还说，你们和人虽非同类，但作为一个生命来到了天堂湾，也就是这里的一员。我不知道它们能不能听明白，但贵在坚持，只要功夫深，铁棒磨成针，时间久了，潜移默化，就我的看法，真还起了一些作用。反正，它们的高原反应很快就变轻了，我到这里一个多月才勉强适应，而这两个家伙九天过后就好转了。虽然掉了一些膘，但精神面貌却有了明显

35

的好转。"

科学家听得很仔细，几乎一句不漏地记录着。"我们相信精神的力量。不过，从动物学研究来说，这是一个新的观点，我一直想提出这个观点，但苦于一直没有找到印证的例子，你的说法真是太好了！"科学家很激动地握住母牛的手，"请你告诉我，它们当时掉了多少千克膘？"

"我们不做研究，也没有去称，说句实在话，我们连自己的体重都极少关注过。我只是觉得它们瘦了，差不多瘦了两三千克吧。"

"它们的睡眠状况怎么样呢？"

"睡觉无疑很难受，开始和人刚上高原一样，睡不着，它们比人肥胖，我常常担心它们一口气上不来，就光荣了。慢慢地，也就是大概十来天后，它们的睡眠开始好转。"

"能不能告诉我具体是多少天？因为科学需要百分之百的准确和严谨。"

母牛认真地想了想，还用指头算了算，"第九天它们的睡眠开始好转，第十天，第十一天……第十三天就正常了。毕竟是畜生，它们适应高原比人要快一些。"

"请告诉我们，它们掉膘后，多久开始长膘的？它们现在的确还算比较肥的。"

"半个月后。"

"你们主要给它们吃些什么呢？"

"和其他地方的猪差不多，每顿饭后的剩汤剩水，有时还有土豆皮、萝卜皮，在锅里煮一煮，再加一些麸皮、米糠就成了。您知道，我们部队讲究节约，不可能有米饭、馒头剩下来给它们吃，这里没有菜叶之类的东西，这是它们的吃食和山下的猪不同的地方，这也可能会使它们像我们一样缺乏维生素，我们的指甲凹陷甚至脱落据说就是因为这个原因，所以我很留意猪蹄子的变化，我怕猪蹄壳变脆、脱落，影响它们行走。"

"这一点我们差点忽视了，多谢你提醒。"青紫脸科学家说完，就赶紧把猪蹄拿起来观察，不想那头猪变得异常烦躁，踹了科学家一脚，把他踹得跌坐在了一堆猪屎上。

科学家没有在意，反而很高兴，说："这家伙劲儿不小啊，这一脚至少有十五点七千克的力道！"

在母牛和灰绿脸科学家的协助下，青紫脸科学家很仔细地检查了猪蹄，然后激动地说："猪蹄真是出乎意料地正常，一点维生素缺乏的痕迹也看不出来！"

母牛心想，两个家伙昨天刚到连队，吃得比我们还好，当然不缺维生素啦。看到科学家惊喜的表情，差点没有忍住笑。

由于氧气供应猪去了，两位科学家差点被缺氧要了命，为了他们的生命安全，连队建议他们第二天一早就乘车离开，两个人当即同意了。

7

次日离开之际，两位科学家不禁热泪涕零，他们昨晚被高原反应折磨得一夜没睡，脸色已变成了灰白色，剧烈的高原反应使他们用布条紧紧地勒着头。但灰绿脸科学家还是喘着粗气，激动地对主任说："我……我很感动，这一是因为我们在这里体验了剧烈的高原反应带给我们的痛苦，但我们只待一晚，而你们却要长年驻守于此，精神感人；二是因为两头猪，它们能在这里茁壮成长，创造了生命的奇迹，提供了畜牧科研的新领域。以后有机会，我们一定还会再到天堂湾来。"

主任撇了一下嘴，说："哈哈，欢迎欢迎，我们随时欢迎！"

汽车驶出了营门，哨兵笔直地持枪站在门口的哨位上，像两尊雕塑。

两位科学家灰白着脸，他们已不愿多说一句话，多用一个动作，虽然面朝着连队，但腿肚子已经转到了下高原的方向。按他们内心的说法，得赶紧逃命。

就在这个时候，黑白猴子不知道多久从地堡里逃了出来，在离营门不远的坡地上撒欢。科学家发现了它们。他们的精神又振奋起来了。

"那是什么动物？"

"那是……"由于事发突然，连长不知道该怎么回答。

"官兵也很少见过这种动物，我倒是见过两三次，开头也不知道是啥东西，问山下的牧民，他们说可能是一种高原野兔或者旱獭之类的东西。"主任不慌不忙地说。然后转过头，示意了一下连长，"科学家好像对它们很感兴趣，你试试看能不能抓住它们，让科学家研究研究。"

连长领会了主任的意思，叫上一个哨兵，向黑白猴子跑去。他们看着是去抓它们的，实际上是要把它们赶走。猪和人没一会儿就隐没到高冈后面去了。

一位科学家望着他们追捕黑白猴子，显得很兴奋。"旱獭？野兔？我看都不像，但也有一种可能，那就是高原的环境让它们变异了，我更倾向这是一个新物种。如果是这样，我们这一趟真是没有虚行。"他说完，掏出随身所带的笔记本，很快就画出了那两头"野物"的速写图。他给主任看了，问他："您看像不像？"

"没想到啊，画得真像。"

"我看怎么像野猪仔呢？"

"是吗？"

"的确像，只是野猪仔很少有白色的，但动物为了适应环境，是会改变皮毛的颜色的，雪兔、雪狐就是这样。但在这么高的地方发现野猪，也算是奇迹，我还没有看到过相关资料。"

这时，连长和那个战士气喘吁吁地跑了回来。

连长满怀歉意地对科学家说："哎，那俩玩意儿跑得太快了，跟兔子似的！"

"你们看到它们跑到哪里去了？"

连长指了指山冈后面的山谷，说："跑到那条山谷里去了。"

"这可能是野猪的一个新种类，以后有条件，我希望能来这里对它们做一番研究。"

"欢迎你们随时来！"

"再见了！"由于兴奋，科学家刚才暂时忘记了高原反应带给他们的痛苦，现在似乎又严重起来了。

看着他们的车一颠一颠地走远，大家舒了一口气。主任回过头来，问："那两个小家伙是怎么跑出来的？"

连长连忙回答："昨天把别的地方都堵住了，但忘了堵射击孔，那射击孔离地有一米多高，它们跳上去，然后从那里钻了出来。"

"妈的，下了这么大的功夫，差点白费！"

这时，母牛急匆匆地跑过来，向主任报告："首长，氧气瓶里的氧气已经不多了，是不是还给猪吸，请首长指示！"

"吸个屁！"

"两头猪一不吸氧，就喘得厉害，恐怕很难活。"

"妈的，我堂堂一个副团职干部，跟伺候先人似的，又要给它们吸氧，又要给它们喝稀饭，搞得它们真给上天堂来了。这样吧，氧气连队还得留一点儿，不然，假如哪个战士有个意外怎么办？不过，也不能让它们出意外，我明天还要把它们带下去，让它们从天堂重回凡尘，滚回它们的猪圈去！"

母牛听了主任的话，有些沮丧。他看到那两头猪，觉得它们已经是喷香的猪肉了。两头猪没有氧吸，由于太肥胖，没过多久，呼吸就变得困难起来。母牛又赶着它们在猪圈里跑了几十圈，当日头偏到天空西边的时候，两头猪已经不行了。母牛把情况报告给主任。主任一想，就说："既然这样，刚好，趁它们还没有死，赶紧宰了，给官兵们打个牙祭，就算慰问大家吧！"

"真是太好了！"母牛一听，差点欢呼起来。

于是，这两头肥硕可爱、从一千多里外的团饲养场、由副团职政治处主任带着一名饲养员、一名军医护送到天堂湾的猪，就在当天晚上上了连队的餐桌，进了官兵的肚子，在次日大致差不多的时间里，拉进了连队的茅厕。

这一切，凌五斗自然不知道。

8

裸露出来的山脊呈现出一种异常苍茫、孤寂的颜色，没有消融的积雪永远都是那么洁白、干净，苍鹰悬浮在异常透明的高空中，一动不动，可以看见它利爪的寒光和羽翎的颜色，冰山反射着太阳的光芒——前哨班就在冰山的上面。由于太晃眼，凌五斗没法抬头去望它。

凌五斗因为挂念黑白猴子，觉得自己在前哨班一下变得脆弱了。还没到哨卡，高原反应就袭击了他，让他差点没有支撑住。他觉得自己有些发烧，像是感冒了一样。所以，他在前哨班待了一个多月，就被连里叫回去了。他从矮壮的藏马上跳下来，刚把马牵进马厩，母牛就跑来了，帮他拿着枪和子弹带，"你在连里的时候，我见了你就烦，不想三四十天不见，还有些想你呢。"

凌五斗笑了笑，"我也是。"

凌五斗最关心的还是那两头猪，忍不住问母牛，"黑白猴子怎么样了？"

母牛"嘎嘎"笑了，像公鸭叫似的。但他马上止住笑，很认真地回答了他的问题。他说："它们都很好，黑白猴子长得肥嘟嘟的，像两只大冬瓜。现在连队已养了三十多头猪，有你忙的了。"

"三十多头猪？饲料可不好解决。"

"没关系，为了养它们，团里已开始生产你发明的压缩饲料。"

"我没有发明那种饲料啊，你知道，我哪有本事发明出那种饲料呢。"

"团里上报的先进事迹材料说是你发明的，说你为了在世界屋脊上发展养猪事业，解决连队肉食自给这个一直制约高原部队后勤供应的难题，根据你平时吃的压缩干粮，发明了猪吃的压缩饲料。也就是把青饲料脱水，压缩，这样节约空间，耐存放，每头猪每顿喝点水，吃一坨就够了。这一点，报纸上也报道了，你就不要谦虚了。"

"可我的确没有发明过。"

"凌五斗同志，我们常说，过于谦虚就等于骄傲，而骄傲使人落后，你是我们的榜样，你可不能落后，我看你可能是把你的这个发明搞忘掉了。"

母牛的口气很严肃，跟连长的口气差不多，凌五斗只好把这个发明给认下来，说："那……也有可能……是吧……"

"还要告诉你一个好消息，团里已给连队配了一头种猪，三头母猪，这样，母猪就可以下小猪了，以后，就不用从团里往山上送猪仔了。"

"是吗？这天堂湾海拔这么高，母猪能产仔吗？"

"这你就不用担心了，我告诉你啊，那三头母猪可漂亮了，都是双眼皮儿的，一头叫凤眼，一头叫粉嘴，一头叫翘沟子，我们还为那头种猪取了个绰号呢，你猜叫什么？"

凌五斗想了想，说："这猜不出来，你直接告诉我得了。"

"叫五斗。"

"啊？怎么跟我同名啊？"

"这是为了表彰你为连队饲养事业做出的突出贡献,经连队党支部研究,给定下的。"

"不可能吧……你看你又在乱说了。"

"哈哈，你看你好像还不太愿意，你不要不知好歹，那头种猪可幸福了，天天爬那三头母猪的屁股，爬得母猪嗷嗷叫，爬得母猪屁股后面的猪毛都掉光了，不过，它没有白忙乎，已经把它们的肚子搞大了。"

"你是说它们已经怀上小猪仔了！"

"当然！你想想，如果母猪能够在这里产仔，邻近几个边防连以后也就可以发展养猪大业了，而我们连，就是海拔最高的饲养基地，这应该都是那头叫五斗的种猪的功劳啊。"

"我觉得把我的名字安在那头猪身上真是……不太合适。"

"你是不是觉得自己受之有愧啊？你看你又要谦虚了！我们连现在正在争取'全军后勤建设先进单位'，同时，部队已经上报你为'全军后勤战线先进个人'，何记者写的通讯《世界屋脊上的猪倌》就是写你的，已在《战胜报》上登出来了。"

"何记者都没有采访过我，怎么就写我了呢？他应该报道那些值得报道的事情。"

"因为你是先进嘛，先进人物的先进事迹谁不知道？哪用得着非得采访你呀。"

"可是……"

"你就好好珍惜属于你的荣誉吧，要发掘、推出一个先进可比你发明压缩饲料难多了。"

"我……我可真是……"

"凌五斗同志，你又准备谦虚了是不是啊？如果是，赶快打住！"

"我……哦，我想再问一下，那两个科学家怎么样？他们的研究有结果吗？"

"这你放心吧，他们的成果大大的，他们回去后，已在养猪行业最权威的专业刊物《科学养猪》《神州畜牧》两家杂志上发表了调研报告，说我们连创造了高原养殖业的奇迹，已经证实了这里发展养猪业的可行性。很多报纸都对他们的调研成果做了报道。我们连就是凭这个去争取'全军后勤建设先进单位'这一崇高荣誉的。"

听母牛这么说，凌五斗高兴地笑了。心想，母牛这家伙虽然好吃，但连《科学养猪》《神州畜牧》都知道，还知道那是"养猪行业最权威的专业刊物"，他不得不佩服。他说："多谢你告诉我这些，我想去看看它们。"

"连长和指导员都等着你呢，你还有心思去看猪。"

"哦，那是得先到他们那里去看看他们。"

母牛看着他的背影，非常得意地"嘿嘿"笑了，"呵呵，真是个傻子啊，什么话都信。"

9

凌五斗喜滋滋地往连部走，想起了他的猪，他的确很高兴。说句实在话，他喜欢养猪这活儿。但他觉得，连队把那头唯一的公猪以他的名字命名，还是觉得不合适。他决定要把这个事郑重地给连长和指导员说一说。

快到连部门口的时候，他有些忐忑。虽然他见过的门很多，虽然这道门十分普通，但他觉得这道门很是威严。他觉得自己的腿开始发颤、发软，他求助似的回过头去看母牛，但母牛的影子也看不见了。

门开着。他硬着头皮喊了一声报告。喊完之后，他才发现自己的声音有些发抖。虽然他还穿着在前哨班执勤时的那身衣服，但他觉得真的有些冷。

连长和指导员几乎同时回过头来，死死地盯着他被紫外线烤得紫黑的脸，然后，连长从头到脚把他打量了一番，指导员也从脚到头把他打量了一番。他们的目光像针，穿透了他污脏厚重的皮大衣和里面已经一个多月没有洗的军服，扎着他，有一种又酥又麻又疼的感觉。他对着连长和指导员笑了笑。他笑的时候，眼睛眯了起来，他的两点眼白看不见了，但露出了一线月牙形的白牙。

他身上的气味已经弥漫开来，在火墙热气的作用下，连部好像变成了马厩。连长和指导员不约而同地皱起了眉头，屏住了呼吸。

"妈的，你就站在那里说话。"连长一边说着，一边把一扇窗户打开了。

"是，连长！"

42

"在前哨班待得怎么样啊？"

"报告连长，很好，就是时间短了一点。"

"想去的话以后还可以去啊，现在，你养猪这个事可是搞大了。两位科学家上来后回去做了汇报，报纸已做了大量的报道，说我们勇攀了中国畜牧业的高峰。"

凌五斗迟疑了一下，说："我听说了，我们连队的猪发展得很好。"

"一听就是个病句！连队的猪发展得很好，有这么说的吗？"指导员很权威地发问。

"哦，应该是……是养猪事业。"

"对，你听谁说的啊？"

"通信员同志，他说现在连里已养了三十多头猪呢。"

"哈哈，你就知道猪！我看你前世肯定是一头猪！三十多头猪……嗯，就算是吧！"

"哎，连长，这真是太好了！"他听连长确定了这个数目，知道母牛没有骗他，很是高兴，他接着提出了那个要求，"连长，通信员同志告诉我，说连队又给了我一项荣誉。"

"连队给了你一项荣誉？什么鸟荣誉啊？"

"通信员同志告诉我，说连队用我的名字为连队的一头种猪命了名。"

"哈哈……"连长和指导员一齐大笑起来，但他们笑了几声，把笑猛地刹住了，然后，指导员像突然想起了这件事，很严肃地说，"哦，是有这件事，呵呵，不过，我觉得这是你应该得的。"

"但……命名这个荣誉太大了，在我们老家望城，有一条街道就是用我们乐坝大队书记杨文康的弟弟杨文武命名的，生产队的一头牯牛发了疯，他弟弟怕它伤到社员，奋不顾身，勇拦疯牛，不幸被疯牛锋利的牛角挑破了肚皮，最后抢救无效，英勇牺牲了。他被县革委会树为'勇救群众的革命青年'，号召全县人民向他学习，并把望城牛市街命名为'文武街'。"

"哈哈，不要谦虚，过于谦虚就是骄傲，而骄傲使人落后！你是我们连的先进典型，你怎么能落后呢？这一点，你一定要记住！"

他听指导员后面这句话说得挺严肃，连忙立正，大声答道："是，指导员！"

"你还有什么话要问吗？"

"报告连长，没有了，知道连队养猪事业发展得这么好，我就放心了。"

连长换了脸色，"养猪养猪，一天就知道养猪！你要搞清楚，你现在是我堂堂天堂湾边防连的先进典型凌五斗，不再是团养猪场那个养猪的凌傻子了！我天堂湾边防连是守防的，不是养猪的！"

"是，我知道！"

"前哨班伙食不好，我叫炊事班给你做了面条，你先去把肚子填饱；然后，好好洗个澡，你身上臭得跟马厩似的。"

"多谢连长，多谢指导员！"

10

炊事班做的是雪菜鸡蛋面条，里面还放了一罐头红烧肉。那面条真是太好吃了，凌五斗吃得汗水"噗噗"直往面盆里掉。母牛一边咽着唾沫，一边说，你看你都不用加醋了。吃掉一大盆面条，他撑得都站不起来了。他感到非常满足，坐在那里，抹掉汗水，脸上堆满了幸福的笑容。

接着，炊事班把洗澡水放进洋铁皮做的浴盆里——连队一共有五个这样的洋铁皮浴盆。他蹲在热水里，感到特别舒服。身上的泥垢被搓下来后，他感到身体一下变轻松了。他换了衣服，刮了胡须，理了头发。他们说他又是原来那个凌五斗了。

洗了那身满是马厩味儿的衣服后，凌五斗在连队转了好几圈。他在找他的猪。但猪圈空空的。有几坨猪粪都干了，他用手指轻轻一捻，就成了粉末。他又扩大了寻找范围，找遍了菜窖、废弃的羊圈，甚至地下掩体和哨楼——他觉得连队这些不懂养猪的人怕把猪冻着，可能会让它们待在那些他们认为很暖和的地方。但是让他失望的是，他连一根猪毛也没找到。三十多头猪，该是好大一群，他们能把它们藏到哪里去呢？他很是担心，傍晚的冷风吹着他，他的额头却冒起了热汗。

"你在找什么？"他从弹药库后面的地窖里钻出来的时候，母牛笑嘻嘻地问他。他袖着手，好像在那里等了好几年。

44

"猪，猪呢？"他着急地问。

母牛"嘎嘎嘎"地笑了，他笑了好半天，然后忍住，转了转又大又亮、有些妩媚的眼睛，随口说："那些猪可比我们有福！"

"你这么说，是什么意思？"

母牛"嘿嘿"笑了，"我们在这里守着，还没有下过山呢？你知道我一旦下山，最想干的是什么吗？"

凌五斗摇了摇头。

"看人。"

"看人？"

"是的，每天看到的就是你们这几张鸟脸，看得我直想吐啊。"

"可我怎么也看不够，我觉得一张脸就可以看一辈子。一张脸就是一个……"他想了半天，才很没有把握地接着说，"一张脸就是一个人世……"

"那也得看是什么脸。"

"所有的脸都是。当然只是人脸。动物也有脸，但它们害羞，都用毛遮着。所以它们的表情变化只能从眼睛里看出一些，而人脸就像这些山、这些季节一样，每时每刻都在变化。所以说，每张脸上都有一个人世。"

"哦，我看你不要找猪了，去做哲学家算了！"

母牛这一说，凌五斗才知道母牛把他的话题引岔了，他赶紧言归正传，"对了，你刚才说那些猪有福了。猪会有什么福啊，无非是喂肥了挨宰，然后被吃掉。"

"我们天堂湾的猪怎么会挨宰呢，告诉你吧，它们进京了！"母牛用夸张的声调随口说道。

"你乱说吧，怎么可能呢？"

"我多会跟你乱说过？你不记得了？那两个畜牧专家来我们连考察后，回去发表了研究文章，报纸也报道了，这样，全国人民都知道我们这里创造了奇迹，然后呢，他们就产生了非常强烈的愿望，纷纷给报纸写信，想一睹我天堂湾这些英雄猪的风采，这样，我连的这些猪——你最心爱的伙计们，被上头拉到了山下，然后运到全国各地巡游去了。"

"连猪仔都拉去了吗？"

45

"都拉走了，连里现在就剩下黑白猴子了，还是那么大一点，一点也不长，不过，已好久没见到它们的影子了，说不定已经被狼吃掉了。"

"它们巡展结束后还会回来吗？"

"你要它们回来挨宰啊？当然不回来了，听说巡展结束后，就直接把它们送到北京动物园，听说会与大熊猫住在一起。"

"大熊猫可是国宝啊，它们也享受国宝级的待遇了！你有没有听连长、指导员说起，连队还会不会养猪啊？"

"你还想养是吧？作为战友，我奉劝你一句，千万不要和他们再提养猪的事了！我们连养猪养出了这么大的荣誉，已经够了。"

"可是，我们养猪是为了让大家吃上肉，到现在大家还没有吃上呢。"

"你要想养你就去跟连长说吧。"

"好的，我这就去找他。"他说完，转身朝连部走去。

凌五斗找到连长，连长一见他的神情，就知道他要干什么，没等他开口，就问："是不是又是猪的事情？"

凌五斗点点头，"连长，我这几天一直在想着连队的猪，我听通信员说它们被运到内地巡展去了，这很好，但我们连队没有人跟着，我不知道它们怎么样了？"

"哦，是么？巡展？哦，是的，巡展完了就送回来了。"指导员一见他提猪的事就心烦，一边写着什么，一边头也不抬地随口应道。

"但通信员跟我说，它们在全国巡展结束后，会被送到北京动物园和大熊猫住在一起。"

连长和指导员一听，忍不住爆笑起来。他们俩笑得肚子疼，笑得弯下了腰。连长好不容易忍住笑，装起正经来，严肃地说："那些猪跟大熊猫住在一起了，多好，这相当于什么呢？相当于你凌五斗住到了七仙女身边，我们不用操心了，你喜欢猪，就管管黑白猴子吧。"

"通信员说，黑白猴子好久没有回来了。"

连长盯着凌五斗的脸，说："我没想到你和猪有这么深的缘分，你如果在这里当连长，我看你上任第一天，就会把这里办成一个养猪场。黑白猴子没事，它们自由散漫惯了，在外面野一段时间就会回来的，它们回来后，你如

46

果在这个冬天能把它们养肥，明年开春我就让你发展你的养猪事业。"

凌五斗一听很高兴，很有把握地说："只要是猪，我就能把它们养肥。"

"我看你真是一张炖不烂、煮不熟、炒不进油盐的臭牛皮！"连长用悲悯的眼神看着他，忍不住长叹了一声。

11

老兵走后不久的那场雪特别大，像是天上发生了雪崩。高原被冰雪严严实实地封冻起来了，直到来年五月，这里与外界将彻底隔绝。如果能从人间仰望这里，你会看到天堂湾像是一叶封冻在众山之上、雪海之间、云天之中的孤舟。从天空俯瞰，它则像一粒不断被冰雪啃噬的尘埃。

虽然凌五斗一心想着他的猪，但上级为了培养他，高瞻远瞩，特意让他担任了先进的天堂湾边防连里最先进的一班班长。

老兵走了，再加上一些回家探亲的官兵和外出学习、培训的，连队的人一下子少了好多。一班一共十人，现在把凌五斗算上，也只有五个了。

为了节约烧火墙用的煤，凌五斗建议，官兵在冬天应该集中居住。连长采纳了他的建议，于是，全连官兵就集中到了两个相邻的大房间里：连部和一排及炊事班住一个房间；二排和三排住相邻房间。这样，只需要把两个房间之间那面火墙烧热就够了，一个冬天的用煤量只需要原来的七分之一。连队把这作为一个经验上报团里，团里再层层上报，这就成了全区部队的一种做法。而这个建议是凌五斗提出来的，他于是又多了一项勤俭节约、艰苦奋斗的先进事迹，报纸自然又把他宣传了一番。

黑白猴子是在老兵复员的第二天傍晚回到连队的。凌五斗老远就听到了猪哼哼。然后哨兵兴奋地喊叫起来，像发现了史前动物那样惊喜，"黑白猴子回来了，黑白猴子回来了！"

连队的战士们闻声而出，看到黑白猴子披着一身霜雪，大摇大摆、神气得像两匹骏马似的走进了连队的院子里。然后，它们停住了，仍用尖细的声音哼哼着，用归乡浪子般的眼神望着大家。

凌五斗看到它俩时，他揉了揉自己的眼睛——他以为自己刚从室内出来，外面的雪光晃眼，把自己的眼睛晃得昏花了——他看到黑白猴子还是那么瘦小——甚至比先前更加瘦小，只是猪毛长长了，眼睛更有神了，筋骨在高原风霜雪雨的捶打下，已变得如钢铁一般了，因为即使隔着皮毛，风敲在上面，也可隐隐听到叮当之声。

凌五斗不相信地问道："它们……真是黑白猴子？"

"不是黑白猴子，难道还是黑白兔子？"

"的确是它们……"凌五斗看到它们还是那个小样儿——确切地说，是更小样儿——感到有些尴尬。

"它们是打定主意不长大了。"一个战士说。

另一个战士说，"可惜啊，真正值得研究的是这两个家伙，可惜那些专家来没有见到……"

一个老兵说："你他妈的闭嘴！"

有人要去捉它们，但它们像一小股旋风，从大家的腿间"嗖"地蹿了出去，然后飞身上了围墙，又一跃上了连部的屋顶，它们站在屋顶边沿，那瘦骨嶙峋的小猪身被积雪吞没了，只露出了两颗小猪头，它们用四只鬼精鬼精的小眼睛俯瞰着大家，显得既正经又滑稽，惹得每个人都哈哈大笑起来。

"这俩家伙出门半年多，飞檐走壁之功更高超了。"

"说不定它们真是找到了隐居在喀喇昆仑雪山深处的绝世高人，学了功夫。"

"我知道那位高人是谁。"

"是谁啊？"

"昆仑老猴。"

听了这话，大家又嘻嘻哈哈地笑了一阵。

黑白猴子现在已经两位一体了，它们的动作大多是一致的。你叫它们的时候，也只能叫"黑白猴子"，如果只叫"黑猴子"或者"白猴子"，它们是不会理你的。

孤寂的雪山让大家觉得很无聊，就想让它们从高处下来玩玩。但它们就是不理睬。他们让凌五斗试试。凌五斗冲它们叫了一声。它们的耳朵就扎了起来，然后腾起一片雪沫，敏捷得像猴子一样，从房顶一步跳到围墙上，又一步从围墙上跳到雪地上，然后欢欢喜喜地来到了凌五斗跟前，望着他。

凌五斗蹲下来，抚摸着它们的脊背，那充满慈爱的神情，像在抚摸着自己的孩子。黑白猴子一动不动，嘴里齐声哼哼着，舒服地享受着来自人类的抚爱，就像沐浴着上帝的光。

"凌班长，它们比你的儿子还要听话。"

"凌班长，你再给它下个命令，我就不相信它们那么听你的话。"

凌五斗听了，就对黑白猴子说："去，回你们圈里去吧。"

他话音刚落，黑白猴子"嗖"的一声，像小一股黑白旋风，刮到了它们已好久没有待过的猪圈里。

大家啧啧称奇，称赞黑白猴子和凌五斗心灵相通，说它们前世有缘，不是兄弟就是父子。凌五斗嘿嘿笑着，也不谦虚，任由大家称赞着。

12

凌五斗从来没有觉得自己成为一班长后与以前有何不同。任何事情，他都是带头去做，他从不命令别人去干什么。他刚去当一班长的时候，班里没有一个人理他。他的床铺本来是靠最里边的，并且是下铺。听说他要去出任赫赫一班的班长，班里的战士就把它挪到了门口，且让他睡到了上铺。他什么也没说。不但如此，他也不像其他班长，很多事情都让战士去做，屋子脏了都是他打扫，战士们的衣服脏了他也帮着洗，半夜的岗都是他去站，连暖瓶里的水都是他去打。

连长原本就怕他不会当班长，现在果然如此，就对他说："你这哪是去当班长啊，你是为你的兵当奴仆去了。"

凌五斗笑了笑，说，"没啥，挺好的。"

连长叹息一声，嘀咕道："真是烂泥糊不上墙啊。"转身走了。

起先，那些战士们觉得自己能收拾班长，能把班长收拾得没脾气，还很得意。但十一天后，他们就变化了。他们先是把班长的床铺移到了原先所在的位置，让他躺到了下铺；然后凌五斗穿脏的衣服放在那里，就有人拿去洗掉了；屋子里有一点垃圾，也会有人打扫掉；总之，有什么事情的时候，大家都抢着去做，生怕被班长做掉了。

凌五斗就是这样一个人，他不会去指使别人，他只会去做事。一班的战士们没有想到会有这样一个班长，每个人都觉得，这个班长是个与众不同的班长。他显得那么善良、宽容，使你不好意思再和他作对，不好意思不再听他的指挥，如果上了战场，你也不好意思不为他去死。

因为连长答应过他，说他如果能把黑白猴子养肥了，明年就让他继续养猪。虽然他看到已然一年多了，黑白猴子还是那么袖珍、那么瘦小，但他一点也不灰心。因为他坚信，如果说战士的责任是保家卫国的，那么猪的最基本的职责就是长肉长膘。他不相信黑白猴子身为猪类，连这最基本的职责也履行不了。

他的空余时间都用在了两头猪身上。他把猪圈重新拾掇了一番，把透风的裂缝都给塞上了，又在里面垫了一层厚厚的干羊粪。炊事班做每顿饭时削下的土豆皮、萝卜皮、废弃的白菜帮子，他都收集起来，洗干净后和上残汤剩羹，亲自加工成猪食喂养它们。他雄心勃勃地计划着，如果他能把它们在明年开春前养肥了，他就再养三十多头猪，到时，他不会让上头再把它们拉出去巡展，而是要留在连队，宰了后改善连队官兵的生活。

黑白猴子还是那么精灵，对于那个温暖的猪圈，它们待在里面的时间并不多。前往各个山口的巡逻线路早已被积雪覆盖了，连队周围的积雪厚达一米，有些地方的积雪已经翻过了围墙。连队成立这么多年来，这里很少有外来人员活动，冬天，不要说人，就连一根鸟毛也不可能看到了。所以，官兵们只能窝在那两间营房里打发时光。黑白猴子老往那两间大屋子里蹿。连队集合的时候，它们也跑来站在队列末尾，俨然队伍中人。大家在连队院子里一圈圈跑步的时候，它们也跟在后面，引得大家颇是欢喜。很快，它们就学会了更多人类的动作，比如，值班排长集合喊立正的时候，它们的四只小猪蹄也会靠一靠，也会把自己的小猪身挺一挺；喊稍息的时候，它们也会把自己两只右蹄往右伸一伸；包括向前看、向右看齐、向左转、向右转、向后转、齐步走、跑步走这些队列动作，它们都学会了。它们唯一没有学会的就是正步走。因为它们总想把前后一侧的小腿同时踢起来，这样每次都站立不住，滚倒于冰雪。报数的时候，它们虽然喊不清数字，但会用力地哼叫一声。有了它们，战士们感到其乐无穷。

总之，它们是把自己看成了名副其实的人。这在边防连队，其实也不算什么新鲜事，在一些报纸杂志上，不时就可看到自觉为前哨班托运给养的军骡，为连队驮水十年的老黑牛；还有军马如何驱赶狼群救了战士，军犬怎样尽责捕获了敌特。这种消息之所以不时可见，是因为它们的确具有新闻价值，因为按照新闻"狗咬人不叫新闻，人咬狗才叫新闻"的定义——战士给前哨班送给养是不叫新闻的，而骡子能做这件事就叫新闻。所以，不少连队都有这类动物的墓碑。首长题词，领导撰文，英灵义魂永垂边陲，很是隆重。

黑白猴子似乎也在争做这样的无言战士。但是不久，它们就比一般的战士显得高傲了，因为它们学会了文艺，以为自己是文艺兵了。起因是这样的：为了讨得大家的欢心，它们开始在屋子里表演跳高、两脚直立、后腿腾空，目的无非是引大家发笑，喜欢它们，容忍它们在有火墙的温暖宿舍里出入。对这个孤悬人世之外的雪海孤岛上的战士们来说，它们给他们带来了欢乐，排解了寂寞，大大减轻了指导员做政治思想工作的压力。它俩很快就集全连宠爱于一身。每天都有人给它们洗澡、梳理猪毛，有战士把自己吃的馒头偷偷地带出饭堂给它们吃，有人教它们走横木、钻铁圈，教它们后腿站立、前腿倒立，彼此握手、拥抱、亲嘴，背靠背、肚贴肚，前空翻、后空翻、匍匐爬行，不出两月，它们俨然是杂技表演艺术家和令人捧腹的笑星了。

全连官兵都很乐呵，只有凌五斗叹气连连。他知道，黑白猴子要是这样闹腾，怎么可能长膘长肉呢？它俩不长膘长肉，他明年重振天堂湾边防连养猪事业的宏伟目标就不可能实现。为此，他跟指导员提过意见。指导员说："你让它们长一身肥膘，变得蠢头蠢脑的，有什么意思呢？"

"但是，连长说了，它们只有长膘了，才会让我明年……"

指导员毫不客气地打断了他的话，"我让你带兵，你他妈的却想着养猪！你把它们喂肥了，无非是给大家提供一两顿肉食，但它们如果能保持现在这个样子，你知道它们提供的是什么东西吗？"

凌五斗摇摇头。

"是精神食粮！是随时为大家带来的欢乐！这可比文工团那些演员强多了。所以，你现在不是一心一意地要它们长肉，而是要教它们多会几样节目，全面地挖掘它们的文艺潜能,让他们更好地为丰富官兵的业余文化生活服务。你知道吗？它们对连队先进革命文化建设做出了十分突出的贡献！"

"啊，原来是这样，我知道了。"

13

凌五斗听指导员那么说，还是有些失望，他觉得，天堂湾边防连养猪事业的前景一下子变得无比黯淡。他心灰意冷地蹚着雪，走到围墙外面，蹲在暗堡上，想起了祖母和母亲，想起了他家屋侧的一棵桃树，想起了故乡的平原和平原上散发的庄稼和农家肥的气息。他觉得自己的心和暗堡上的积雪一样柔软。

他望着远处，除了天堂雪峰，这里的雪山显得并不高拔，像是覆了白雪的南方丘陵。之所以这样，是因为他已身处高拔之地，这里已处于众山之上。积雪把它们的棱角抹去，使它们显得和哺乳期母亲的乳房一样饱满。前方的前方再无山了。天空从那里沉了下去。凌五斗明白，那是大地的边缘。

雪不再飘飞的时候，天空重新笼罩在头顶，是没有任何污染的湖蓝，可以看到一些雪没能遮住的深黑色危岩。西沉的太阳像在那蓝色里洗过，把傍晚时的瑰丽洗却了，显得和月亮一般晶莹剔透。天地尽头，还余一抹红霞，在等待太阳归去。月亮已升起来，是一轮弦月，比夕阳更为晶莹，像一块用羊脂玉做的工艺品。

这样的冬天，连队的确没有什么事情可做。

天堂湾边防连驻守的喀喇昆仑山口虽然偶有通行，但正如斯坦因当年在英国皇家地理学会的演讲稿《亚洲腹地》（载于该会出版的地理学杂志第六十五卷第五十六期）中所说的：其地海拔约一万八千六百英尺，仅此一路可通拉达克及印度河流域。道路既高险，地复荒凉，运输上颇为不便……

这些，凌五斗当然是不知道的。他只知道，自连队驻守在这里以来，就没有发现过"敌人"的踪影，他们是作为一个象征驻守在这里的。因为这里是生命禁区，连队也获得了不少荣誉。但获得荣誉的个人却屈指可数。其他人则被淹没在了天堂湾这个集体之中。而驻守条件同样艰苦的其他连队，也被天堂湾所代表了。所以说，凌五斗是幸运的，他代表了天堂湾近百名战士，准确地说，他已经成了整个边防团、整个防区的代表，其他人都是他的陪衬。而明年开春，有关凌五斗事迹的宣传高潮一到，他就会誉满天下，成为全军最有名的士兵之一了。

他现在不去想这些事情了，他现在也管不了黑白猴子，他只好想一想怎么当好这个一班班长。

他从连队阅览室借来了一大摞有关书籍。有如何成为一名优秀班长的，有初级步兵指挥教材，也有介绍苏联、美国等国军队战术及战略思想的，而他最爱的是《毛泽东军事文选》。他如饥似渴，这些东西很快就刻进了他的脑子里。他根据教材，编写了一套边防连队军事训练法。他给连长看了，连长的眼睛顿时发出了亮光，惊喜地问道："这个方法，你是怎么想出来的？"

"也没咋想，看了那些书，又想了想我们连队现状，就在脑子里形成了。"

"那你愿不愿意把这个训练法写出来？"

"我写东西不行。"

"你怎么想的就怎么写就行了，把它理出个条条框框来，然后由我来完善。"

"那我试一试。"

凌五斗回到班里，先写下了"指导思想"，然后是高原边防部队春夏秋冬四季的训练特点、具体方法。他把这些东西交给连长，连长看了，惊喜得边看边拍大腿，然后重重地拍了一下他的肩膀，说："很好，非常好！"

连长根据高寒、低氧地区的作战环境，完善了《关于高海拔地区边防连队作战训练的经验报告》，用电报上报给了团里。他希望把这个训练法命名为"陈向东训练法"，这个命名让他有些飘飘然了。他在天堂湾已经干了三年半，等这个训练法一推开，他说不定能直接从连长提为营长呢，然后团长、师长……一路青云直上……

团长接到报告，很是高兴，把连长狠狠表扬了一番，说他善于革命性地开展工作。但政委觉得要把凌五斗这个典型推出来，需要全面提升他的素质，而凌五斗缺乏的刚好是军事方面的突出事迹。所以，他决定把这个经验放在凌五斗名下，他组织笔杆子们把这份报告加工成了《关于高海拔地区班排作战训练的经验》，然后又起草了《关于在高海拔地区推广"凌五斗训练法"的请示》，上报给了防区，不久，防区政治部向军区上报了《关于在高海拔地区大力推广"凌五斗训练法"的请示》；军区很快就下发了《关于在高海拔地区大力推广"凌五斗训练法"的指示》，还特别要求防区部队"一边推广，一边完善，大力宣传"。

连长看到团里的电报，看到他的训练法换成了凌五斗的，心里有一股非常奇怪的感觉，但他却什么也说不出来。而凌五斗却不知道这些。他当时正在给黑白猴子弄猪食。那两个家伙还是那个样子，可能是已经觉察到自己不再是只能偶尔逗人一笑的"天（堂湾）漂（泊）一族"，而是天堂湾的文艺明星，要保持身材了，所以吃得越来越精细、越来越讲究。虽然吃的还是剩饭剩菜，但萝卜皮、土豆皮、白菜帮和隔顿的饭食是绝对不吃的。凌五斗知道它俩是绝对不会长膘了。但它们能给大家带来欢乐，总算没有白养。春节即临，它俩的第一个专场演出就要开始，他更不敢马虎，把它们照顾得格外细心。

连长见他那样，死死地盯着他忙碌的背影，恨不能"突突突"给他一梭子。

14

随着春节的临近，连队表面上看着一派喜气，但稍微注意一点，就可以感觉到那种思念亲人的忧伤。这种气息弥漫在充满火墙味的营房里。

饺子是没有的，素菜和水果更没有。原因是今年冬天来得早，冬储物资运送了不到三分之二大雪就封山了。春节前夕，防区动用了山下的所有兵力，试图打通运输线，都没有成功。连队的粮食省着吃的话，可以维持到来年开山，但蔬菜已经吃完了，剩下的只有罐头和压缩干粮。罐头以红烧肉、荤炒什锦和酱爆肉丁为主，大家早就吃得一听它们的名字就想呕吐了。炊事班把菜窖翻了一遍，最后才在墙角的一堆垃圾里，找出了还顽强地保持着水分的一点白菜帮、几个长着白色根须的胡萝卜、十几个洋葱、一小堆土豆。

炊事班班长灰头土脸地从菜窖里钻出来，捧着那些战利品，来到了连部。

他想告诉连长，这个春节没法过了。

连长用力吸了一口莫合烟，说："没法过也得过。"

"那怎么过？"

他把一口白色的烟雾狠狠地喷向屋顶，说："我有办法，你们等着吧。"他说完，死死地盯着乖顺地躺在火墙边的黑白猴子。

黑白猴子感觉到有一对目光正在剥它们的皮，剔它们的骨。它们浑身颤抖，翻身爬起，就要往外逃跑。

连长这次比它们还要敏捷，他像一发出膛的炮弹，"轰"地射到了门边，把门关死了。然后，他尖声喊叫道："抓住它们，快抓住它们！"

大家一时没有明白连长要干什么，都没有动。

黑白猴子却明白了自己面临的凶险命运，它们飞身跳到了窗台上，想从那里逃出去，但它们瘦小的身躯没能撞碎玻璃。

"他妈的，你们看着我干什么？快抓住它们，我要把它们剁了，做饺子馅。"

战士们听到连长的命令，都朝黑白猴子拥去。黑白猴子站在窗台上，见逃跑不成，便有些凛然、有些悲壮地望着大家。它们的眼睛亮晶晶的，让抓捕它们的人一下犹疑起来。

凌五斗风一样刮到了黑白猴子面前，拦住了大家。他没有说话。他用复杂的眼光看着面前的人们。大家站住了，双方僵持着。

"怎么啦？"连长恼怒地问道，摩拳擦掌地走了过来。

凌五斗的嘴巴嚅动着，他为黑白猴子求情，希望大家饶过它们。但可能是紧张，他的声音没有发出来。

连长站在了他的跟前。他身上那股混合了烟草的味道转化成了硝烟味。凌五斗感觉到了他身上的杀气，他往后退了一步，把黑白猴子护住，黑白猴子似乎觉得自己安全了，把自己尖削、滑稽的猪头分别从凌五斗的左右腋窝下伸出来，好奇地看着大家——它们对这个高悬在世界屋脊之上的小小世界中的一切永远都充满了好奇；它们也想让大家认识到它们的真正价值——它们是娱乐明星，而不是饺子馅里的肉末。它们把大家再次逗笑了，笑声里混合了残留在嘴里的酱爆肉丁罐头发酵后的味儿。

55

这就像战场上冲锋在即时发出的笑声，它可能使整场严肃的搏杀变得滑稽，可能使战斗的勇气化为乌有。连长十分恼怒，回头对着自己的士兵大声骂道："妈的，笑什么笑？"

笑声戛然而止，黑白猴子吓得一下缩到了凌五斗背后。

连长想把凌五斗拉开，但他像一块铁板一样冰冷、沉重。他纹丝未动。

连长有些惊讶。但在身后十几双眼睛的盯视下，面对凌五斗这个堡垒，他不得不勇往直前。他吼叫道，"你他妈的，给老子滚开！"吼完，就开始推他。

凌五斗依然没有动，他的身体变得像钢铁一样冷，他身上的寒意让连长的手哆嗦了一下。他看着连长，对他说："连长，不要……"但他的声音还是没有发出来。他很着急，他的脸憋成了紫红色。

连长回过头来，对身后的战士说："这个家伙疯了，把他给我拉走！"他的声音因为恼怒变得尖厉起来，似乎可以像匕首一样刺透每个人的胸膛。

两个战士冲了上来，分别拽住了凌五斗的左膀右臂，用力去拉，但凌五斗一动不动，两个战士感到奇怪，赶紧松了手；其他几个战士一见，又冲了上来，他们一起使劲，又推又拉，但他像一根根系深深地扎进大地深处的老树桩，这几个战士很是不解，也停了手；其余的战士不知好歹，一见这样，一齐上阵，喊着号子，推拉拽搡，但凌五斗像一尊浇铸在地基里的青铜雕像。他们折腾了半天，他凌五斗却像一尊金刚，挺立在那扇窗户跟前。

连长的脸有些惨白。他僵在了那里，欲罢不能，好久才说："妈的，这家伙莫不是……鬼魂附体了……"佢说完，剧烈地咳起来，他的嗓子眼被恼怒呛到了。

大家听到近处的风声被风吹远了，然后，远处的风声又被风吹过来，把外墙拍击得"噼啪"直响。那些风顺带把淡蓝色的积雪夯筑得更加牢实。

这里的时间本来就像冰河下面的水，感觉不到流动，现在似乎是完全停止了——整条时间的河流都被封冻了。阳光和风一样坚硬，可以听到"啪啪"的响声。

凌五斗的嘴唇虽然发紫，但饱满而骄傲。他的眼睛微合着，眼睫毛覆盖着微合的眼睑，像覆盖着他内心中的万千秘密。

连长一见，更为恼怒。他大叫道："去把全连的人都给老子叫来，老子就

56

不相信动不了他！"

不到两分钟，连里的人以紧急集合的速度拥了进来，房间里军人的味道更浓了。

指导员也从另外一个房间里踱步过来了。他早已听到了连长的喊叫。但连长要去做的事，他一般是不插手的。他要做的事，连长也不会去管。他们有时会互看对方出丑。只有当一件事影响到他们两人的利益时，他俩才会联手。这是他们共事以来形成的默契。

指导员看到这个情景，脸上浮出了笑意。他把两手抱在胸前，一只手拍着另一只手的肘部，像在打节拍。看到连长的窘态，他心里很愉快。

连长突然用有些沙哑的声音尖叫道："都给老子上！"

战士们得令都冲了上去，全力拖拉，但凌五斗像是和整座高原焊接在一起了，依然纹丝不动。

这么多人动他不得，指导员也有些惊骇。他半开玩笑地问道："这家伙什么时候练就了这样的绝世神功啊？跟定海神针似的。"

整个房间里弥漫着一种特殊的力量。

大家都望着指导员，希望他有破解之法。

"你们都让开。"

大家闪开了一条通道。

指导员迈着那种世外高人才有的飘然步伐，不慌不忙地来到了凌五斗面前。

黑白猴子又把自己滑稽的猪头从凌五斗的腋窝下钻了出来。

指导员看着凌五斗的眼睛，用充满战友深情的声音呼唤着"五斗同志"，他一直是轻声的，充满真情，当他的眼睛变得潮湿，一颗晶莹的泪水从凌五斗的眼眶里滑落了出来。

凌五斗的嘴唇动了，吐出了两个含混的词，然后，他的声调突然像惊雷一样爆发出来："……你们要杀它们，还不如杀了我！"

"五斗同志，你放心，我们不会宰掉黑白猴子的，我以指导员的名义向你保证。"

"多谢指导员！"

这时，指导员拉了拉他的手，他站到了一边。黑白猴子一见，有些慌乱，它们俩无助地看了一眼屋顶，从窗台上跳下来，想要逃跑。但它们已来不及了，它们刚从窗台上跳下，连长和几个战士就扑了上去。连长抓住了黑猴子，母牛扑住了白猴子。

连长左手倒提着黑猴子，右手从母牛手里接过白猴子，也倒提着，不顾它们凄厉的尖叫，以胜利者的姿态来到凌五斗跟前，心平气静地看了凌五斗两眼，然后猛地把黑猴子砸到砖地上；紧接着，白猴子也被他狠狠地摔到了坚硬的地板上。所有人都听到了黑白猴子最后那声短促、绝望的惨叫。现在，它们没有声音了，它们在地上抽搐着。连长拍了拍手，"给老子拿到炊事班去，把毛烫了，连骨带皮给我剁成饺子馅。"他说完，转身走了。

两只小猪抽搐着小腿，朝上的一只眼睛圆睁着——充满了对这个世界的不理解。

两个战士小心地把它们提起来，拿走了。地上留下了两抹血迹。

凌五斗圆睁着眼睛。他没有动，感觉自己又动不了了。这次是高原吸走了他身上所有的气力。他脸色发紫，嘴唇发乌，剧烈地颤抖着。他看着指导员，一直看着，直看得指导员心里发毛。

"五斗同志，你知道，它们不过是两头猪，我们养了它们这么久，不长大，不长膘……一点进步也没有……并且……我刚才说，我以指导员的名义向你保证，我不会宰掉黑白猴子，你也看到了，我没有动它们，我连猪毛也没有摸……所以，我信守了自己的承诺……"

凌五斗刚才那颗泪水还挂在脸上，他新的泪水又流了下来。他泪如雨下。但他的身体纹丝不动，只觉得氧气更加稀薄了。高原的含氧量突然间急剧减少，而这个房间里的氧气则像被抽空了。战士们觉得窒息，从里面跑了出来；指导员觉得呼吸维艰，他要拉着凌五斗一起走，但凌五斗又定住了，动不了他。他只好退出了那个房间。

15

炊事班烧了开水，烫净了黑白猴子的毛，它们的眼睛还圆睁着。大家一边忙碌，一边说，真他妈的太小了，跟两只老鼠差不多。炊事班长亲自操刀，剖腹，取出内脏，大家看到黑白猴子的心肺是鲜红的，显得大而强劲；胃却很小，肠子细若鸡肠。炊事员把肠胃里还温热的食物和粪便清洗干净。问连长是不是拿来小炒。连长没好气地说："小炒个屌啊，连骨带皮、包括肠肠肚肚、心肝肺肾都剁了，包到饺子里去！"

厨房里传来了急促地、用力地剁两头小猪的声音。战士们都挤在炊事班，有人揉面，有人擀皮，有人烧火，一齐忙碌起来，有新鲜肉吃，这个年的滋味似乎也变得新鲜了。

黑白猴子很快变成了一小摊肉馅，再和上从菜窖里捡来的洋葱、白菜帮、土豆、胡萝卜，黑白猴子的影子就更模糊了；最后再把红烧肉、荤炒什锦和酱爆肉丁这三种罐头搅和进去，又剁了无数遍，黑白猴子的踪影就再难看出来了，就连那点新鲜肉的气味也闻不到了。很快，这些东西就裹进了饺子皮里，变成了白白胖胖的总共一千五百五十三个饺子。黑白猴子留在这个世界上的东西就只有它们曾经带给全连官兵的欢笑、从肠肚里挤出的粪便和一小堆黑白相间的猪毛了。

很多人都暂时忘掉了凌五斗。即使刚才看到连长摔死黑白猴子感到很难过的战士，现在也急切地想看到饺子下锅。

指导员害怕凌五斗出事，派母牛不时到门口去望一眼。母牛每次去，都看到他雕像一样站在原来的地方。

"注意把门给他开着，炉子里烧着煤呢，不要煤气中毒了。"每次母牛汇报完，指导员都要嘱咐一遍。

夜幕随着寒冷缓缓降临，风从天堂湾上面吹过，像一群饿狼嗥叫着在天空中奔跑。但这毕竟是新年之夜，包好的饺子给连队带来了新年的欢喜。

饺子下锅后，指导员持着蜡烛，来到凌五斗跟前，他看到他的眼睛大睁着，老半天才转动一下。"凌五斗，过年了，走吧，跟大家乐和乐和去。"

凌五斗没有动。

"黑白猴子不就是两头吃了粮食不长膘的猪嘛，你想想，你当初养猪不就是要让我们有肉吃嘛，所以，是猪就是养了来吃肉的，就是要挨宰的，猪的价值也就体现在这里。它们已被你精心养了这么久了，要是一头好猪，早该长肥被宰，用来改善连队的伙食了。而我们养了它们这么久。你看，它们现在不是也为我们连队的建设做贡献了嘛，它们的价值已经完完全全体现了，你该高兴才是。没有它们，你说我们这个年怎么过？"

凌五斗还是没有动。

"那好吧，你在这里好好想想我刚才说的话吧，我会把饺子给你留下。"

晚宴开始后，指导员说了新年致辞，连长拿出一把56-1式冲锋枪，三个弹夹，说："没有鞭炮，但我们也得有点响动，我来放他妈三梭子！"说完，他走到室外，对着除夕之夜的寒冷天空，一边大叫着"过年了！"一边把三个弹夹打空了。

随即，饺子的香味弥漫开来。虽然饺子馅里有骨头渣子，每吃一口就会硌一下牙，但每个人都吃得很香。吃完后，每个人的跟前都有一小堆黑白猴子的碎骨渣。

然后，为了度过这个难挨的夜晚，连队组织了扑克牌和棋类比赛，大家闹腾到凌晨才昏昏沉沉地摸上床，倒头睡去。

黑夜慢慢退去，光明开始一点一滴地汇聚，然后很快把整个世界填满了。这是大年初一的清晨。冬天的阳光和雪光一起，把宿舍照得雪亮。雪山灰色的阴影再也看不到了。起床的哨声还没有响，大家已从各自不同的梦里醒来，打完哈欠，伸完懒腰，揩掉眼角的眼屎，睁开因火墙的烘烤而变得过于干涩的、布满血丝的眼睛，每个人都惊了一下，然后把眼睛定定地朝向窗户那侧。他们在这个吉祥如意的新年看到的第一个景象就是依然挺立在那里的活雕像——凌五斗。他还站在那里。阳光透过结冰的窗户，打在他右边的脸上。灰尘在光束里欢快地飞翔。

一班战士李国昌猛地弹坐起来，大声问道："班长，你昨天一晚没睡？"

凌五斗没有应答。

李国昌走到他跟前，用手在他鼻子跟前拭了拭。他还在呼吸，不过很缓很轻。他再一看他的脸，发现他的脸变成了蓝色的。他吓了一跳，赶紧去报告连长。

连长睡在隔壁的房间里，那个房间里的人都还没睡醒。那个房间原是连队的会议室，四面墙上挂满了锦旗和奖状，荣誉粘带的血汗味道和战士们身体里散发出来的味道堆积在这个空间里，混合成了一种非常怪异的、令人窒息的兵营味儿。这种味道让李国昌像驴一样甩了甩头，想屏住呼吸。

他叫了两声连长。连长很不情愿地睁开了眼睛。"妈的，这么早有什么鸟事？"

"凌五斗，凌班长出事了！"

连长一听，"腾"地坐了起来，翻身下了床。其他人也都从床上坐了起来。

连长只穿着秋裤，一边趿拉着鞋，一边问："他怎么啦？"

"他昨晚一晚没睡，还站在昨天那个地方……"

"没有死吧？"

"还有气，出的气不多。"

"妈的，大惊小怪。"听到凌五斗并没有死，连长放心了，他又坐到了床上。

"他的脸变成蓝色的了。"李国昌补充说。

"什么？"连长又"腾"地站了起来。

"他的脸变成蓝色的了。"

连长一听，赶紧往隔壁的房间跑。一边跑，一边尖声喊道："把指导员也叫起来！"

连长站在凌五斗面前。指导员随后也站在了他的面前。两个人盯着凌五斗，像盯着一个外星人。

凌五斗的脸的确变成了蓝色。那种蓝有些发灰。他们从他的脸上看不出任何东西。他睁着的眼睛已经微合，表情平和、慈悲；他的嘴唇微闭，嘴角带着浅淡的笑意；他的呼吸均匀、轻缓，可以感觉，他的内心异常平静，已没有一丝波澜。

连长一边使劲摇晃他，一边说："妈的，你少跟老子装神弄鬼！"

但凌五斗没有动。他的呼吸和微笑也没有改变。

连长看了一眼指导员，"他妈的，你说我怎么摊上了这么一个屌兵！这家伙肯定是魔鬼附体了，你得快点想个办法，让他醒过来。"

指导员叹了一口气。"这家伙身上的确有些怪东西，我现在也没什么办法。"

"他这个蓝脸……不会有危险吧。哎呀，你看，他的手也是蓝色的！"连长低下头，把他的手拿起来，然后又提起他的裤腿，"他妈的，这脚杆也是蓝色的。"

指导员有些害怕了，"这不会是一种病吧？"

"应该是一种病。他的身体可能是因为病变，才成了这样的颜色。把他的衣服扒了，看看他是不是全身都变成这个颜色了。"

连长叫李国昌动手。这家伙动作麻利，转眼之间，凌五斗上身已经光了。他上身的皮肤的确是蓝色的。

"还脱吗？"李国昌转过头来问连长。

"全扒光！"

李国昌把凌五斗的裤子扒到了脚踝处。

凌五斗的屁股、生殖器、大腿、膝盖全都是蓝色的。

虽然他已近乎裸体，但他还是没有动。裸体的凌五斗肩宽背厚，胸肌发达，小腹结实、屁股紧凑，两腿修长，阴毛漆黑，虽然阴茎很安静，但看上去却很有力。他健美的身体第一次如此分明地展示在大家面前，很多人不由得发出了赞叹。因为他的脸被太阳晒得很黑，脸上的皮肤也被高原磨砺得很粗糙，所以那种蓝色还不是很分明。但他身上的皮肤因为要白净细腻许多，那种蓝色就更深了，已接近深蓝，好像是被蓝天渲染过。在稍远处看，他好像是一尊刚出土、洗净了泥土的青铜雕像；近看则像藏传佛教寺庙里彩绘的大黑天神。

全连的人都聚集在了这个房间里，但没有一点声响，大家都惊呆了。

"妈的，快叫陈德全来！"连长尖叫道。

陈德全是军医，他在大雪封山前就得了甲亢，紧张、失眠、幻觉、躁狂、阳痿、饥饿常常折磨着他，他肿大的甲状腺一吞咽时就上下移动。他的眼睛早已突起，上视不皱额，下视睑迟落。连队没有治疗甲亢的药，他治疗自己疾病的唯一办法就是试图保持心情平静、防止劳累。所以，他很多时候都是端坐房间一角，一副与世无争的世外高人模样。

他用不高不低的声音答了一声："到。"然后近乎无声地来到了连长跟前。

"凌五斗都成这个样子了，你还像土地神一样坐在那里。"军医也是病人，兵龄比连长还要长，连长只能抱怨两句，不好过于严厉地批评他，"你来看看这家伙会不会有什么危险。"

"大雪封着呢，有危险又有什么用？"他轻言细语地说，但看到凌五斗的样子，他平静的心情再也难以保持了。他的眼睛似乎又往外突了一些，甲状腺移动得更快了。他紧张起来，他突然大声说："唵，怎么会，怎么会变成这样？"

大家听他这么说，更加紧张了。指导员问道："不会有事吧？"

"我来检查一下再说。"

他去拿来了听诊器、血压仪，在凌五斗身上舞弄了一番，又把了脉，掰开眼睛，观察了瞳孔，又撬开嘴巴，看了看舌苔。然后有些兴奋地说："没问题！健康极了！"

指导员心里还是没底，他对陈德全说："你再看看。"

"凭我的诊断，他的确没问题。虽然心跳缓慢了一些，但没有什么事。只是他这个皮肤为什么会突然发蓝，这是否是一种少有的病变，我以前从未听说过，我建议最好给团里报告一下。"

军医说完，提起药箱回到了自己的床铺跟前坐好——他要努力把激动、紧张了的心情平复下去。

16

指导员把拟写电文的任务交给了文书温文革，文书是连队唯一的高中生，也是连队最有文采的人，他也喜欢卖弄文采，咬个文，嚼个字。他知道这个电文不好写，所以字斟句酌，格外小心。因为他怕上级从电文中看出指导员和连长对凌五斗在管理手法上的不当——他自己也这么认为。他费了半天劲，想得脑袋都空了，终于把给团里的电报拟好了——

> 我连一班班长凌五斗同志之身体在一周前偶感不适，自前日始，即进入浅睡状态，至今未醒，即使站立，亦能入睡；其厌倦水及食物，已一夜一日水米未进，今晨又发现其皮肤变为蓝色，色若高原夏日湖水。对其病症，连队极为重视，军医对其身体进行了详查，结果令人讶异，其呼吸均匀，五官无恙，心肺功能正常。其嗜睡之症可能由于疲劳或缺

氧所致，但皮肤变蓝，闻所未闻，连队无力医治，故报告上级，望能及时组织有关专家对凌五斗之病症予以会诊，并告知结果及医治方法。

温文革把电报读了两遍，很是满意，拿去让指导员过目。

"又给我文绉绉的，给我把这个半文半白的话都弄成白话！另外，你说他'一日一夜水米未进'，那就是说，他除夕夜都没吃东西，这个就不要说了；还有那'讶异'，读着不是让人讶异，是让人感到牙痛，把这个词给我换掉！"指导员指出这些问题，得意地戳了戳那张电文纸，对文书进行了进一步打击，"你看这么短个电报，就有这么大两个漏洞，我跟你讲了多少遍了，这是电文，不是你的作文，写的时候一定要缜密！"

温文革连连说是。改好后，交给了指导员，指导员点点头，把电报交给机要参谋发走。

大年初一这天刚好是政委值班，一看是凌五斗得了如此怪病，想起他是团里将要推出的先进典型，非常重视，马上把卫生队队长和几名老军医叫到办公室，问他们这是什么怪病，几人一看电报中报告的症状，都说没有见过。

一个军医严肃地说："战士在高海拔地区待得太久了，心理会出现问题，会做出一些反常行为，建议连队落实一下，看这个兵是不是用蓝墨水把自己染蓝的。"

政委一听，就说："扯淡，天堂湾哪有这么多蓝墨水！"

另一个军医说："农村里有一种土布，是用织布机纺织的，染布用的是靛蓝草叶加石灰泡制而成的染料，这种布如果浸染得不好，穿在身上就会脱色，皮肤就可能被染成靛蓝色，可以看看他是不是穿过这种衣服。"

"这种可能倒是有的。"政委说着，给机要股打了一个电话，要天堂湾边防连调查凌五斗是不是穿过从老家带来的靛蓝色土布衣服。

连队收到这份电报，赶紧把凌五斗的东西清点了一番。这种衣服他自然是没有。但连长还不放心，又把全连战士集合起来，问谁是不是从老家带来过这样的衣服。大家都说没有。连队便立马回了电报。机要股收到回电后，立马送到了政委的办公室。

已当兵二十三年的卫生队队长，在世界屋脊干过很多年。他提出了一种新的假设。他说："政委，我在高原当兵的时候听当地的老乡说，他们见过在喜马拉雅山上修行的蓝皮肤的喇嘛。当时是当作传说的，没有在意。我刚才一直在想，是不是在高海拔地区待久了的人，因为一种特殊的原因，皮肤就会变蓝。"

"不可能吧……"对这个问题，政委心里也没底。"看来，我们只有把这个电报转给防区，请他们协调陆军医院会诊了。"

陆军第十九医院接到防区的电报，马上找到了与高原病打过交道的专家会诊。大家都觉得凌五斗的病有些特殊。而对于皮肤变蓝，老医生李江州一听就很兴奋。他说："好啊，终于发现了一例！"

李江州在国民党部队就是军医。他也听说过西藏的喇嘛在雪山上修行久了，皮肤就会变蓝。他曾经想过这个问题。一些人认为这是他们修行后道行的表现，因为藏传佛教里很多护法神的皮肤就是蓝色的。而李江州认为，在高原生活久了，由于缺氧，血红蛋白的成分会变异，变异后的血红蛋白使血液呈蓝色，从而致使皮肤也呈蓝色。他最后得出结论："凌五斗的病是缺氧引起的高原病，如不及时输氧，会有生命危险。"

但天堂湾的氧气早已用完了。政委听到这个消息，长叹了一声，"那就只有听天由命了。"

17

虽然指导员知道凌五斗是个创造奇迹的人，但他还是担心他真有生命危险。虽然他如果死了，肯定属于病死，上级不会追究连队的责任，但在新年大节里死一个人，总是不好玩的。而更主要的是，来年他要为连队创造荣誉。他能成为先进典型，肯定是他指导员培养的结果，是他的政治思想工作显现了无比的威力。"但假如他死了呢？"一想到这个问题，他就有些害怕。他不敢大意，让军医一直守护在凌五斗跟前。

银白发亮的雪山如同大海的波涛，一望无际，连队就好像置身于白色的、定格了的惊涛骇浪之间。没有了黑白猴子，时光变得更加沉重、干涩，每个人都觉得被这个世界抛弃了，他们甚至觉得人类已经迁移到了别的星球，把他们遗忘在了这大荒之地。无处不在的孤独咀嚼起来，有一股朽木头的味道。

战士们非常怀念黑白猴子带给他们的欢乐，但这两个可爱的生命已经从这个世界上彻底消失了。

唯一可供观赏的，也就是凌五斗这尊蓝色雕像了。大家过一会儿来看看，过一会儿再来看看。看看他身上的蓝色是不是变浅了，看看他的呼吸是不是加快了。但这样来回看上几回，也就没了兴致。大家还是觉得黑白猴子好玩。

凌五斗似乎什么也感觉不到，他似乎置身于这个小小的尘世之外。这让大家有些嫉妒。军医陈德全最为恼火，因为他在凌五斗身边内心一直难以平静。他突然跳起来，把自己的小马扎踢开，来到凌五斗跟前，大声吼叫道："凌五斗，你他妈的不要装了！"

陈德全长得一张马脸，他吼叫的时候也像马在嘶鸣。但凌五斗还是微笑着，他的微笑像伽马射线，似乎可以照透军医的五脏六腑。

大家需要凌五斗尽快醒来。在这样的孤独的世界上，众人皆醒他独睡，每个人都觉得不公平。大家指望文书和通信员能想出办法来。文书的文采，按他自己的说法，在世界屋脊也是数一数二的；而通信员一直是连首长身边的人，耳闻目睹，潜移默化，早已有了连首长的气派。因为他俩都是连首长身边的人，两个人平时自以为是，互不搭理，说话都是彼此攻击，含沙射影，指桑骂槐，通信员说文书不过是个"刀笔吏"，只会替指导员捉弄两个酸腐文字；文书说通信员不过是个跑腿的，也可以叫作狗腿子，所以只能是个副班级。但现在，他俩众望所归，又觉得该团结一致，共同维护连机关的形象和权威了。

两个人怕人打扰，来到马厩，苦想办法，他们在马厩里转了几十个圈。突然，文书拍了拍手，"我有办法了！"

"有办法就说。"

"凌五斗这个样子，是因为连长把黑白猴子活活摔死了，如果他突然听到了黑白猴子的哼哼声，一个激灵，说不定就醒过来了。"

"可黑白猴子已经死了。"

"但你还活着啊！"

"你骂谁啊？"

"你不要急，我是说你有高超的口技表演才能，口技，那可是传统艺术啊，你也算得上是我天堂湾边防连的口技表演艺术家了。你学黑白猴子的哼哼声，肯定能学像。"

母牛仔细咀嚼着文书的话，他怕文书话里有话，把他骂了，他还乐呵。他已经上过文书很多次的当了。所以他觉得文化人话里藏刀，格外阴险，文书说的每句话他都格外小心，要动用全部的智慧、体力、心力和学识逐字逐句进行审查。他琢磨了一阵，没有琢磨透，但感觉是以肯定他的口技才能为主，就说："我的口技表演才能，就是在防区也是没人能比的。"

"那是那是。"

"那我就试叫几声吧。"母牛说完，先学着试叫了两声，他自己觉得很像，颇为自豪，转过头来得意地看看文书，看似是要征询意见，实则是在炫耀才能。

"很好，真是青出于蓝而胜于蓝啊，如果只听声音，简直像是黑白猴子再世，但黑白猴子很多时候是齐声哼叫的，你再学学。"

母牛把文书的话又揣摩了一番，很受鼓舞，便把黑白猴子在奔跑、散步、爬高、被追、被抓等各种情形下哼叫的声音系统地模仿了一遍。文书再次给予了肯定，叫他练习了几遍，便决定一试。

于是，奇迹般的，黑白猴子复活了，它们的哼叫声再次响起。

那声音先是在门外，是拱雪而行的声音，然后到了连部门口，可以感觉它们和平时一样，一边哼叫，一边东张西望，最后来到了走廊……

听到黑白猴子的声音，全连的人都以为自己在做梦，都觉得时光倒转了，大家都屏住了呼吸。

然后，母牛的哼叫声向凌五斗所在的房间靠近。可以感觉黑白猴子的声音先是触着地的，不时抬一下头——声音也随之抬起。有人从门内伸出了头，文书示意他们不要出声。母牛快靠近房间门口时，像黑白猴子在世时一样，叫声充满了喜悦，声音也随之抬高了……

18

当黑白猴子被连长摔在地上的响声一发出来。凌五斗内心里喷涌而出的悲痛在一瞬之间就化成了眼前的黑暗。那段黑暗是如此黑，即使阳光普照，要把那段黑洗掉，也要好长时间。

但黑暗在慢慢化去，就像墨汁里流进了越来越多的清水。凌五斗觉得窒息，有很长时间他很难呼吸。空气似乎异常稀薄。他必须调节自己呼吸的频率。每呼进一口空气他都会吸入丹田，细细消化，然后再缓慢地呼出。他的身体慢慢地变得薄而透明。为了维持自己的生命，他不得不放下人世间负载到他身上的一切；当他放下，他被一团温暖的光明笼罩着。他的灵魂在美妙的音乐中飞翔，而他的身体长出了无数的根须，深深地扎进了高原冰冻的泥土和岩石里，一直往下扎，一直扎到了海平面以下。

他觉得自己在生长，挣脱了连队这间四方形的房子，挣脱了天堂湾边防连，挣脱了雪山，挣脱了坚不可摧的防区，挣脱了世界屋脊，挣脱了中国，挣脱了亚洲，挣脱了这个小小寰球……他还在生长，无限地生长，大如须弥山一般，最后挣脱了宇宙。

他看到了黑白猴子，他看到它们的时候，黑猴子身后已长出了一对白色的翅膀，白猴子背后已长出了一对黑色的翅膀，它们还像在天堂湾时那么快乐。他这才知道，它们已变成了一对猪天使，它们想带他看看美好无比的猪天堂。刚到天堂门口，母牛的叫声把他唤醒了，他突然产生了一种错觉，觉得黑白猴子在外面野够了，终于回到了连队。这个想法一产生，他就觉得自己脚下的根系一下消失了，大如须弥山一般的自己也猛地缩小了，他从九重天外一直坠落，"吧唧"一声掉到了连队简陋的房间里。他看到他的战友都围着他，惊讶地张着嘴巴，好像看到一尊兵马俑变成一个活了的秦朝武士。他甩了甩自己的脑袋，觉得屋子里的光线太晃眼了。

白 色 群 山

1

即使是八月，这高原也冷得咔咔作响。时光结了冰，重量增加了，压迫着每个人。

天堂湾边防连三面都是高耸的雪山，只有东面有个豁口。除了连队的百十号人，鹰不知去了什么地方，狼嚎声也很久没有听到了，连秃鹫也不往连队上空飞了，偶尔有一阵雪崩的声音传来，像巨浪猛击在礁石上发出的声音一样，贴着地面而行的、呜咽着的风永远肆虐着。

日子有些无聊。但天堂湾边防连通信员凌五斗——虽然他十分谦虚地认为自己只是一朵无意中飘落到这座高原的雪花——却在给自己增添一种非同凡响的勇气。

——他下定决心，要对连长陈向东说，他不想当这个通信员了。

通信员一般不用参加训练，所以别人休息时他很忙，一到操课时间就很闲。其他人训练、执勤，他一遍遍拖连部的地，一遍遍擦连长的办公桌椅，当然，偶尔也会接到营部打来的电话。连长是上海人，崇明县东边一个岛上渔村村长的长子，稍微有些洁癖。他的裤衩每天早上都要洗，有专门的盆子、肥皂。这事儿凌五斗插不上手，都是他自己干。在洗自己的裤衩前，要先用肥皂把自己的手洗三遍，洗完后，要拿到室外阳光照射得最久的小高地上晾晒，说紫外线可以消毒。他的袜子是每天晚上洗，也有专门的盆子和肥皂。

连长每顿饭后要刷牙，他要求凌五斗也必须这样做，但凌五斗一直没有做到。

凌五斗像个勤快的小媳妇忙完连部的事，也会看些图书室里的书籍。

连长虽然对凌五斗有时不太满意，但只要看到他在看书，就会对他很客气。凌五斗就是趁着这个机会，鼓起勇气，对连长说出自己的想法。

他特意找了本《静静的顿河》第三卷拿在手上，站得笔直，对连长说："连长，我想跟您说件事。"

"说。"

"连长，我当兵这么久了，还没有去过哨所，我想去守哨所。"

连长听后，看了他一眼，什么也没说。

凌五斗就不敢再说什么了。

房间里安静得像要爆炸一样。

凌五斗跟连长说出自己的想法后，连长对他似乎客气了一些。但他在连长面前却更加小心，好像连长是一颗地雷。

那天刮了大风，一夜之间气温下降了许多。天堂雪峰顶上风云变幻，雪线不知什么时候降到了离四号高地不远的地方。

季节在变化，内地的冬天还很远，但天堂湾的冬天马上就要驾临。

两天后的中午，陈向东把凌五斗叫到跟前，态度和蔼地对他说："连里已同意你的请求，派你去六号哨所担任班长，替回原来驻守在六号哨所的班长徐通，明天一早出发。"

"这么急啊？"凌五斗心想。他这么想时，连长的目光击中了他。他到连部来第一次用目光注视着连长，然后，立正说了声："多谢连长！"

"你现在已是前哨班班长，可不要'拉稀'！"连长说完，拍了一下凌五斗的肩膀。

凌五斗再次立正。"连长，您放心！"

连长第一次对凌五斗笑了笑。

凌五斗鼓起勇气问："哪几个人跟我一起去呢？"

"目前就你一个人。"

"就我一个人？"

"是的，你一个人去。这是连里的决定。如果你不能担此重任现在就告诉我，我们可以派别人。"

"我能！"

"那就去准备吧。找一下陈忠于，他明天送你。"

六号哨所距连部有一百四十公里路程，需爬上海拔五千七百六十米的达坂后，再绕着天堂雪峰走上五十多公里冰雪路才能到达。

陈忠于是个老兵，长着一张苦大仇深的脸，虽刚过而立，但已满脸皱纹，大家给他取了个绰号：核桃。他一见凌五斗就说："凌五斗，你都第二年兵了，脑子该开点窍，在连部待着多好！我跟你说吧，我听说六号哨所现在已没多少价值了，只是上面还没有正式宣布撤销，需要一个人到那里留守。假如这个哨所真宣布撤屎了，到时大雪一封，你又下不了山，该怎么办？我这是为你着想，你自己看着办吧。"

"那里是真正的边防，我想去。即使哨所真撤了，让我一个人守在那里，也没什么。"凌五斗故作轻松地说。

"哼，那你小子就去吧，明天早上六点钟准时出发。"

"多谢班长。"

2

上车后不久，凌五斗就迷迷糊糊地睡着了。待醒来时，周围一片银白，汽车开在上面，如开在玻璃上一样，到中午，才来到海拔五千七百六十米的达坂跟前。抬头可见天堂雪峰在阳光中闪着银光。银色的达坂在盘旋而上的简易边境公路尽头，在鹰的翅膀上面。他感到有一种无形的、强大无比的力量正顺着达坂往下俯冲。

陈忠于的眼睛瞪着前方，感觉眼珠子都快瞪出来了，两手紧握着方向盘，青筋暴起。好不容易来到一个背风的地方，他把车停下来，没敢熄火。

"班长，要爬达坂了？"

"不爬，飞过去呀？你小子睡得像死猪一样。"

"我一坐车就想睡觉。"

"从现在开始，不准再睡了，你要跟我说说话，免得我也犯困。"

两个人就着军用水壶里的冷水吃了点压缩干粮。陈忠于拿出提前卷好的莫合烟，点燃，深深地吸了一口。

　　两个人继续前行，解放牌汽车像一头可怜的病牛，吃力地在刚好能搁下四个车轮的被九月的冰雪冻结的简易公路上小心地爬行着。

　　天空由湖蓝变成了铅灰色，凛冽的寒风一阵阵尖啸着刮过，拍打得车身"嘣嘣"直响。

　　陈忠于不敢有半点马虎。太阳西沉的时候，他舒了一口长气。

　　"快到了吧？"

　　"快了，走了大半了。"

　　"才走大半？"

　　"托凌班长大人的福，这已经够顺利了。"陈忠于被高原反应折磨得痛苦不堪，他把车停下来，用背包带把头勒紧。

　　"你没事吧？"凌五斗担心地问。

　　"高山缺氧，没事。当了十二年兵，开了十年半车，这条路每年都要跑几趟，你不用担心，我保证把你安全送到。我看你好像一点反应也没有。"

　　"头就跟挨了几闷锤一样……"

　　夜晚的风像刀，似乎要把这辆车剁成饺子馅。它把夯实的积雪铲起来，漫天飞扬。汽车被积雪和寒冷紧裹，无力地挣扎着，发抖、摇晃、痉挛，随时都有坠入深谷巨壑的可能。

　　虽然看不见，但凌五斗可以感觉到，众多雪山已被他们踩在了脚下。

　　即使到了现在，这座高原的很多地方仍然是无名的，即使是高拔的雪山，奔腾的河流，漫长的山谷。连队旁边就有一条无名河，天堂雪峰的冰雪融水静静地流淌着，晶莹纯净。河两岸的牧草并不丰茂，但不时会有一个金色的草滩。河岸两侧一年四季都结着冰，衬托得河中间的流水呈一线深蓝，中午，河面上会升起丝丝缕缕的水汽，轻烟一般，像梦一样虚幻缥缈。它在这昆仑、喀喇昆仑、喜马拉雅、冈底斯诸山脉构架的无穷山峦中冲突徘徊，最后没有找到出路，只能消失在一个没有出口的蔚蓝色湖泊中，去倒映天空的繁星和白云。

　　在车上颠簸了一整天，凌五斗和陈忠于如果不是被那身洗得变了色的军装捆束着，恐怕早就散架了。

凌晨一点二十七分，两个人终于到了六号哨所。徐通带着哨所八名战士裹着皮大衣，披着雪光，站在哨所外，早已望眼欲穿。见到他们，老远就迎了上来，嘴里"啊呀啊呀"地胡叫着，就像获得了自由的战俘。

是啊，他们从今年四月二十四日来到这里就与世隔绝，凌五斗和陈忠于是他们时隔四个半月后第一次见到的人类。大家紧紧拥抱。陈忠于被他们抱得好几次喘不过气来。

凌五斗见到徐通，格外亲切。"徐班长好。"

"现在你跟我一样，也是班长了。你进步这么快，我要祝贺你！"

"我还不知道这个班长怎么当呢。"

"你一个人在这里，管好自己就可以了，好当得很。走，我们先去吃饭。"

哨所做了汤面条，一直等着凌五斗和陈忠于，由于海拔太高，面条只有六成熟，加之放得太久，已泡成了面糊，但每个人都吃得很香。

因为明天一大早哨所的所有人员就要跟陈忠于下山，凌五斗的面条刚倒进肚子里，徐通就开始交接物资：九五式自动步枪一支、子弹二十发、手榴弹四颗、高倍望远镜一副、皮大衣一件、铁床一张、罐头十七箱、压缩干粮九桶、大米一袋（五十斤）、面粉一袋半（约七十斤）、面条三十斤、土豆三十八斤、胡萝卜十五斤、洋葱五斤、大白菜五棵，煤两吨、木柴四百斤、煤油十斤、蜡烛五包（五十根）、手电一个、电池六节、火柴六包、打火机五个，还有些盐巴、清油和应付感冒等常见病的西药。

3

第二天早上六点钟，陈忠于拉上徐通他们下山了。看着他们兴高采烈的背影，凌五斗像送一群来家里做客的亲戚一样，很自然地和他们挥手道别。看着军车的车灯消失在雪山背后，他回到哨所里。房间里还留有他们浑浊的男人味。昨晚没有睡好，头脑有些昏沉。他打开那扇很小的窗户，让外面寒冷的空气灌进来。寒意让他清醒了很多。他在床上坐了一会儿，穿上皮大衣，出门巡视自己的领地。

他望着远处，看到这里除了西边的山脉和天堂雪峰，其他的雪山显得并不高，像是覆了白雪的南方丘陵。之所以这样，是因为这些山位于众山之上，积雪已把它们的棱角抹去。偶尔能见到一块黑褐色的巉岩。更远的前方再无山，天空从那里沉下去了。凌五斗明白，那是大地的边缘。邻国的哨所在西边的数重雪山后面。风为了迎接这个神圣的清晨，停止了咆哮。他看到了一个移动的黑点，激动得赶紧跑到高倍望远镜后面。那是一头狼。它肚皮上的毛拖在雪面上，行色匆匆，不时往空旷的天地间望一眼，绝望地嗥叫一声。凌五斗有些兴奋。"啊，还有活物！"他的目光一直追逐它，直到它像一滴墨水一样融进淡蓝色的积雪里。

这让凌五斗找到了事做，他把哨所周围的疆土都巡视了一番。看着看着，一大片耀眼的白光突然窜进他的视野，他的眼睛都睁不开了。他往东边一望，发现日头已从雪山后面跳跃出来，把所有的雪山都照亮了，天地晶莹剔透，像一块巨大的水晶。

凌五斗关好铁门。哨所其实是一个牢固的水泥碉堡。四面都有瞭望孔和射击孔。徐通他们的生活用品、被褥、枪弹——包括床都拉走了。哨所打扫得很干净。再也看不到他们留在这里的痕迹，好像他们根本就没有在这里生活过。

他们为什么把床都拉走了？难道……难道这里真的就我一个人守着，不会再派人来了？难道六号哨所真的不重要，真的要撤销了？他看着自己孤零零的床，心中有些慌乱。

但这种慌乱很快就过去了。"一个人就一个人！"他对自己说。

我不可能在这里看见别的人了。他在哨所里转了几圈，不知道该干什么。这时，电话铃响了。他拿起话筒，是连长的声音。他关切地问道："五斗同志，感觉怎么样啊？"

"报告连长，感觉还好。"

"感觉好就行，陈忠于和徐通他们下山了吗？"

"今早六点钟就准时从哨所出发了。"

"那好，"接着，连长加重了语气，"六号哨所班长凌五斗听着！"

凌五斗一听，"嗖"地立正站好。

陈向东仍用加重的语气说："凌五斗，你要明白你的职责，你必须对周围的一切保持高度警惕，必须按规定时间向连里报告哨所情况，如有任何突发情况，必须立即及时报告，你明白吗？"

"明白！"凌五斗回答得非常有力，听连长这么说，他断定这哨所还是非常重要的。

陈向东猛地挂断了电话。

凌五斗也果断地把电话挂断了。

他把枪抱在怀里，半睡半醒地坐在向着邻国的那个瞭望孔前。他觉得身体困倦，头脑却异常清醒，他觉得自己就像连队那条军犬一样警觉。

凌五斗严格地遵守连队的作息时间，晚上十点钟准时睡觉，清晨七点五十分①准时醒来。他头脑里仍想着该叫连长起床了，但看看对面，空荡荡的，才想起这里已经不是连部，自己也不再是通信员。

四面冰峰雪岭上的冰雪把外面的天空映照得格外明亮。

这个哨所就我一个人守卫，我一个人守卫着一个哨所……他心中升腾起一股类似英雄般的豪情。他看了看躺在身边的自动步枪，它在幽暗中散发出黑铁般的金属光泽。它使他充满了勇气。

他起了床，全副武装。他决定从今天起，每天进行训练。他觉得这是一名士兵必须要做的。

哨所外有一块半个篮球场那样大的积了雪的平坝，这就是操场了。虽然海拔高，氧气不足，但他跑得很快，跑了几分钟，就喘不上气来。"身为六号哨所的班长，这个身体素质可不行。"他看了一眼自己在雪野上跑出来的一条崭新小路，沐浴着刀锋似的晨风，望着东方的辉煌朝霞，环视四方的万重冰山，心旷神怡，不禁深感自豪地自语道："自己恐怕是这个地球上站得最高的人了。"

群山在他脚下像海涛一样翻涌着。晨辉铺到了他的脚前，东面的天空一下子变得如此近，他觉得自己稍探下身子就可以掬起霞光。最后，天地间醉人的朝霞愈来愈浓，像煮沸的鲜血。

远处的天堂雪峰不再那么虎视眈眈地逼视他了，柔和的霞光使它少了孤

---

① 新疆部队作息时间因时差的原因，一般比内地晚两个小时。

绝尘世的霸气。

凌五斗的胸中激情飞扬，忍不住想大声吼叫，但只吼叫了一声，一大团坚硬的寒风就卡住了他的脖子，使他回不上气来。

他这才知道，在这莽莽高原之上，是不能乱激动的。在这里，任何人必须屈从于它的力量，小心翼翼地、心平气和地活着。

4

强劲的风一大早就开始刮，到天黑时才安静，好像是因为圆月即将升起的缘故。风止后，扬起的雪重归于大地，被寒冷凝结在一起。天地空明，纤尘不染，恍若乐土仙境。

那轮月亮白天就已静静地待在半空，专等太阳落下后放出自己的清辉。夜幕降临后，它在天空露出了自己的容颜。它那么大，那么圆，离凌五斗那么近，好像是这高原特有的一轮。那些沉睡、凝固了的群山被那一轮圣洁的月亮重新唤醒了。他感到群山在缓缓移动，轻轻摇摆，最后旋转、腾挪、弯腰、舒臂，笨拙地舞蹈起来，还一边舞蹈，一边轻声歌唱：

> 天地来之不易，
>
> 就在此地来之。
>
> 寻找处处曲径，
>
> 永远吉祥如意。
>
>
> 生死轮回，
>
> 祸福因缘，
>
> 寻找处处曲径，
>
> 永远吉祥如意。

这歌声如同跨越了一切界限的史诗，如同超脱了一切尘世藩篱的天籁之音。而这，又似乎只有在氧气只有内地一半、孤身独影站在这个星球的肩头才能听见。

——是的，距此三百里处才有一个孤独的连队，九百里外才有一座简陋的小城，尘世猛然间隔得那么遥远，远得像另外一个星球。

这很有质感的月光，使凌五斗不愿回到哨所里去。他如同一尾鱼，畅游在一部激昂的交响乐中——又感觉自己在飞，如一只鹰，直上云霄，冲破长空，荡散浮云。

月色的美丽和大山的神奇灌醉了他。他不知道自己是什么时候回到哨所的，也不知道是什么时候入睡的。只记得那晚做了一个梦，梦见自己抱着一轮晶莹剔透的明月在群山间飞奔，跑着跑着，突然听到一声枪响，子弹穿透了他，他没感觉到痛，只看见血喷了出来，把怀中的月亮染红了。然后，染血的月亮像一个玉盘，在他怀里破碎。他的心也随之碎裂，他非常伤心。当他抬起头来，看见父亲骑着一匹红马，站在不远处的雪山上，他感觉父亲离他很近，但看不清父亲的面容。父亲在注视他，目光严厉，带着责备。凌五斗大声喊爸，但父亲好像听不见，凌五斗向父亲跑去，但他的脚陷在积雪里，怎么也拔不出来，他眼看着父亲的身影渐渐模糊，与积雪相融。

这梦时空混乱，令人伤感，但它是凌五斗上哨所以来做的第一个比较完整、清晰的梦，加之他在这里梦到了父亲，所以他很是珍惜，一遍遍回味，生怕忘却。

他从来没有见过父亲的面，只看过父亲穿着军装、骑在一匹马上的黑白照片。他父亲曾是骑兵，在与母亲结婚不久返回部队执行任务时牺牲了，就牺牲在这白色群山中，离他三百五十公里远的另一个边防连。

这白山如地球上一面寒意凛冽的墙，如此高拔。爸，我也到了白山，这里多像我梦里常常出现的地方啊，连你背后的雪峰都一样。他心里十分难过，一行热泪禁不住流下，一出眼眶就变得冰凉。

从那晚到现在，凌五斗除做好自己的本职工作外，几乎没有去思考别的。他被一种类似诗一样的情绪拍击着。他坚信，就像父亲牺牲在白山中一样，他驻守在这里也肯定是有价值的。

他警惕地观察着周围的一切，认真地记录着观察日记，每天准时向连队汇报。一有空闲，就擦拭自己的武器，进行体能训练，演习一些基本战术。他觉得自己的日子过得蛮充实的。

但不知为什么，他今天想起了连队，想起了家乡和亲人。他们像疾风一样，一遍又一遍地从他头脑中掠过，他担心自己的身心已在不知不觉中感觉到了可怕的孤独。

5

今天上午，群山一片宁静，太阳对这里的寒冷无能为力，但它的光辉仍旧照耀出了一个明亮的世界。早饭时，凌五斗吃了点荠菜罐头和压缩干粮，走出哨所，正要用战备锹平整哨所前的平坝，忽然，一阵令人毛骨悚然的尖啸声从远方传来。凌五斗一听，知道风又要发狂了。

六号哨所地处风口，一年有三分之一的时间刮着八级以上的大风。一刮风，那些砂石和不知积了多少年的雪就会被风铲起，铺天盖地而来。这时，你得尽快找个避风的地方躲起来，几年前在这里守卡的陈玉清就是由于没有躲得及，被一块让风刮起的拳头大的石头击中脑袋抢救不及牺牲了。那风把人掀翻、按倒、刮进沟壑里，更是常有的事。

风声由北而来，吼声如山洪暴发。太阳一下子被风抹去了，群山顿时陷入昏暗之中。被风卷起的积雪和沙石如同一群狂暴的褐色猛禽，张牙舞爪地向哨所扑来。为了防止瞭望孔的玻璃被飞石砸烂，凌五斗赶紧用水泥砖把它盖住，然后冲进哨所躲起来。随后，他听见了被风刮起的卵石"乒乒乓乓"击打哨所的声音，泥沙和冰雪倾泻在哨所上的"沙沙"声。这风一直刮到下午才停。待天黑定，风又起了，似乎比白天更甚，在黑夜中越刮越猛，如数万条饿狼的凄厉嗥叫，让人感到越来越恐怖。凌五斗感到这雪山在摇晃，似乎时时有被风拔掉的危险，哨所则像风中大树上一枚被废弃的鸟巢，随时都有可能被刮落，掉到地上，摔得粉碎。马灯晃动着，橘红色的灯光在哨所里摇曳。

凌五斗看着自己墙上的、随着灯光晃动的影子——他默坐在那里，枪靠在他的脸上。他把头稍稍仰了仰，做出一副视死如归的样子。

他想起了活着或死去，它们似乎闪耀着同样的光芒，如同坟头上盛开的花朵以及土地里掩埋的人，它们构成了一个和谐的整体。

炉火已经熄灭。寒冷从四壁渗进来，湿而黏，如发臭变质的水。

整个世界都在摇晃，都在咆哮。

凌五斗心中莫名其妙地飘过一阵悲伤。它像秋天里池水的波纹,一圈圈在心中扩散开来,留下一丝飘浮的隐痛的痕迹,然后消失了。

这个世界如此强大,自己如此微小,他想睡着,把自己置身于这个世界之外。"我必须得睡觉了。"但是他的思绪却穿过外面的大风去了很远的地方。他想到了祖母和母亲,想起了梦里骑在红马上的父亲,想起了老家屋侧的一棵桃树,想起了故乡的平原和平原上散发出来的泥土、庄稼和农家肥的气息。然后,他想起了阿克赛钦湖——湖水不停地拍击只有砾石的湖岸;想起了他曾听过的那位叫德吉梅朵的藏族姑娘的歌声——那声音一直萦绕在他耳边,想起了她身上散发出来的羔羊一样的气味……他觉得自己的心和暗堡上的积雪一样柔软。

已经零零星星下了好几场雪,雪线已逼向远方,凌五斗希望下一场雪会把整个世界笼罩起来,他希望这一天马上到来。他盼望下雪,那飘扬的每一朵雪花都是一个生命,它们舞蹈着,毫无秩序,却充满活力。到时整个世界都会换上新的容颜:洁白、纯净。到时,即使无月无星的夜晚也不会全是黑暗的,雪光将把世界照耀得雪亮。

6

今天一早醒来时,外面传来了"唰唰唰"的声音,像有成千上万的人在耳边窃窃私语。凌五斗知道自己期盼中的大雪终于落下。

从今天起,六号哨所就与外界彻底隔绝了。这场雪特别大,像是天上发生了雪崩。高原被冰雪严严实实地封冻起来。如果能从人间仰望这里,你会看到六号哨卡就像一片封冻在众山之上、雪海之间、云天之中的落叶。如果从天空俯瞰,它则像一粒不断被冰雪啃噬的尘埃。这里已成了汪洋雪海中的一点孤礁。凌五斗要下山,山下的人要上来,只有明年五月开山之后才有可能。

凌五斗穿好衣服,准备到外面去看看,这时,电话铃暴响起来。这一次的电话是主动响起的,以前大都是他每日汇报情况时打给连队。

"凌班长,你好!"是文书温文革的声音。

"你好!文书,有什么事啊?"

"连长昨天带人去看你了，我想问一下，他到了吗？"

"连长还没到。"

"他计划去了四号哨所后，就去你那里。"

"昨晚这儿已下雪了，雪很大，现在已封山了。"

"那他们可能就上不来了。"

"没关系，连里没事吧？"

"也没啥大事，就是冯卫东死了。"

"冯卫东死了？哪个冯卫东？"

"连里还有哪个冯卫东？"

"你可不能开这样的玩笑！"

"死人这样的事，我开什么玩笑？"

"他怎么死的？"

"他一跳，就死了。"

"一跳……就死了？"

"是的，十月十四日那天的大风把通往防区的电话线刮断了，他跟通信班去查线，从电杆上下来时，看着只有一米多高，图省事，往下一跳，就没起来，典型的高原猝死。"

"怎么会这样啊……？"

"冯卫东牺牲后，指导员向上面打了报告，看能不能追认为烈士，上面还没有批……"

凌五斗垂下手臂，觉得黑色的话筒异常沉重。

"还有，喂，喂，凌班长！"

凌五斗把话筒拿到耳边。

"还有，六号哨所上头已宣布撤销，连长这次就是要来接你下山的。"

"什么？你说什么？"

"我说呀，六号哨所上头已宣布撤销了。"

"撤了？不可能吧？"

"你怎么啦？"

"没事，我……我知道了，谢谢你告诉我这个消息。"

凌五斗觉得自己一下垮掉了。这是一个被雪光映照得多么白亮的日子啊！雪下得那么恣肆、欢畅，不顾一切地往大地上倾倒，那么从容，那么信心十足，带着一种战争狂式的热情和自信……

"冯卫东……你只一跳，一跳……就死了，你他妈的就不知道在这高原上是不能随便跳的吗？"

冯卫东和他同村，从读小学到高中毕业一直在一起，然后又一起入伍、一起上高原，又分到了同一个连队。凌五斗走到哨所外面，风雪如冰冷的、被激怒了的巨蟒，紧紧地缠着他，倾泻而下的大雪密实得令人喘不过气来。

他开始痛恨这绵延不绝的白色群山，觉得它空有一副庞大的身架，却没有任何有意义的内容。"空洞、苍白、冷血！"他原以为可以一口说出许多贬低它的词，却只想到了三个。

"冯卫东，这场雪，它是为你下的……"

积雪已可没膝，凌五斗望着远方，像是能看到冯卫东的灵魂似的。

他的心中流淌着一条呜咽着往前缓缓流淌的黑色河流，它穿过堆满积雪的群山，在蓝色冰雪的衬托下，显得格外分明。

狞笑着的雪，越堆越厚，似乎也要把他埋葬……

这些天，大雪和大风一直没有停歇。积雪已封住了哨所的瞭望孔和射击孔，哨所已埋进雪里，像沉进海水中的礁石。

凌五斗常常记起冯卫东的一切，生命脆弱的现实活生生地摆在面前，他心中总有挥之不去的伤痛。加之这个哨所撤销的事实已得到确认，支撑他生命和信念的东西顷刻间全都不存在了。

他想起了高中的女同学袁小莲。他喜欢她。她鲜艳的双唇不时在他眼前闪耀，如千里雪原中一枝独秀的花朵。然后，它蔓延成一大片，它们在雪原上生动地开放着，欢快地舒展着柔嫩的花瓣，散发出特有的芬芳。它们开放得那么广阔，凡是凌五斗关于袁小莲思绪所到的地方，它们都开放着。一直绵延到她那充满甜味的、温暖的气息里……

凌五斗开始感到难以忍受这里的空寂和荒芜。但他仍然相信自己一定能战胜这一切。他觉得，自己应该是为了战胜它而来的。

雪不再飘飞的时候，天空重新笼罩在头顶，是没有任何污染的湖蓝，可以看到几处雪没能遮住的深黑色危岩。西沉的太阳像在那湖水里洗过，把傍晚时的瑰丽洗却了，显得和月亮一般晶莹剔透，夕阳玫瑰色的光浸淫在峰峦顶上。天地尽头，还有一抹红霞在静待太阳归去。月亮已升起来，是一轮弦月，比太阳更为晶莹。

天幕四合，大寂大静。

7

凌五斗每天早上八点、中午十二点、晚上十一点半会准时拿起话筒，把"六号哨所一切正常"的情况报告给连里，但一听是他的电话，接任他的通信员汪小朔就会礼貌地对他说，班长，六号哨所已被撤销，您不用再向连队汇报，然后就挂断了电话。每当这个时候，他都会痴傻地站上半天。其实，他打电话给连里已成为一种习惯，而更主要的是，他想听到人的声音。好像只有听到人声才能证明自己还活在人世。他得找各种途径来证明自己还活着。但后来，对方只要一听是他的电话，不管是谁接的，都会断然挂断。好像他的声音来自另外的星球，带着邪恶，听不得。

除了他第一天到达这里时看到过一头狼，他再也没有看到过别的活物，现在，他对自己那时看到的是不是狼都产生怀疑了。这里只有无边无际的死亡。在每一个白天，他用望远镜仔细搜寻着能够纳入他视野的每一寸雪山和每一片天空，希望能发现一只飞奔的羚羊、一匹踽踽而行的野驴、一只搏击云天的苍鹰，或者一只老弱的野兔、一群残破的乌鸦，几只小小的山雀，可是没有。

没有活着的东西。

没有其他生命的参照，他怀疑自己是不是真的活着。

要么是铅灰色的天空，要么是蓝得发亮的苍穹，永远是白雪裹覆的山脊，永远是狂啸的寒风，永远是肆虐的狂雪……

有时，凌五斗希望来一阵风，风却静止了；希望云朵飘动，云却消散了；希望日头暖一点，它却益发地冰凉了。感觉不出世界的一点动静，也听不到一点声息。

面对这个由水泥铸成的挺立在山顶上、半埋在积雪里的孤独前哨，已不用怀疑，它现在存在的意义就只是因为它的孤寂。如今，凌五斗像一个在无边无际的惊涛骇浪中驾着无舵小舟、漫无目的地漂荡在大海上的渔人，被一种漫无边际的虚空越来越紧地包裹着。他怀疑自己最终会不会成为一只蛹，看不见孤寂之外的一丝光亮。

在雄奇壮阔的群山中，他连自己作为一星尘埃的重量也感觉不出。在这种辽阔的景象面前，生命渺小得几近于无。此时，四面都是绵延无际的雪海，它一直绵延进灰褐色的烟霭里。这的确像是波涛汹涌的大海，在很多时候，他的确听到了它们惊天动地的浪涛声。

天地太空了，空得无边无际。能容得下无穷的黄羊、藏羚羊、藏野驴、野牦牛、雪豹、棕熊和猞猁，黑颈鹤、白额雁、斑头雁、赤麻鸭、绿头鸭、潜鸭、藏雪鸡和大嘴乌鸦，以及悬停在天空中、给大地投上一片阴影的鹰和金雕。

想起这些高原上的生物，他不禁号啕大哭起来。

在强大无比的大自然面前，凌五斗觉得自己还没有真正交手就失败了。他多想这样安慰自己：他的哭，只是面对强大的大自然的一种感动，而不是因为别的什么。他想，作为一名身陷此境的人，纵是用这样一种自欺欺人的方式来安慰自己也是可以理解的。

他害怕风雪，但寒风尖啸起来，狂雪紧裹着哨所。

他坐在炉子前，望着跳跃的蓝色火苗，看见连长的脸在炉火里对着他笑。他知道他想念起连长来了。他从小喜欢裸睡，作为不良习惯，部队三令五申禁止，他在新兵连的时候把它改掉了；到了天堂湾，他每天睡得比连长晚，起得比连长早，所以裸睡的毛病又犯了。有好几次，连长叫他起来跟他一起去查哨，他睡得迷迷糊糊的，光溜溜地站在连长面前，自己却没有察觉。他身材健美，像镀了银的、没睡醒的大卫。裆间的家伙勃然挺立，像一支粗壮的箭形镀银匕首，直刺连长。

连长总会朝他的小腿端上一脚，"你他妈的，成何体统！"

他这才清醒了，很是尴尬，赶紧摸了衣裤穿上。

"连长……"他难为情地赶紧找衣裤。

"尿毛病多！"

想起这些,凌五斗觉得很温暖。他突然想跟连长说些话。他说:"连长……"却不知该说什么了。想了半天,他才想起该问一下六号哨所撤销的事。

连长一接通电话就说:"凌五斗,很抱歉,我们也刚从雪海里挣扎出来,差点报销在去六号哨所的路上了。很对不起,没能把你接下来。"

"连长……"他哭了。

"你是不是害怕了？"

"是。"

"怕死？"

"是。"

"你要记住,对军人来说,死亡是一种常识。"

"连长,我想知道六号哨所撤销的事。"

"我是临上四号哨所前才得到六号哨所要撤销的命令的,知道这个消息后,我准备到四号哨所后就去六号哨所把你接回来,没想雪下那么大。你现在只管好好地在山上待着,注意自己的身体和枪弹不丢失就行,别的可以一概不管。"

"是,连长！"

8

凌五斗没有留意,元旦已经过去。

他原计划半个月换洗一次衣服,现在也觉得没有必要了,甚至认为洗脸也是件多此一举的事。他的胡子和头发一直没有理,因为理发工具他没有找到,可能是徐通忘了留下。

这是些多么苍白空洞的日子！他听见日子是那种用钝锯锯木头的声音。他不知道该干什么,也不知道能做些什么。一会儿拿起枪,一会儿扫扫地,一会儿痴看着燃烧的炉火。

"巡逻去吧！"他对自己说。

"巡逻？算尿了,还是扫雪吧。"

"是的……扫雪去,马上就去!六号哨所的全体人员跟我出去把雪扫了。"他觉得这里并非自己一个人,而是一个前哨班。

这积雪的确太厚了,浮雪已被风卷走了一些,没卷走的还可以没入腰际,下面还有好厚一层被大风夯牢筑实了的硬雪层。

凌五斗就这样在稀薄的空气里,在零下不知多少度的严寒里,干着终于可以一干的事。

他心中的寂寞随着自己流下的汗水慢慢消散了,他觉得自己一下轻松了许多。

"唉,兄弟们,怎么会没事做呢?这里有多少雪可以扫呀。只要有事做,日子就不会难过的。"

风雪止息,白日高悬,日光和雪光把雪山照耀得如此白亮,像一个荧光世界。他拄着扫把,迎着日光,抬头一望,眼前顿时呈现炫目的五彩光环,光环之中,一个人骑着一匹枣红骏马,正天神般徐徐而下。"那不是爸吗?"他喊了一声爸,忍不住热泪涌出。当他擦去眼泪,他看到父亲已立马屹立在不远处的一道雪梁上。他使劲揉了揉眼睛,还是看不到父亲的面容。但他感觉父亲也在看他。他蹚着积雪,深一脚浅一脚地向父亲走去。但父亲离他始终那么远,他永远也走不到他的跟前。但他不死心,一直往前走,当他终于走到那道高耸的雪梁上,父亲和他的枣红骏马化为光影,像个梦一样消散了。来到父亲恍然屹立过的地方,他没有找到枣红骏马留下的马蹄印。哨所离他已有两三公里的距离,已看不到它。他有些慌乱,他觉得那个哨所就是他在这个世界上唯一的家。他害怕自己找不到回家的路了。

他在那里徘徊了很久,觉得父亲像在跟他捉迷藏。他期待父亲会在他找不到他的时候,偷偷地跑出来,蒙住他的眼睛,或者学一声布谷的叫声,告知自己的儿子他在哪里藏着。但只有暴风雪过后残留的风的喘息,只有残风吹起的雪粒不停地射击在脸上,呼吸出来的热气和不知多久流出的泪水已在帽檐、眉毛、眼睫毛和脸上凝结成霜。

当他感到又冷又饿的时候,才开始往回走。已找不到来时的脚印的痕迹。他回到哨所时,白日已沉入白色群山后面,留下一片惨淡的晚霞。哨所里比雪野还要清冷,好在寂寞就要完全把他紧裹住的时候,疲惫使他睡着了。这是他上哨所后第一次熟睡，那是多么幸福呀。他梦见父亲向他的哨所走来，跳下马，推门而入，坐在他的床边，用一双粗糙的、满是马汗味的大手抚摸着他的头。他闻到了父亲的味儿——一种人汗味、马汗味、枪械味组成的刺鼻的味道——就像烈酒，刺激人又让人沉醉。他的一只手抓住父亲的另一只手。他开始一直没有注意去看父亲的脸，当他想起时，父亲已站起身，往外走了，他腰间的马刀撞在门上，发出了"哐"的声响，然后，他听到马蹄声渐渐远去……他觉得很满足……

就在这个时候，电话铃把他吵醒了。

凌五斗很沮丧，同时，又有些高兴。他想，连里这么晚来电话，一定有重要的事要告诉他。至少，连里主动打电话来，也是关心他。当然，他也希望听到另一个人的声音，他准备和来电话的人好好聊一聊。他拿起了话筒。是连长的声音！

"凌五斗，怎么样啊？"声音多么亲切！

"报告连长，我还好。"

"枪和子弹没出事吧？"

"没有，枪完好无损，子弹一颗不少。"

"那就好，多吃点东西！"

"是！"他怕连长把电话挂断了，赶紧说，"连长，您还好吧？"

"还好！"

"连队其他人呢？"

"都好得很。告诉你个好消息，冯卫东评为烈士了。"

"真的？"

"革命烈士。"

"太好了！"

"有事没事都可以给我打电话。"

"好的。"

"现在，你就是天天光着屁股睡大觉，我也不会再踹你了。"

"可我把那毛病改掉了。"

"好了，我说得够多了，归结起来一句话，你他妈的给我好好地守在那里！"

凌五斗没有吭声。

连长把电话挂掉了。

凌五斗握着话筒，盯着雪光映照得雪白的墙壁，笑了。

9

又不知过了多少天，这些天他老觉得有什么东西在房间里舞蹈，它们面目颇为狰狞。哨所外似乎也是，到处都是。

"得睡着，睡着就没事了，这一定是白天太累的缘故。"

他拿起枪，打开保险，钻进被子，一闭眼，它们又在眼前出现了，它们扑向他，用冰冷的舌头舔他的脸。

一种类似电流一样的东西穿透他的身体，一切的运动都快如闪电。他奋力挣扎着，却是徒劳。他的双手在沉重地挥动，双脚在用力地蹬踹，他的嘴在大张着呼喊——他喊冯卫东、喊陈忠于、喊袁小莲、喊连长、喊奶奶、喊娘……他记得自己拿起枪，朝那舞蹈的东西射击，不知过了多久，他终于醒来了，他猛地坐起来，虚汗浸透了内衣。他痴愣了半天，把油灯点上，披上大衣，把枪紧紧抱在怀里。

虚汗止了，但身上十分难受，像穿着一件涂了冰凉糨糊的衣服，心紧张得"怦怦"直跳。身体已虚弱得没了一点力气。

夜是这样的死寂，一切声音在此时都停止了。一切都死了，雪就是尸布，裹着整个死去的世界。鬼魅在外面潜伏着，准备随时进来把他掳去。

从那以后，他就不敢在夜里睡觉了。他改在白天睡觉。但迷迷糊糊的，怎么也睡不踏实。心中的警惕感虽不需要，却不时像警笛一样鸣叫开来。

他一直处在这种境况中，觉得自己轻得像一片羽毛。

"我不能就这样完了，我得想点办法。"他对自己说，他觉得自己的声音都是飘忽的，感觉不出那是从自己嘴里发出的。

外面的雪，下狂了。

"我得做点什么，是的，做什么呢？"

他支撑着下了床。腿一走动，竟有些颤抖。他在房间里吃力地打着转，想找点事干。

他觉得应把床重新铺一下。这床是他上山时徐通他们帮着铺的，他觉得应该自己铺。他揭掉床单，把褥子翻过来，在铺板上惊喜地看见原先糊在上面、又撕去后留下的残破的报纸，其中有篇残缺的通讯稿。

看到那些文字，他心中不禁有些高兴。这片通讯是写天堂湾边防连的，有好多地方不真实，但在这里，不管它们记载的什么，都让他感到亲切。他看见它们闪耀着人类文明的古老光辉。

10

这种整日昏昏沉沉的日子使凌五斗痛苦无比。

他多么渴望有一个能安睡的夜晚！

他想，人之所以在晚上睡觉，一定有其深刻的道理。一切真实的东西在夜里都被隐藏或者虚化了，面对被隐藏和虚化的世界，人们除了更多地想到恐惧，很难体会到事物存在的其他意义的。因此，人们选择了用沉睡来替代夜的恐惧，一入睡，令人恐惧的世界就暂时从意识中消失了。那是多么美好的事情！可他在夜里却睡不着。他开始怨恨起连长来，假如他那天晚上不用电话吵醒他，他就可以一觉睡到天亮，这一切就不会发生了。

"我必须调整自己，一定要设法在夜晚睡去！"他狠狠地、大声地对自己说。

第二天天一亮，他决定白天再困也不睡觉了。

他觉得自己应该做事，他应该在哨所外修上一些掩体，如果打仗了，就可以用。

他吃了些罐头，然后扛上战备镐，先铲了积雪，刨出地表来，冰冻的地表跟石头一样坚硬。他费了很大的劲，才挖了脸盆大一个坑。直到挖到卵石层，才省力一点。他记起他在连队曾看过一本地理书，书里讲这高原很多年前曾是一片大海。他就一边吃力地干着活，一边想着美丽的大海变成险恶的白色群山的事。他感到不可思议。美丽的大海，怎么会变成这个模样呢？一望无际的蔚蓝色的波涛不快不慢地向天际涌去，海里游着千奇百怪的鱼类，海底生长着迷人的珊瑚和海藻，海上飞翔着轻盈动人的海鸟。可现在呢，它只留下了自己朽败的骷髅。如此广阔的地方，竟养不活一丝绿色，除了那垂死的灰褐色和惨然的苍白色外，什么也没有。辉煌的、充满生机的大海的踪迹已无处可寻了。

还没到中午，凌五斗就感到饿了。这使他感到很高兴。他热了一个驴肉罐头，将它填进肚子里，还觉得饿，就又吃了一个。吃了午饭他又接着挖掩体，到天黑，他扛了一块冰，在锅里化了，烧了一壶开水，吃了压缩干粮，就满怀信心地准备入睡。他想，自己白天又困又累，今晚一定能睡着。他把枪放在身边，躺了下去。

"睡吧，今晚好好地睡一觉，五斗。"他充满爱怜地对自己说。

"我就要睡着了，我今天这么累，从昨天晚上到现在，我都没迷糊一下，我怎么能睡不着呢。"他微眯着眼睛，给自己鼓劲。

"我今晚一定会睡得非常好的，一定会。我会做一个很好的梦，梦见这里的雪化了，变暖了，山全变绿了。到处都是郁郁苍苍的森林，林间跑着梅花鹿；在森林的上空飞翔着五彩的鸟群，它们的鸣啼欢乐婉转，它们一年四季都在森林里飞来飞去，永不离开。六号哨所的周围，天天都有鲜花盛开。在森林的边上，就是一座城市，那是一座全由木屋组成的城市。城市到处都有绿树、青草和鲜花；没有电话，洁白的鸽子传递着信息；没有汽车，街上行走着梅花鹿拉的鹿车；也不要电灯，到了晚上到处都挂上点着彩烛的灯笼。我就住在这座城市，住在自己用樟木修成的小屋里，屋子里长年弥漫着香樟的气味，木屋四周围木栅。阳光暖暖地照耀着木屋四周的花朵，喷泉喷着晶莹水柱。我坐在一把木靠椅上，舒心而平静。孤身守卫六号哨所时残留在脸上的孤寂的痕迹也被这座城市用母亲般的手抚平了。我在阳光中昏然安睡。有只洁白的鸽子栖在我的肩头……当然……木屋里住着我的母亲和妻子。妻子……究竟是袁小莲，还是谁呢……是袁小莲。只有她。她有含蓄而迷人的笑，有温柔甜美的声音，轻盈飘逸的步态，直垂脚背的长裙……嗯，小莲……我该入睡了，我该入睡了……"

凌五斗睡着了，但睡意很浅，因为他能感知自己对自己的睡眠充满了忧虑，还在担心那些可怖的东西重又来临。没过多久，他终于彻底醒来。他把枪抱得那么紧，马灯也没有吹灭，他对这种状态充满了哀伤，似乎哭过。他的身体那么劳累，而头脑却异常清醒。

"明天，明天再修掩体，整天都不休息，到时一定会睡着的，一定会……"他安慰自己。

第二天中午，凌五斗挖好了第六个掩体，他觉得自己的整个身体已被碾压成了碎片，头脑里传出一阵阵轰鸣之声，他觉得自己已经不行了。他对自己说："得赶快回到哨所里去。"

他跟跟跄跄地撞开门，靠在墙上，觉得天旋地转起来，并且越转越快，最后，他什么也不知道了。

醒来时，四周漆黑，全身冰凉，头脑里像塞满了废铁烂铜，又像一个充了气的气球，悬在沉重的空气中。所有器官都像被什么东西卡住了，手脚如铁棍一样难以弯曲，身体里的血全都冰冻起来了。

"我还活着吗？……这是我的肉体，还是我的灵魂？……"凌五斗感到有一丝轻盈的东西从身体内像一股轻烟一样升起来，觉得自己超脱了。因为飘荡的灵魂可以四处飘飞，自己再也不怕失眠，再也不怕寂寞了。

他静静地躺着，又不知过了多久，他睁开了眼睛。他的眼前出现了一团朦胧的白光，慢慢地，它清晰了，他辨认出那是一轮月亮。

"这是晚上了，可我是在哪里呢？"他在心里问自己。

从开着的门洞里，他看清了那轮雪亮的残月，但那月亮却似乎进不了他的大脑。

"我得坐起来。"他知道自己是躺在地上的。他试着活动手脚，他的手触到了铁床的床脚。"得上床去！"可无论怎样，身体也动不了。他用已经好了些的左手用力拉住床脚，身体向前动了一下；他抬起左手，摸到了被子，把它拉下来，裹在身上。

炉火早已熄灭，哨所里冷得和外面一样。

凌五斗发现自己已经病了。他的头痛得像斧头在劈，鼻子堵得不透气，耳朵里有一种沉闷的"嗡呜嗡呜"的声音，一波接一波地猛响着。随着身体渐渐变暖，病痛尖叫着逼近了他。他强撑着爬起来，关紧门，给马灯添了煤油，服了感冒药，再次躺上床去。

90

"这只是感冒，吃了药，躺一躺，明天一早就好了。"他对自己说。

"刚才我是不是晕过去了？不，我只是太困，睡着了，如果在床上也能睡得那样死，该多好。"他害怕再这样去想问题，怕胡思乱想一通，又睡不着了。病痛中能够睡去是再好不过的，一觉醒来，这病说不定就好了。他强迫自己不去想什么。他烧得似乎要燃烧起来。他开始数数，心想自己如果能从一数到一千，就可以睡着了。但他从一数到一万后，还大睁着眼睛，他又从一开始，数到了三万，仍无睡意。

炉火有气无力地燃烧着，他感觉心中像结了冰。

外面又起风了，说不定今晚又有一场大雪。风很大，如狼嗥。他感到有一张苍白的网正罩向他。他的心在那网的笼罩下，慢慢平静。连长说得对，对军人来说，死亡是一种常识。死亡就是为了安静地生活。想到这里，他不禁释然呻吟了一声。他探出身子，把电话拿到自己枕边，心想："如果真不行了，我就可以告诉连里，让人来替代我，守这哨所。"但他马上记起，这哨所已被撤销，再也不用人来守卫。

他不知道自己是多久睡着的。他做了一个梦。

他朝四周看了看，看见父亲骑着红马站在高高的雪山上，像一尊雪雕。他和马一动不动，逆向的阳光给他和他坐骑的身影镀了一道明亮的银边。

他感觉有战友来到了这里。大家很快就把床铺整理好了，煤炉也支了起来，副班长忙着去试收音机，但只能收到邻国的台，叽里呱啦的，一句也听不懂。他有些失望，忙把电话拿出，接上，使劲摇。电话线接通了。凌五斗和连长高兴地聊了起来，连长对他说，裤头三天洗一次也不算啥事，穿着那样的裤头，老子照样活！凌五斗听他那么说，就附和道，这上面反正见不到女人，我们到时都不洗裤头了。两个人粗野地哈哈大笑起来。

放下电话，凌五斗开始忙碌。吃了三天的压缩干粮，他要给大家做一顿面条吃。他铲来积雪，化成水，沉淀了一会儿，把沙石尘土滤掉，然后开始烧水，水沸腾后，他放了四斤面条，然后又打开一个菜罐头，把菜放进去。由于氧气不足，气压太低，水的沸点很低，面条有些黏，有些夹生，但大家已习惯吃这种夹生饭食，所以还是吃得很是欢畅。吃饱之后，大家很快就睡着了。他看着满房子的人，心里很高兴。

91

连里今晚的口令是红马，六号哨所也是。他在炉火前排好哨，他站第一班。

哨所外面铺着一层白色的光，不知道是月光，还是积雪的反光。凌五斗熟悉这种夜晚的颜色。他担心自己还是一个人守在这里。他赶紧回过头去，他看见炉火呼呼地燃烧着，他的战友正在酣睡，他放心了。

他们骑的军马突然骚动起来，有的喷着响鼻，有两匹还嘶鸣了一声；从扎西家租的托运给养的牦牛也不安地、像狗一样跳动着，然后慌乱地挤在一起，它们围成一圈，头朝外，屁股朝里，蹬着四足，摆出了一副应对攻击的架势。

凌五斗把子弹推上膛，问了一声："谁？口令！"

"红马！"一个坚定的声音回答道。随后，一个骑着红马的人从哨所前面的山路上冒了上来，他的身上披着厚厚的白光。

凌五斗把枪对着他。"请问你是……？"

"我是凌老四。"

"那么，您是我爸！"

"那还用说。"他跳下马来，那匹红马像火焰一样红。"我早就知道你是我儿子凌五斗了，你一个人来守这个哨所的时候，我就知道了，我哪想到你会到这里来呢。今天，我想来看看你。"

凌五斗一听，赶紧给父亲敬了个军礼。父亲拍了拍他的肩头，他的手挨着了他的脸，冷得像一块冰。他赶紧说："爸，这外面冷得很，走，进去烤烤火。"

"好。"

红马在外面立着，凌老四跟着儿子进了哨所。

屋子里暖融融的，有一股煤炭味和脚气味。凌老四在炉子前坐下，蓝色的炉火映照着他的脸。凌五斗觉得他的脸上像是飘着一层厚厚的烟雾，他还是看不清。

他望着自己的儿子，笑着说，"你看你这个样子，哪够格来当兵啊。"

"我觉得自己还行，爸，你怎么没有回过老家啊？"

"我也想回去，但我的灵魂老是过不了那些河。"

"那我知道了。"

他看到父亲和他一样年轻。是啊，征兵人员对他们都进行了严格体检。

身高要标准，不能是直脚板，不能是罗圈腿，不能是驼背，不能有鼻炎，不能有文身，不能长痔疮，包皮不能太长，不能是疝气，不能阳痿，不能是同性恋，说话不能口吃，内脏要健康，没有梦游症，视力5.0，牙齿坚固无虫牙；此外还要检查听力、验血、验尿、透视，检查有无皮肤病，是否有狐臭……然后是政治审查，祖父是不是贫下中农，有没有参加过反动会道门组织，是不是在反对阵营里当过走狗。另外还要没被判处过徒刑、拘役和管制，没有被劳教，没有进过少管所，没有被开除过学籍、团籍、党籍，没有流过氓、卖过淫、嫖过娼、吸过毒、盗过窃、抢过劫、诈过骗……他和父亲都顺利地通过了。他看到父亲穿着绿军装，领章和帽徽红得刺眼。

"爸，你怎么一直骑着红马在白山上闲逛？"

"因为我不缺时间。"父亲微笑着对他说。

"你是说你不朽了？"

"没有谁能不朽，我如果不朽，也是暂时的。"

两个人都没有话说了，火却越来越旺。而他的父亲，像受不了那火的热气，形象越来越模糊，变成了影子，最后连影子也消失了。

屋子十分空阔。

凌五斗忍不住走到哨所外面，看了看周围的雪山，又望了望天空，感觉风一阵阵掠过，他希望，在天空与大地之间，真的有无数的灵魂在栖居，而他父亲就是其中一个。

世界如此安详。

他释然了。他真的觉得，生命如果真像一片雪花，从天空或优美或笨拙地飘落，然后不为人知地融化，也是无比美好的。

11

在凌五斗希望那场病能夺走他生命的日子里，他觉得自己轻松而平静，但过了几天，他的病却好了。他这才知道，即使去死，也不一定是能遂愿的。他曾一度烧得迷迷糊糊的，两三天没有醒来。但他还是没有死掉。想死掉的人，你得必须活着；想活着的人，你得必须死去。世界也许就是这样。

在他的病好转后，无处不在的寂寞又降临了，它们在四周重又恐怖地尖叫起来。

这是个无星无月的夜晚，天空中不知怎么布满了铅云。雪光已变得非常微弱，夜，不知是何时充满的。

四周的世界一片死寂，他可以听出大山被严寒冻结时"刺刺啦啦"的声音。这死寂使他不由得紧张起来，最后变成了惊恐。他隐隐听到一种恐怖的喘息声自远处传来，然后如同飞一般迅速地靠拢了，声音也由细微变得庞大，那声音似乎就在哨所外，猛烈地撞击着墙壁。并且，他感觉它们从射击孔爬了进来，带着绿色的磷光，像一条没完没了的蛇，用冷血的身体缠绕着他。他感到心被绷得那么紧，似乎轻轻一触，就会铮然断去。他想呼喊，但那如蛇一样的东西缠住了他的声音，而这呼喊除了自己短暂地排解一下恐惧外，没有一点用处。

他挣扎，他拿起了枪，他的弹夹里有二十发子弹。紧缠在他身上的东西一下松弛了，他听到了它们像稀泥样淅淅沥沥淌在地上的声音。但哨所外的声音仍然越来越大。

凌五斗紧握着枪。这是什么声音呢？夜的声音？白色群山的声音？从遥远的荒原上涌来的声音？还是凶兽恶魔的声音呢？他点上灯，那声音在光亮中潮水样哗哗啦啦退走了。

凌五斗身上的冷汗慢慢止住了，心似乎也在一点一点地恢复安静。他仍用满含惊惧的眼睛注视着四周，他看见了那些恐惧的喘息声四处爬行过的痕迹，到处充满了它们残留的寒意。他拿着枪，关死了门，靠着朝向邻国的那个瞭望孔。

他的头脑出奇地清醒。他已经对睡眠、哪怕是半醒着睡去都充满了恐惧。他不由得把解下的子弹袋系好，扎好腰带，斜跨上军用水壶，然后把冲锋枪从朝向邻国的那个射击孔伸出去，瞄向无边无际的黑夜。"战斗马上就要开始了！"

"哦，那是敌人朝这里冲锋时发出的喘息声，听！密集的子弹正'嗖嗖'钻进哨所四周的积雪里。"他眼前甚至出现了敌人朝他冲上来的身影。

"多么热闹，我现在是多么镇定，有仗打了，我如果打赢他们，那喘息声就会烟消云散。我不是一个人在守哨所，我有八九个兄弟呢，他们都是以一当十的勇士。他们在各自的战斗位置上严阵以待。那是什么声音？那么气势汹汹，它们近了，我们可以给它们一点颜色瞧瞧了！"

凌五斗扣动了扳机，他弹夹里的子弹迫不及待地射了出去，在夜里拖着长长的金黄色尾光，如一颗流星，钻进了敌人的胸膛。那个中弹的家伙先直起身子，像是要把击中他生命的伤口专门给凌五斗看看，然后才倒下去。别的弟兄们的枪也响了，敌人败退。

"但还没完呢，他们还会来的。我的头脑现在多么清醒呀。是的，我是班长，我是天堂湾边防连六号前哨的班长，这是个距连部最远的哨所，它有重要的军事意义，我一定要守住它。连长，你他妈的放心吧，我是不会给你丢脸的，明天早上，你就等我的捷报吧。"

他觉得瞄着准星的眼睛有些酸痛，头脑里出现了短暂的空白。

"小莲，去你的吧，现在我哪顾得上你？妈的，多么静，怎么会这么静呢？静得他娘的……我看这正是敌人在组织新的进攻的前兆！果然是的，你看，来了更多的人，他们嘶哑地喊叫着。不过，你不用担心，小莲，我们全哨所的兄弟们完全能够对付他们。我刚才装了二十发子弹，我打了十一发，一共打死了十一个人；娘的，十一个，我们八九个人，每人干掉十一个，那该是多少？打这样的仗，真是太好玩儿了，根本没有想象的那么紧张。把子弹射出去，看到对手颇不情愿地倒下去，心里可真是痛快。开头当然是有些怕的。是有些不忍心杀人的，但慢慢就有了兴趣……像玩一场逼真的游戏，娘的，他们来了，打！"他的喊叫声沙哑而恐怖，充满了血腥。

凌五斗真的有一种杀戮的快感，他觉得黑夜里已堆满了敌人的尸体，他们一层垒一层，以各种姿势倒伏着，血，冒着热气，无声地流出来，汇成一条红色的溪流，向低凹处漫去，然后冻结了。

凌五斗的眼睛已看不清什么东西，从射击孔灌进来的寒风使他的整个脑袋都麻木了。

曙光的出现，预示着恐怖的夜晚终于过去。他退回到床上。他清醒了——也许是迷糊了，他已搞不清自己是迷糊着还是清醒着。只觉得白天即将来临，他可以入睡了。他抱着枪，酣然睡去。

就在这时，电话铃响了。凌五斗从床上一跃而起，骂了句："我操！"扑向那电话，像扑向一根救命的稻草。他觉得自己就要爆炸了。他抓起话筒，但又"啪"地把电话挂断了。

他不由得放声大哭起来。

一会儿，电话铃重又响起，凌五斗虚弱地坐在床上，只管流泪，没有去理，电话铃就一直响着，它破旧的声音像锯子一样撕扯着他的心和神经。"操！"他骂着冲了上去，抓起话筒，咆哮道："老、子、还、活、着！"

凌五斗吼完，猛地把电话又扣了，电话机在桌子上跳了两跳，摔在了地上，话筒与话机分开了，他听到里面还有"喂喂喂"的声音。

他看着地上的电话机，心中涌起一股刻骨的仇恨来。他拿起冲锋枪，打开保险，对着话筒扣动了扳机，子弹的尖啸声在这个逼仄的空间里猛地炸开，尖叫着回响，硝烟随之散开来。

凌五斗"嘿嘿"笑了。

天已亮了很久，天空很新，群山也很新。他感到整个世界都在颤抖，他觉得自己像打摆子一样发起抖来。脑袋似乎已变成了一块几千吨重的钢锭，而支撑它的整个身体又软得像在水里泡久了的面条。他挥舞着铁镐，向铸着厚重寂寞的四壁奋力砍去。他看到了乱溅的火星。那些火星与他眼中的火星碰撞着，然后像焰火一样散开了……

他的身体漂浮起来，沉重的头朝下栽去，眼里的火花熄灭，绿色的蛇一样的东西再次爬过来，开始整个儿吞噬他……

12

今天是几月几日呢？凌五斗的确搞不清楚了。

看着呼呼燃烧的炉火，他觉得它们在笑。"笑什么？有什么好笑的？"他狠狠地踢了那炉子一脚，炉灰飞起来，扑了他一脸。

"六号哨所撤销啦，去你妈的，少骗人！怎么会撤销呢？狗日的雪，你下吧！还有像疯狗一样叫着的风……今天不会是过年吧，今年的年好像是今天，管它呢，就当今天是过年吧。有四五种罐头，驴肉、牛肉在炉子上烤一烤，再舀上一碗雪，在炉子上化了，就当酒。他娘的，这酒蛮不错嘛。冯卫东，老弟，我爸是咱们村第一个烈士，你是第二个，先敬你啦，你在你那里过好！第二杯呢，就敬这雪山，你给我一条路，让我离开这里，让我回去，回到哨所去，回到六号哨所去，我这不是在六号哨所吗？哦，我已经回来了。第三杯呢，就敬连长，连长，你新年大吉！告诉你吧，我这四壁全是袁小莲的脸……枪响了，哪儿来的枪声呢，飘悠悠地传来，像飘飞的羽毛。鸟儿有很多羽毛，很好看，各种各样的，它们还有翅膀，可我没有。如果有，我就飞离这里，飞到袁小莲的枕边去，为她唱歌。我原来似乎打过一枪，刚才我又打了一枪，子弹闪着金黄的光，击中了对面那座冰山，击中了它的胸膛。它在痛苦地大叫。第四杯呢，敬我的娘，娘，您儿子可勇敢啦，一个人守了一个哨所，六号哨所，这是世界上十二个海拔最高的哨所中最高的一个。这里不错，您儿子很开心，您再吃一块牛肉，这是距今十六年的一头牛做的。还有这驴肉罐头，从上面写的生产日期看，也有十四年了。这样算来，十四年前的某一天，那头驴可能还在叫还在拉东西呢，这是头老驴，肉有些糙……我没醉，我把这罐头盒踢着，好玩儿，过年嘛，踢着罐头盒乐和乐和……"

是什么东西在墙上爬，慢慢地，它们露出了越来越狰狞的面孔，发出了令人毛骨悚然的嘶叫。凌五斗拿起枪，拉开了保险，对着它们，开了一枪，枪声在哨所里发出一阵闷响，他吓呆了。"我怎么能随意开枪呢？"他看着冒着青色硝烟的枪口，像睡着的人，突然惊醒了。

他连忙清点子弹，少了三发，只有十七发了。那两发子弹是多久前打掉的，他怎么也想不起来。

13

雪山闪得越来越远。高原像一个巨大的广场。看不出一丝生命的迹象。但在气候较暖和的六七八三个月里，很多地方还是会生长出疏浅的植被，形成一片片浅黄色的高寒草原。可以看到紫花针茅、垫状驼绒藜、青藏苔草、小蒿草、冻原白蒿、杉叶藻、藏沙棘、雾冰藜、固沙草，也可看到狼毒、火绒草、风毛菊、虎耳草、毛茛、紫堇等植物。绝大多数植物的叶面缩小成刺、被毛，植株低矮、茎短、花大、丛生或近似莲座状或垫状。像要在这里生存的人。在那个时节，还可以看到藏野驴、藏羚羊、黑唇鼠兔、高原兔、喜马拉雅旱獭、褐背地鸦、白腰雪雀、棕背雪雀、藏雪鸡、西藏毛腿沙鸡、大鹰、白肩雕、玉带海雕、秃鹫、胡兀鹫、草原鹞、猎隼、红隼、纵纹腹小鸮，有时还能看到狼、藏狐、野牦牛、雪豹、棕熊和猞猁。几乎所有的动物都有丰厚的毛皮以适应寒冷的气候；都长着高冠牙和牢固的白齿、门齿，长着带肉刺的舌头，发达的前蹄甲，以适应寒漠取食的植被条件；它们口腔宽阔，鼻腔扩大，呼吸和脉搏频数以及血液中红细胞数、血红蛋白含量均较高，以适应仅有百分之六十氧气的环境；听觉和视觉发达，善于奔跑，以适应开阔、缺少隐蔽条件的生活环境——所以，凌五斗有时就会想，自己驻守在六号哨所，也应该向动物学习，适应高原的生存环境。

这么想的时候，他开始振作。

他看了看那些日子记下的混乱的日记，知道那两发子弹也是被他打掉的。

他把电话机的话筒放回到话机上。

这里的煤已剩得不多，罐头及压缩干粮也吃不了多久了。

要战胜这无处不在的孤寂，还是要找事做。

可是，做什么事呢？雪扫了还会有，掩体修好了，会被雪埋住。他看着漫山遍野的雪，产生了一个想法：堆一百多个雪人，为连队的每个人塑一尊雪雕。他为自己产生了这样伟大的想法激动不已，他第一次觉得自己真的高兴起来了。

凌五斗开始行动。他先堆冯向东，再堆陈忠于，再堆徐通……在他堆第三十一个雪人的那天上午，电话铃响了！

他飞跑进哨所，拿起话筒，又条件反射地，像捉到一条毒蛇似的把它放下了。在它第二次响起的时候，他才小心地拿起它，手哆嗦着，好半天才把它放到耳朵边。

是陈忠于的声音！

"你，你是老班长呀？"凌五斗的泪水一下涌了出来，他努力忍住，不让对方听出他的哭声。

"啊，我是陈忠于，你没事吧？"

"没事，没事，老班长，我很好的，我很好……"他终于忍不住放声大哭起来。

"哭吧，哭一哭，会好受些。"陈忠于的声音也有些哽咽。

不知过了多久，凌五斗忍住了哭，说："你……你怎么……怎么现在才给我来电话啊？"

"我送冯卫东的遗物回他老家去了，我去看望了你娘，她身体很好，很挂念你，叫你一定要好好干，不要给你爸丢脸。然后处理了一些事，又顺路探家。我有好消息要告诉你，你一定要注意听，你能听清楚我说的话吗？"

"能，能。"

"第一个好消息是，我老婆怀上了，我要当爹了！第二个好消息是，上面已决定，六号哨所恢复，它的地位不但没有削弱，还比以前加强了。不过，现在连里的人还上不去，你还得一个人守一段时间，待雪化了些，连队就会给你增派人马。"

"啊，好好好，我一定听我娘的话，还有，祝贺你终于当爹了！六号哨所恢复？这个你在骗人！"

"你想想看，我老哥哪里哄过人呢！"

"那，这是真的啦？"

"当然是真的，是千真万确的！"

"是真的……我相信你不会哄我……"

"你怎么又哭了，是不是有困难，感到坚持不住，受不了啦？"

"的确，我觉得自己好像已死过好几回了。现在哭，是因为高兴……你放心吧，我会坚持住的……对了，今天是几月几日啦？"

"四月二十一日。"

"哦，都四月份了，山下早就是春天了！好的，我知道了。再过一个月左右，山下的人就可以上山来了。"

"今年开春晚，雪化得慢，所以你要有心理准备。"

"没关系，只要哨所没有撤销……"凌五斗放下话筒，觉得这房间里充满了春天的味道，每一星尘埃都散发着春天的光彩。

14

自从接到陈忠于的电话，凌五斗就恢复了原来的警惕，并且堆够了一百零五名雪人。它们裸着雄健的身体，兵马俑一样威风凛凛地挺立在哨所四周。有了他们，他觉得自己不再孤独。

塑完"雪兵"，雪线已慢慢朝山上退却。

他一直注意着上山的路，希望增援的人能早些上来。

高原一连几天没有下雪，这真是个奇迹。凌五斗站在了哨所上，感觉白山异常锋利，像一柄新开刃的镰刀，随时要收割掉胆敢闯到这里来的任何生命。但他现在一点儿也不怕它。

五月二十七日中午，凌五斗终于看到一辆军车像只蜗牛似的朝哨所爬来。他调转高倍望远镜，看到那正是陈忠于的车。他高兴地跑到哨所顶上，朝他挥手。但陈忠于还看不见他。他一直站在哨所顶上，呼喊着陈忠于的名字，灌了一肚子冷风，喊哑了嗓子，胳膊都挥得酸痛了，到下午三点钟，终于听到了陈忠于的回应——汽车的鸣笛声，但又过了一个半小时，汽车才开到了哨所跟前。

陈忠于疲惫得几乎是从车上滚下来的，他的一双手还保持着握方向盘的姿势，好像他怀抱着一件无形的东西。因为他一下车就紧紧地盯着凌五斗，他没有意识到自己僵硬的双手。

两个人都站在原地没动。凌五斗是因为激动，陈忠于则因为惊讶。

"我怎么啦？"凌五斗问。

"你他妈的，都变成鬼了。来来来，你来看看你的样子！"陈忠于说完，快步走近凌五斗。因为要拉他，陈忠于费了好大的劲才把右手臂伸开——左手臂还保持着原状。

"哨所里没有镜子？"

"没有。"

他把凌五斗拉到倒车镜跟前。"你看看你的鬼样子。"

倒车镜里出现的家伙骨瘦如柴，军装又脏又破，结成股的长发披肩，凌

100

乱的大胡子已经垂胸，面孔红紫，眼窝深陷，颧骨尖削，乌紫的嘴唇连门牙都包不住了。

"的确像个鬼。"凌五斗被自己的形象吓住了。

"也不能怪你，去年徐通他们下山的时候就没给你留理发的东西。"陈忠于过来，伸展开另一条手臂，把凌五斗紧紧拥抱住，"我的好兄弟，你还活着，这比什么都重要。"

凌五斗望了望汽车。"你带的人呢？"

"我是来接你回连里的。老实跟你说吧，六号哨所并没有恢复，我当时之所以那样说，是怕你挺不住了。"听陈忠于说完，凌五斗转过身去，再次紧紧地拥抱住了他，他的泪水流在了陈忠于的肩膀上，他像个孩子似的在他肩头大哭起来，鼻涕眼泪落了陈忠于一肩。

凌五斗就要离开这里了。那一个连的雪人有些被风吹坏了，在已经转暖的阳光照耀下默默地融化着。只有连长因为是最后雕塑的，加之立在背风处，还完好无损。

在临上车之际，凌五斗对着六号哨所，敬了一个他有生以来最为标准的军礼。

坐在车上，他忍着不回头去望哨所，但汽车来到天堂雪峰下面，他还是打开车窗，伸出头，回过头去。六号哨所并不缥缈，而是异常清晰地耸立在雪山之巅，众山之上。

他把手伸向阳光——阳光还是那么冷，但已不那么寒了；天空变得亲切起来，那种蓝色总令人想伸出舌头去舔它；云朵飘动得慢了，像新棉一样松软；没有被雪覆盖的巉岩变得更黑；垂挂在巉岩上面的冰柱闪着光——它想变成水滴了。他知道，积雪已经在开始融化，表面上看不出来，但只要到正午，如果把耳朵伏在积雪上听，就会听到水滴在积雪下发出的"嘀嗒"声；冰河的表面已变得毛茸茸的，冰下也有了流水声；不时可以看到鹰的影子了。高原不动声色，万物悄然变化。是的，高原下的南方已是草长莺飞，而无边无际的北方也已春暖花开，大地生意盎然，一片锦绣。

凌五斗从山下吹来的风中，已经闻到了春天的气息。

哈巴克达坂

1

春节跃过千仞冰山、万仞雪峰，一步跨到了天堂湾的大门前。随之而来的，是一个电报通知，要凌五斗在旧年与新年交接之际，通过中央人民广播电台，代表边防官兵用电话给全国各族人民拜年。要说的话上头已拟好了，并用电报一并发给了连队。

为了保证通信线路畅通，第七通信总站沿途各机务站已按上级的要求，踏着能把人掩埋的积雪，冒着巨大的危险，对通往天堂湾的线路进行了检修。非常不幸的是，一个通信小分队计五人在天堂雪峰下遭遇雪崩，全部被埋。他们的遗体要等到来年开山之后才有可能找到。所以他们现在只有在冰雪里安眠。

这么重大的任务之所以交给凌五斗，是因为他是新树立起来的先进典型。很多战士都说，那五个战士的牺牲就是为了保证凌五斗在春节晚上和电台通话。那份不足百字的讲话稿指导员已让他演练了好几次，每次都很成功。

但不知为什么，自从他得知那五个战士牺牲，他再去演练的时候，就变得紧张起来，一说起话来就磕磕巴巴的。指导员急得直跳，但他就是做不好。因为之前的演练都非常成功，以至指导员认为凌五斗是在故意和他过不去，气得把他狠狠地批评了一顿，让他深刻检讨。

说到底，凌五斗是因为心里难过。但他知道这样的理由没有用。所以，他找出来的，觉得应该给指导员检讨的缺点是他"自从成为先进典型就变得骄傲自满，自高自大，不谦虚谨慎，高高在上，已没有把自己当作普通一兵"这样的话。

指导员认为他检讨得还算深刻，以为他没什么问题了。但当他把用作模拟的话筒往耳边一拿，竟然一句话也想不起来。

"怎么回事？凌五斗！"指导员对他咆哮道。

凌五斗"哇"的一声哭了。

指导员一见，愣住了，连忙放缓语气，说道："没关系，没关系，你会做好的，会做得和开头一样好的。你说说，你心里是不是有什么事？"

凌五斗哭得更伤心了，"他们……他们……我太对不起他们了……"

"谁？"

"……机务站……那些……牺牲的战友……"

"哦，他妈的，原来是因为这个事啊，毛主席不是说过'为有牺牲多壮志'吗？他们是在执行任务时牺牲的，所以他们生得伟大，死得光荣。"

"可是……他们是……是为了保证我……我能跟电台通话，才……才牺牲的……"

"就是啊，这有什么呢！这是他们应该完成的任务啊！"

凌五斗听完，点了点头，又用力地摇了摇头，说："指导员，我通不了这个话了。"

"为什么？"没等凌五斗回答，指导员冒着怒火，大声吼叫道，"你通不了也得通！你现在就给我练着！这是命令！我郑重地告诉你，这是个政治问题！它事关连队、事关全团、事关防区、事关军区的荣誉，也关系到你的前途！你不要以为你是个先进典型有什么了不起，我天堂湾边防连，随便哪个战士拎出来，也不会比你差！"

凌五斗像一棵被冰雪冻了好久然后又被烈日暴晒了好几天的向日葵，耷拉着头，没有一点精神气。他坚持说："指导员，我练不了，更说不了！"

"为什么？你他妈的为什么？"

"我怕我一说那些话就会哭。而您说了，这话是直播的，我这里一哭，全国人民就听见了，您还说了，这新年大节的，要喜庆……"

"可你他妈的就不能笑吗？"

"我想笑，可我笑不出来！"

"那你他妈的还说不说？"

指导员气得怒火把眉毛都烧掉了，眼看就要引燃头发。凌五斗闻到了一股浓烈的、毛发被烧焦的味道，他连忙把桌上的茶水向指导员的脸上泼去。他看到指导员的脸上"吱"地冒了一股白烟。但他还是没有改变自己的想法，他回答道："不说！"

指导员抹了一把脸上的茶水，举起了手，要往凌五斗的脸上扇去。

"指导员，只要您不生气，您就狠劲儿扇。"

指导员是极少打人的，他想把发抖的手放下来，但凌五斗的话让他的手"啪"地扇了过去。这一掌的力度是与指导员的愤怒程度成正比的。凌五斗被扇得在原地转了三圈才刹住。他两眼冒着金星，面对指导员，做好了再挨几巴掌的准备。

指导员的脸已气得青紫，他又抹了一把脸上的茶水，看着凌五斗已经肿起来的左脸和左脸上那道紫红色的巴掌印，愤怒总算平息了一些。但他并没有罢休："先关你禁闭，多久能完成任务了，多久再滚出来！"

凌五斗舒了一口气，像是得到了解放，转过身，昏头昏脑地向禁闭室走去了。

2

连队的禁闭室在连队修建时就有了。它是连队强力的象征，也是荣誉的反面，是为一些调皮捣蛋、违规犯纪的士兵专设的。但这地方用的时候毕竟少，有时一两年也用不到一回。所以平时就成了杂物间，堆些铁锹、扫把之类的。它在连部西面的转角处，像连部的一个赘生物。它只有一孔一尺见方的窗户，一道裹了白铁皮的门，代表着军法的冷酷无情。门只是很随意地扣着，打开门，迎面扑来一股灰尘和寒冷的味道。

凌五斗被关进去后，外面的门就被锁上了，也没有派人看守他。禁闭室的一角码着三捆马草。他喜欢马草的气味——那种气味把房间充满了。而门

104

窗、墙壁、地板都结了一层毛茸茸的薄冰。这其实就是一个冰窖。凌五斗把自己的被褥在床上铺好。

禁闭室和所有监舍一样，有它自己的昏暗度。里面的确太冷了。凌五斗哆嗦着，上牙床磕着下牙床。寒冷很快就渗进了他的骨髓里，他觉得自己的骨髓都结冰了，觉得自己肚子里的屎尿都冻成了一大坨砸不烂的冰疙瘩。为了御寒，他只能在里面转着圈儿跑步。

三天过后，指导员想起禁闭室没有生火，也没人给凌五斗送饭。他一拍自己的脑袋，赶紧往禁闭室跑。他一边跑，一边在心里对自己说，"完了完了，这个傻子没有饿死，也被冻死尿了！"他觉得自己已经看到凌五斗死在禁闭室里，身体已变僵硬。他越想越害怕，觉得自己都要虚脱。

他走近禁闭室，听到里面传来断断续续的"噗嗒噗嗒"的跑步声，又放心了些："妈的，这个家伙还活着！"他一脚踹开门，看见凌五斗还在里面跑动着。由于这样昼夜不停地运动，他的身体已经很虚弱，但精神还没有垮塌——准确地说，他依靠强大的精神力量支撑住了自己的生命。

"凌五斗！"指导员看他好好的，暗自惊奇。不知怎么搞的，他显得异常激动，他看了看墙上结满的冰霜，看了一眼铁床上薄薄的被褥，看了一眼已被冰霜封死的小小窗户，又看了一眼因为凌五斗不停地跑动而变得黑亮的水泥地板，一把把他搂过来，紧紧地抱在怀里，像拥抱已三生三世没有谋面的兄弟。他的泪水哗哗地涌了出来。

虽然被指导员拥抱着，凌五斗的脚还在不由自主地、机械地小跑着。他感到指导员在哭，感到有两滴温热的泪水滴落在自己冰冻的后颈窝里，他从指导员充满男人气息的怀抱里挣脱出来，关切地问道："指导员，您怎么啦？"

"没事，没事……我是高兴！走吧，我们离开这里。"

"指导员，我现在还在关禁闭，我的禁闭期还没有结束。"

"已经结束了。"指导员来不及擦掉脸上的泪水，把自己并不厚实的脊背转过来，"来，我背你回宿舍去。"他显得有点过于殷勤。

凌五斗依然小跑着——显然，为了御寒保命，他已这样不停地小跑了三天三夜，他一时停不下来了。"我怎么能让指导员背我呢？我又没有受伤，何况，我还是个犯了错误的战士。我自己可以回连部去。"凌五斗说着，开始小跑着往外走。但他刚跑到门口，像是承受不了禁闭室外寒风的吹拂，眼前一黑，身子一歪，"哐"的一声倒在地上，昏了过去。

指导员把手在他鼻子跟前轻轻地拂动了两下，感到他鼻子里还有冷风在出入，放心了一些。刚才的一番动作使指导员有些缺氧反应。他想呕吐。他倚靠在禁闭室的门上，朝连部盲目地喊了一声："嗨，那个谁，过来一下！"

这种时候，通信员的耳朵总是最灵敏的，遥闻指导员的声音，他兔子似的跑过来。"指导员，有什么事？"

指导员指了指脚边的凌五斗："再去叫一个人来，把这家伙赶紧抬到宿舍去。"

"是！"通信员转身找人去了。

指导员舒了一口气，看了一眼躺在地上的凌五斗，叹息了一声，用手背擦了擦眼睛，然后又擦了擦额头上的虚汗，趔趄着往连部走去。

他刚走到火墙旁边，通信员和二班长已经抬着凌五斗进来了。他像一坨冰，身上散发出来的寒气使被火墙烤得暖乎乎的宿舍寒意凛冽。

"用被子把他捂上。"指导员对着火墙说。

通信员把被子抖开，给他盖上。他虽然昏迷了过去，虽然躺在了床上，但他的双脚还在不停地、机械地划动着。这让指导员放心，但也让他心烦。他对二班长说："把他的腿给我按住，像他妈的在弹命。"

二班长上去把凌五斗的两条腿按住了。

"通信员，让炊事班赶紧给他弄一碗面条，放一个红烧肉罐头进去。"指导员依然对着火墙说。

接着，指导员喊了一声："军医！"

军医从另一个房间跑了过来。

"你快看看这家伙有没有危险？"

军医给凌五斗把了脉，听了听他的心跳，说："啥事没有，血液流通正常，心脏跳动有力。"

"你好好看看，我说让这家伙蹲禁闭，他就真去了。连里没派人去看着，没派人送饭，里面没有炉子，为了不被冻死，他在那里面不停地小跑。他把自己在里面关了三天，我刚才记起，你说天下哪有这样的傻逼？"

军医又给凌五斗把了一次脉，又听了他的心跳，然后把他的眼皮翻开看了看，得出了与先前一样的结论。然后，他在凌五斗身边坐下来，一边掐他的人中，一边感叹道："我们常说，我们革命战士是特殊材料做成的，原来我认为这不过是个比喻而已，但从凌五斗这件事我知道，我们的队伍中的确是有这样的人的。"

"你说得极是。"指导员说。

正说着，凌五斗醒过来了。他先舒了一口气，然后睁开了眼睛。

通信员赶紧把他扶起来，让他坐着。

指导员还有些担心，问道："凌五斗，你感觉怎么样啊？"

"有些饿了。"

通信员赶紧把煮好的面条递给了他。

"好好吃面，多吃点。"

凌五斗把那个很大的洋瓷碗里的面条很快就倒进了他的肚子里，为了把最后一滴面汤咽进去，他仰起了头，那个洋瓷碗看上去像扣在了他的脸上。他那个贪吃的样子让人觉得他吃的红烧肉罐头面条是世上最美味的佳肴，引得大家都咽起了唾沫。

凌五斗说："指导员，这碗面条下肚，感觉啥问题也没有了。就是有些困，就是这双脚老想小跑。"他这样说着，下了床，眼看就要跑动起来。

指导员一看，心马上发起慌来。他用严厉的口气对他说："立正！"

凌五斗"啪"地站直。

"你禁闭也蹲了，面条也吃了，现在该告诉我，春节你代表我们边防军人向全国人民拜年问好的事，干不干吧？"

凌五斗坚决地摇了摇头。

指导员怔在那里，他的脸一下子变白了，很快又变紫了，他的嘴唇哆嗦了半天，气得一句话也说不出来。

3

指导员步履蹒跚地回到自己的办公室，整个人似乎都垮下来了，像一条被人打塌了腰的狗。他想找一个很小的地方蜷缩一会儿。他从办公桌前走开了。他连大衣也没有穿，就来到了室外的严寒里。可以摧枯拉朽的风尖啸着，正在把世界屋脊上的这个高原夯实。整个世界都被冰冻住了，他可以感觉到这种严寒像铅块一样沉。这种严寒在猛烈地、不停地撞击他。天依然蓝得透亮。啊，那些雪山！它们从高到低，次第绵延开去，像被定格了的白色惊涛。啊，这如此辽阔的白色海。他强烈地感受到了那永不可战胜的力量。他发现自己有七个月没有想起"树"这个名词，已有两年多没有看见落叶了。这个时候他竟然想到了树和落叶……他望了一眼天空中发白的日头，发现自己被刚才的抒情搞得忧郁了。他不知怎么来到了禁闭室，坐在了那张铁床上。他觉得自己是那么孤单。他想好好体会一下这种自虐的感觉，但他待了不到十分钟，就被寒冷驱赶得蹦跳着跑进了办公室。

"你怎么了？一副失魂落魄的样子？"连长问他。

"妈的，我真想一枪毙了他。"

"谁？谁能让你产生如此刻骨铭心的仇恨？"

"在这天堂湾，你说还有谁能把人气成这样？"

"凌五斗！我刚才已听说他的事了。你知道吗？我现在对他的感觉很复杂。他总能干出常人干不出的事情。但他不是刻意的，他干得很自然。"

"春节让他通过电台向全国人民问好，他开头答应了，把那些话都记死了，说得也很好。但后来就犯了神经病，死活不干了。"

"这是个大事，他不干就他妈的是个政治问题！你得跟他好好谈谈！"

"我他妈的跟他谈了，屁用没有，关了三天禁闭，还是屁用没有！"

"这还真他妈的是个大问题！"连长也感觉到了事情的严重性。

"他如果不干，我们怎么跟上头交代？谁想到会发生这样的事！"

"可再过三天就他妈的春节了！"连长用有些尖厉的嗓音喊叫起来。他拍了一下自己的头，无意中竟拍出了一个办法。他说："只有这样了，我们来吓唬他一下。"

"怎么吓唬？"指导员一下来了精神，但他马上又焉了，"这家伙，哪能唬得住啊？你唬他，搞不好他还唬你呢。"

"你看你，灭自己威风，长他人志气！"

"这个家伙，你是知道的。"

"我们这样对他说，如果他不执行这个重大的政治任务，不通过电台向全国人民问好，就跟在战场违命不从是一个性质，就可以将他就地枪毙。"连长为自己这个精妙的想法颇为得意，"他再怎么着，也怕杀头吧。"

"可以一试。我们两个人一起来跟他谈。"

"最好弄得像真的一样，准备一把枪，上几发空包弹。如果还说不听，就真把他拉出去，看他还敢不敢犯傻！"

"不过分吧？"指导员心里没底。

"又不是真毙他！"

"反正也无聊，就演场戏吧。"

连长把行刑用的手枪准备好了，上了五发演习用的空包弹。然后叫通信员把凌五斗叫过来。

连长和指导员很庄严地并排坐在同一张桌子后面，脸上挂着军事法庭法官的表情。凌五斗觉得这情形他有些熟悉。那盆面条让他吃得开心，他心满意足，从他的表情就能让人感觉到生活是如此美好。但看到这种阵势，特别是他看到连长的面前还放着一把手枪，他一下就把脸上的表情收敛起来了。他严肃、小心地给连长和指导员敬了个军礼。

连长用手拍了拍手枪，用颇为威严的声调说："坐！"

凌五斗看了看，发现了那个小马扎，小心翼翼地坐下了。坐在那里，仰望着两位连首长，他一下变得规矩起来。

凌五斗浑身还笼罩着被关禁闭后留下的深深倦意，禁闭室里的寒气还没有完全从他身体里消散。他的眼睛里布满了血丝，强烈的睡意已冲破他身体的防线正欲将他扑倒，因为他在内心强力压制着两条还想小跑的腿，致使它们不停地颤动着。指导员有些不忍心了。连长感觉到后用眼神示意他不要有妇人之仁。

"凌五斗，你知道你犯了什么错误吗？"连长像古戏里断案的县太爷，突然一声断喝。

凌五斗一下坐直了，不知道该怎么回答。

"坦白吧，坦白从宽，抗拒从严。"指导员提示他。

"我被关禁闭了。"凌五斗因为不能确定这是不是连长想得知的答案，回答的时候心里发虚。

"为什么被关禁闭？"

凌五斗想了想，"因为我不想代表大家在电台里向全国人民问好。"

"你知道你这是在干什么吗？"

凌五斗摇了摇头。

"你这是临阵脱逃！你这是抗命不从！"

凌五斗更紧张了。连长觉得效果明显，颇是得意地看了指导员一眼。然后拍了拍桌上的手枪，"你知道你这样做的结局是什么吗？"

"不知道，连长。"

"违抗军令，就地枪毙！"

指导员因为心里依然没底，因此厉声说道："春节通过电台向全国人民问好，既是你的光荣，也是我们连的无上光荣，这是一项重大的政治任务，此事上级已经确定，不可更改，你说，这个任务你能不能完成？"他怕凌五斗摇头，赶紧强调，"其实呢，这个事情非常简单，你就对着话筒说那么几句话，三分钟不到，全国人民就都知道你凌五斗和我们天堂湾边防连的英名了！所以此事事关重大，也因为这个原因，如果你一旦违命不从，我们别无选择，只能按临阵脱逃来处分你。"

"我知道这是个大事，但我说不了，指导员您也看到了，我语无伦次，结结巴巴，吐词不清，如果非得让我来说，说成那个样子，让全国人民听到了，那可是丢大脸的事。现在这样我都会被枪毙，如果在全国人民面前丢了脸，我就更应该被枪毙了。从我们连、我们边防团、我们防区、我们军区的荣誉来讲，我觉得现在枪毙我比我丢脸后再枪毙我损失要小一些。"

连长和指导员听他这么说，一下傻了。两个人面面相觑，相视欲哭。

指导员实难压住心头怒火，拍案而起："凌五斗，你他妈的真是不想活了？"

连长也是忍无可忍，他把枪在桌上猛地一摔，"你他妈的不要以为我们在跟你闹着玩！说，你干还是不干？"

三天来的困境和辛劳积蓄在凌五斗身体里，加之刚才那番不短的谈话，使他觉得自己就要沉睡过去。但想到自己即将被押赴刑场，被军法处置，就觉得刚好可以长眠，一次睡个够了。所以，他的眼睛通红，但依然闪烁着纯洁的光芒。他丝毫也不屈服。"我已经说过了，我的确干不了。"

"那好吧。"连长拿起了枪。

凌五斗站了起来。连长和指导员押着他。三人穿过屋外的严寒，踩着没膝深的积雪，来到了军营后面的七座坟——一个建连以来牺牲在这里、未能进入烈士陵园的战士的小陵园。

到了七座坟前，连长说："凌五斗，你现在答应还来得及。"

凌五斗说："连长、指导员，我做不到，真的很对不起你们。"

指导员体贴地说："你有什么遗言就说吧。"

"谢谢指导员！我有三句话：第一句，我是我们连第一个因临阵脱逃被处决的人，我对不起连队；第二句，我是一个被处决的逃兵，虽然没有资格，但我还是希望埋在七座坟，你们可以在我坟前立一个牌子，写清我被枪毙的原因，至少可起到警示他人的作用；最后一句话，我入伍以来，共积攒了四十六元钱，麻烦连队寄给我的母亲，我母亲叫黎翠香。我家的地址写在我笔记本的第一页上，请代我向她说声对不起，我辜负她的期望了。"

指导员听他这么说，被感动了。指导员示意连长，这个戏演到这里就算了。连长也准备作罢。不想凌五斗接着说："但我这样做，决不后悔。"

连长一听，气又上来了。"那你个混蛋就受死吧！"一边说，一边打开了手枪的保险，把子弹推上了枪膛。

凌五斗站得很端正。他用平和的眼睛看着连长和指导员。连长受不了他的眼光，把对准他的枪口朝向了天空。

"连长，你不要担心我，你就放心地开枪吧。"

连长一听，火冒起来，对着凌五斗，"砰"地开了一枪。

凌五斗眨了一下眼睛。他想自己该倒下去了。但他依然端正地站着。有些玉树临风的样子。他都没有低头看自己身上是否有枪眼。他对连长说："连长，你的枪打偏了，子弹从我右肩上飞了过去，离我肩膀的距离约为三厘米，离我右耳的距离约为二厘米。你不要不忍心，军法无情，你必须严格。"

连长和指导员有些哭笑不得，但他们既不能哭，也不能笑。即使他们心里非常想，这个时候也得板着脸。

连长说："你以为老子打不中你吗？我这是在给你机会。我现在再问你，你干，还是不干？"

凌五斗坚决地摇了摇头。

"我告诉你，我这枪里一共有五发子弹。现在还剩四发，你如果干，你肯定前途无量，你如果不干，等会儿你就会倒在你站立的地方。"

凌五斗依然坚决地摇了摇头。

连长打了第二枪。

凌五斗发现自己该倒下去了，没想自己依然挺立着。

"连长，您还是有些射偏了，这次子弹是从我左肩上飞过去的，子弹离我肩膀的距离为二厘米，离我左耳的距离约为一厘米，也就是说，它是从我耳边飞过去的。你太讲情义了，你还是干脆一点吧。你们刚才出来连大衣都没有穿，这么冷，你们待久了，我怕冻着你们。我已经感觉到冷了。"

连长和指导员万分沮丧地彼此对望了一眼。连长后退了几步，把枪口对准了凌五斗，打出了剩下的三发子弹。

4

连长和指导员不知道是怎么回到办公室的，两个人都有些站立不稳。几个战士过来，想看连长打到秃鹫没有——他们以为刚才开枪，是连长又打秃鹫去了。自从连队诞生以后，这群秃鹫就在这里生活，靠连队的垃圾为生。连长无聊的时候，会捕杀高飞的秃鹫解闷。

一个战士问："连长，打着了没？"

"滚滚滚！"连长用十分厌恶的口气吼叫道。

几个战士自讨没趣，灰溜溜地溜开了。

连长气得脸色由铁青变成了灰白，他对指导员说："妈的！没想到你我会摊上这么个货！"

指导员的脸色则由灰白变成了铁青："真他妈的是油盐不进，软硬不吃，死活不怕！这种货色你能怎么办？主要是，上级已经点名让凌五斗说话，这都是层层上报、经过审批才确定下来的，而我们现在如果说他不愿意发声，谁他妈的相信？还有，一个战士，他不愿做这件事连里就拿他没办法了？如果这样，上头会怎么看我们？"

"就是啊，嘴长在他脑袋上的，如果他不愿说，就是撬开了也没用。这可能是老子入伍十几年来碰到的最大麻烦了。他们哪里知道，凌五斗是个宁愿被枪毙也不回头的一根筋啊！我们想想看，还有没有其他办法吧。"

凌五斗在原地站了好一会儿。阳光照射在雪面上，反射出来的光很是扎眼，把他的眼泪刺激出来了。眼泪刚滑出眼眶，就被冻住了，凝结在了脸上。他觉得天堂雪山在他眼前变成了很多重，并在不停地晃动。他用了很大的力气，才把自己的眼神稳住。但他眼前的雪山依然是变形的，变得朦胧而又遥远。

指导员恍然在窗户里看到凌五斗在擦眼泪，认为他已有悔意，心里又产生了希望。他喊通信员去把他叫回来。

通信员看到凌五斗时，凌五斗正在倒下去。他看到凌五斗的身体很轻，像一团棉花落在了雪地上，没有声音，也没有雪沫溅起来。

连长和指导员是不是已经毙了他，凌五斗没有搞明白。他觉得严寒把他的身体、主要是脑袋冻僵了，加之困倦，他已想不了这么复杂的问题。但在他看到天堂雪峰的那一刻，他觉得三发子弹应该是打中了自己的。意识到这一点后，他没有悲，也没有喜，只觉得自己的凡胎肉体已经羽化，变得像鸟儿一样轻盈；只觉得自己应该倒下去，把身体横陈，以便灵魂能像鸟儿一样飞走。

因为害怕高原反应，通信员不敢跑步，但增大了自己的步幅。他赶到凌五斗跟前时，发现他好像死掉了。他猜测刚才那几声枪响一定和他有关。一股从未有过的悲伤之情顿时涌上他的心头。他不顾高原反应可能带给自己的危险，试图独自把凌五斗背起来。但凌五斗像在人世这个蛆虫翻滚的茅厕里被浸泡了上千年的石头，变得非常沉。他抱不动他。他喘着气，跑去叫人来帮忙。

他和文书把凌五斗再次抬进了宿舍。军医过来看了，说啥事没有，就是太困，睡着了。

连长和指导员哭笑不得，连长厌恶地挥了挥手，让大家滚远点。两个人唉声叹气，愁眉不展，在房间里转来转去，像两条总想去咬自己尾巴的短尾巴狗。

凌五斗睡觉从不打呼噜的，可能是的确太困了，大家听到了他如雷的鼾声。

"这家伙这一觉睡醒，恐怕就是大年初一了。"指导员绝望地说。

连长咬着牙："看来要让他干这件事是不可能了。"

"怎么办？你说怎么办？"

"你都无计可施，我能怎么办？总不能把他真给毙了吧。就是毙了，还是没有解决问题啊。"

指导员猛拍了几下自己的脑袋，然后长叹了一声，颓然坐下。他坐了大概有三十秒钟，突然屁股像被针扎了一样，从椅子上猛地弹了起来，惊喜地说："妈的，老子有办法了！"

"有什么办法？"

"找个人替代他！反正别人只需听到他的声音，他的声音谁也没有听到过，谁知道是不是他的？哪怕就是他的声音，从这里传到北京，肯定也是变了的。"

"好啊，但是……如果露馅了怎么办？"

听连长这么说，指导员又泄气了。

"但这是唯一的办法。"

"尽可能模仿他的声音吧，这事儿通信员在行，他在家学过口技。"

"让他抓紧时间，这事保密，只准你知我知他知。"

于是，指导员把汪小朔叫了进来，对他如此这般地交代了一番。

汪小朔开始有些惊讶，但很快就理解了，欣然接受了这个光荣的任务。他说："指导员，您放心吧，我保证圆满完成任务！"

"管住你的嘴，此事不能让任何人知道！"

"明白！"

5

凌五斗躺在自己的床上，他做了很多梦。梦境非常丰富，他梦见了奶奶和母亲，梦见了女友德吉梅朵。他梦见他和德吉梅朵被分隔在一列高可齐天的像玻璃一样透明的冰山两侧，彼此只能相望却不能见面。他确认自己已经死了。他不认为那是梦境，而是他死后见到的人世。他觉得自己的灵魂自由了，在一瞬间就可以去很多地方。

即使醒来，他也不相信自己仍然活着。但他的确躺在自己的床上，的确在宿舍里，的确有一种火墙散发出来的暖意，的确有一种男人捂在一个房间里散发出来的复杂、浓郁的特殊气息。他看到几张从上面俯看他的脸。他确认，自己还活着。

他觉得很累。他伸了个懒腰，发现裤裆里黏糊糊的。他梦遗了。他觉得很是难堪，像做了贼。这大白天的，自己竟在寒风浩荡、冰封千里的世界屋脊梦遗，他觉得有些不可思议。他想了想，这好像还是第一次。好在盖着被子，没人觉察。

"凌五斗醒了！"一个战士大声喊道。

"这家伙，一觉睡了这么久！"

雪光映进屋子里，有些发蓝。梦让他变得有些忧郁。他在床沿上坐了一会儿。然后到了洗漱间，把裤头换下来，开始洗那个裤头。

他觉得自己身体有些空，他撒了一泡尿，觉得身体更空了。

他郁郁寡欢地回到宿舍。发现春节已经到来，大家正围坐在一台上海无线电二厂生产的"红灯"牌收音机旁，收听广播电台的节目。收音机里只有噪音。文书亲自调频，也只收到了乌尔都语、印地语、克什米尔语、藏语、维吾尔语，另外就是"敌台"美国之音的英语。

指导员和连长待在他们的办公室里，等待着从首都北京经过数次转接连通到这里的电话。但整个晚上，那台黑色的电话都没响一声。就在他们忐忑不安的时候，电话铃响了起来，团里预告电台的电话五分钟后准时打过来，让凌五斗做好准备。连长接完电话，一回头，看见凌五斗撑着一张忧郁的脸，在门口站着。

指导员和连长都有些慌乱，像正要偷盗被人抓住了。两个人尴尬地交换了一下眼神。

指导员说："你终于睡醒了？"

"报告指导员，我睡得太久了。"

"你醒得真是时候啊，进来吧，正需要你呢！"

凌五斗进来后。通信员关死了门。

指导员说："凌五斗，你就坐着，不要动，也不要出声。"

"是！"

然后，电话铃再次响起。指导员示意通信员坐到电话机跟前，拿起了话筒。

"请问您是天堂湾边防连一班战士凌五斗同志吗？我是中央人民广播电台节目主持人李小红，我在北京和你通话，你辛苦了！"

"我是凌五斗，感谢你们对我们边防军人的关心！"

凌五斗没有说话，却听见自己的声音响了起来。

"你们在高寒缺氧的世界屋脊、在生命禁区守卫着祖国的边防，全国人民都牵挂着你们。"

"感谢全国人民，我们作为边防战士，为祖国和人民站岗放哨是我们神圣的职责。我们也为此感到无比的光荣和自豪！"

凌五斗紧闭着嘴，但他还是听到了自己的声音，他觉得有些怪异。

"今晚是大年三十，新年马上就要来了，我代表全国人民祝你们春节快乐！"

"我也代表全连官兵祝全国人民新年快乐！祝伟大的祖国繁荣昌盛！"

"你们能吃上饺子吗？"

"能吃上。在大雪封山前，上级不仅给我们送来了饺子、汤圆和蔬菜、水果，还送来了全国人民给我们寄来的信件和节日的祝福。"

"太好了，有你们守卫着祖国的边疆，我们就放心了！"

"请祖国放心！请全国人民放心！我们一定会时刻提高警惕，守卫好祖国的神圣边疆！"

"好，再见！再次祝全体官兵春节快乐！"

电话挂断了。

房间里沉默了三分钟。然后，通信员小心地把电话挂上，激动地转过脸来，问道："连长、指导员，怎么样？"

连长猛拍了一下他的肩膀："他妈的，真是太好了，今年年底，我给你报三等功！"

指导员也很兴奋："哎呀，真是没有想到啊，你能把凌五斗的声音模仿得这么像！你那个入党的问题，过年后就给你解决！"说完后，他又严肃地看了凌五斗一眼，加重了语气说，"你觉得怎么样？"

"说得比我还像。"

"现在，你们两个起立！"

通信员和凌五斗立正，站直。

"此事部队列为机密，你们不能透露丝毫，这是个政治问题！"

"明白！"通信员满脸是笑，高声答道。

"知道！"凌五斗也回答道。

"凌五斗，大声点！"

"明白！"

"好，通信员，你先出去！我跟连长还有话和凌五斗同志说。"

通信员无比愉快地出去了。

凌五斗还没有完全搞明白。他像还没有睡醒。

"凌五斗同志，你在想什么啊，迷迷瞪瞪的？"指导员问。

"我……我在想女朋友德吉梅朵。"

"好了，不要胡思乱想了。我再问你，刚才那声音真像你的吗？"

"比我的声音还像我的声音。"

连长说："那就对了。好吧，过年了，连队马上要聚餐，和广播电台说话的任务你已经完成了，完成得不错，等会儿给你敬酒。"

"可我刚才……没有说一句话。"

指导员说："你看你睡得太多，睡迷糊了，你没有说，那谁还会用你的嗓子说话？"

凌五斗"嗖"地站起来，答道："是！"他想了想，又接着说，"连长、指导员，你已经枪毙了我，我已经是另外一个世界的人了。这些事跟我已没有什么关系。"

连长、指导员都盯着他，他的话让他们浑身发冷。指导员小心地走过去，小心地摸了摸他的额头，他的额头是温凉的。他舒了一口气。"那你就先在另外一个世界待着吧，现在这个世界刚好不需要你。"

117

6

这些带着愤怒的表情、屹立在中亚心脏地区的世界最高的群山，气势磅礴，蜿蜒逶迤。这种惊人的高度足以使任何旅人惊叹不已，维多利亚时代的旅行家将其称之为"世界屋脊"，这成了它的别名。它横空出世的雄姿，千百年来与世隔绝的状态，流传广远的神话传说，使其显得更为雄阔幽秘，也更加令人神往。

天堂湾就高踞于世界屋脊之上，更准确地说，它是世界屋脊上的一颗痣，最多也就是一个黑褐色的胎记。

世界屋脊艰险和遥远让人感到生命的渺小和卑微，这足以使任何生命感到忧伤和绝望。

但凌五斗的到来——虽然他十分谦虚地自认为自己只是一朵无意中飘落到这座高原的尘埃——给这里增添了一种非同凡响的力量。因为这座高原以前从未有过的东西都随着他的到来，第一次诞生了。他像一个人造的分娩器，具有任何真实生命都不可能有的分娩能力。所以，当他爬上天堂雪峰下一个白雪覆盖的小山包，他觉得自己可以远望天山、昆仑山、冈底斯山和喜马拉雅山，而其他万千峰峦只像面团泥丸一般。

这些永生永世的雪，黑褐色的岩石，闪着银光的冰河，就这样无声地进入了他的灵魂。

凌五斗突然感觉那庞大的山脉正大步向前走着，发出"咚咚"巨响，大地震颤，地球发抖，宇宙骇然。这使他很久以后，仍心怀余悸。

他把手向阳光中伸去，阳光还是那么冷，但已不那么寒了；天空变得亲切起来，那种蓝色总令人想伸出舌头去舔它；云朵飘动得慢了，像新棉一样松软；没有被雪覆盖的巉岩变得更黑；垂挂在巉岩上面的冰柱闪着光——它想变成水滴了；积雪已开始融化，表面上看不出来，但只要到正午，你把耳朵伏在积雪上听，就会听到水滴在积雪下发出的"嘀嗒"声，这泄露了它的秘密；冰河的表面变得毛茸茸的，冰下也有了流水声；不时可以看到鹰的影子了，红嘴鸦又回到了连队的上空。高原不动声色，万物悄然变化。是的，现在已是农历三月三日，高原下的南方已是莺飞草长，而无边无际的北方也已春暖花开，无边大地生机盎然，一片锦绣。凌五斗从山下吹来的风中，已经闻到了春天的气息。

他想，德吉梅朵已经把羊群赶出了冬窝子，正向北方游牧而来。想起了故乡院子里的桃花正灿若朝霞，花瓣如雪，飘落在奶奶和母亲的头上。

就在这天早上，凌五斗决定，从连队院门口开始，向哈巴克达坂挖路，把牺牲的通信兵遗体找出来。起床哨响起的时候，他已挖了五米远。

连长裹着皮大衣，强撑着一张睡眠不足的脸，来到他跟前："凌五斗同志，你又要干什么？"

凌五斗抬起头："连长，我在挖路。"

"往哪里挖？"

"我想把路挖到哈巴克达坂。"

"为什么？"

"过年前，那些通信兵就死在那里。我要去把他们的尸体尽早挖出来。我怕天气转暖了，熊啊狼啊把他们从雪里拖出来啃坏了，我也怕秃鹫和乌鸦啄食他们。"

连长一听，愣住了。"你这个鬼脑子每天都想些什么鸟东西！"然后，他用命令的口气说，"你他妈的现在是先进典型，你给我好好待着！"

"我没啥，反正也没事。"

"那你他妈的就一个人挖，我看你多久能把路挖到哈巴克达坂。"连长气得转身走掉了。

7

按照连长的说法，凌五斗这家伙是个贱坯子，他不犯贱就活不下去。他起早贪黑，去挖那条通向哈巴克达坂的路。从连队到哈巴克达坂有十三公里远，那条刚好可以搁下汽车轮子的边防公路缠绕在雪山间的沟谷里。这个穿着绿军装的士兵就像一个蠕动在冰雪里的工蚁。

连队官兵对凌五斗都有些恼火。因为他们觉得这个家伙的所有行为似乎都在和大家作对，他做任何事都使人产生自愧弗如的感觉。他让人既嫉妒又无可奈何。每个人都想看他的笑话，所以，当他一个人与冰雪奋战的时候，大家都在袖手旁观。

指导员担心他的身体受不了，先对他的行为进行了表扬，然后对他说："你一个人挖这路，多久才能挖通？就是我们全连出动也不行，所以我劝你回去休息算了。"

"我读过毛主席的《愚公移山》，他文章里讲了愚公的故事。愚公能把山移走，我就能把路挖通。"他显得有些激动。

"好，很好，你是说，你一直要挖下去了？"

"是的，如果连队有其他任务，我可以暂时停下来。"

"但是，最多再等两个月，雪就会自己化了，路自然就通了。"

"我跟连长说了，我怕雪化后战友的遗体暴露出来会被狼或秃鹫撕扯了，所以，我要争取在天气变暖之前把路挖到哈巴克达坂。"

指导员无话可说了。他回到连部，马上安排凌五斗所在的一排一班负责去哨楼站岗。但凌五斗一换岗下来，又挖路去了。

指导员怕这样下去会出意外，只好将此事报告上级。大意是说，凌五斗自三月中旬开始即起早贪黑，积极主动地挖雪开路，以期尽早打通天路。连队官兵担心他的身体，多次劝他休息，他依然坚持云云。

电报摆到团政委案前，政委激动得在自己的办公室里转了一圈又一圈。他在嘴里连连赞叹道："真他妈的是个好同志，真他妈的是个好同志啊……你说，怎么就会有这么好的战士呢？"

他当即把宣传干事叫过来，让他根据这份电报写篇报道，他把题目都想好了，就叫《一个想打通天路的战士》。然后亲拟电文，对凌五斗予以嘉奖。并指示连队：一是全体官兵要向凌五斗同志学习，在他的感召下，连队要有所行动。防区正在调集力量，欲打通天路，从即日起，你们可根据情况，从山上挖路，以作接应，力争在四月十日前将道路拓进至哈巴克达坂；二是高原严寒缺氧，要切实保证全体战士，特别是凌五斗同志的安全。

连长和指导员接到回电，齐声叹了一口气。他们不再阻止凌五斗这个"新愚公"。但他们认为如此天寒地冻的，把战士们拉到海拔五千余米的荒原上，没有任何机械，全凭人力，要去挖通道路，非常危险。所以出于对士兵生命的爱护，从政委电报中"根据情况"四个字的要求出发，按兵不动。而他们让凌五斗去干活的解释是这样的：第一，他是自愿的；第二，连队可以承受一个人出意外，但不能拿一个连队去冒险。

凌五斗没有管这些。他拓进的道路离连队越来越远，他在往返途中花掉的时间也就越来越多，这自然会耗费掉他大量的体力。但他看上去并不虚弱，他一大早起床，带上头天晚上预备的馒头或罐头，扛上铁锹，来到工地，然后一直干到晚上才收工。他把路挖到两公里远后，连队不再让他站岗，还给他配了一匹马，这样，他就可以骑马往返了。

今年的天气似乎暖得早，凌五斗有些着急，他出去的时间更早，回来的时间更晚了。

有一天，他对连长说："我把路挖到雪谷口了。"

连长斜着眼睛看了他几眼。"你的意思是说你已经挖通三公里路了？"

"是的，我希望连队的车每天能接送一下我，马太瘦了，只能慢慢走，骑马去我干不了多久的活天就黑了。"

"好，如果你真把路挖到了雪谷口，我们全连会与你一起奋战，我想，最多用二十天时间就可以把路挖到哈巴克达坂了。"

8

天空中的蓝像要流淌下来，而太阳苍白得像牛奶一样，阳光没有一点温度，没有一点力，好像是飘动的。看不到风的影子，只能听到一种愤怒的低嗥，可以感觉到它龇着锋利的牙齿。风，撕咬着大家，每个人都恨不能把脖子缩到肚子里去。战士们像一群绿色的乌鸦，紧紧地挤在牵引车的车厢里。虽然被摇晃着，但好像已被冻结到了一起，怎么也摇不散。

战士们被冬天这个牢房囚禁了一个长冬，现在能出来放风，每个人都有些兴奋，眼睛滴溜溜地四处乱转。但大家看到的全是白色。偶尔可看到天堂雪峰黑色的巉岩——那是喀喇昆仑肌体的颜色，它的本意就叫"黑色昆仑"。

出了雪谷口，眼前就是天神荒原。表面一层坚硬的积雪覆盖着它，风敲在上面，发出锐响。雪山闪得越来越远。它像一个巨大的广场，看不出一丝生命的迹象。

路向哈巴克达坂推进的速度很快，凌五斗自然高兴，因为过不了几天，他就能寻找那些牺牲的战友了。但就在离达坂还有两里多路的时候，连长却以官兵需要休整为由，决定收兵。他是有意这样做的，因为他和指导员都不愿让凌五斗去管那些已经牺牲的士兵。这是因为雪崩还有可能发生，那里依然危险，他们得为他的安全考虑；还有就是他如果把这些牺牲官兵找出来了，就得把他们运回到连队去。连队一下摆放着五个死人，这无疑是一件有些惊悚的事情。

连长的决定让凌五斗很着急。"离哈巴克达坂只有不到三里路了，连长。"

"山下的部队距这里不远了，我们等等他们吧，我们可不能去抢大部队的功劳。"

"但今年天热得早。"

"这好啊，如果一夜之间这冰雪都化了，我们就不用费这些力气了。"

"那就请连长把剩下的任务交给我吧。"

"交给你？你一个人在这里干？不怕狼把你叼走了？"

"没事儿，给我留几天的干粮就行了。"

"你如果实在要干这个事情，我也不阻拦你。好，我给你留一周的干粮，锅灶也留下，再给你留一顶帐篷、一支枪、二十发子弹，我等几天派车来接你。"说完，他又扔给了他一支手电，"刚装的电池，有狼啊什么的可以应付一下。"

凌五斗的脸上绽放出了笑容："多谢连长！"

草绿色的牵引车轰鸣着，拉着其他人绝尘而去。留下凌五斗站在雪野里。这个孤独的士兵身后的哈巴克达坂以及好几座无名雪山显得更为高绝了。

当汽车被黄昏瑰丽的雪夜抹去，凌五斗转过身，继续干起活来。

高原笼罩在夕阳和雪光融合而成的神圣光辉里。

在这个星球上，好像只有凌五斗一个人。铁锹与积雪摩擦的声音特别刺耳。夜幕四合，高原沉浸在乳白色的夜色里。夜晚更冷了，但凌五斗干得很起劲。等他停下来，已是半夜。他看了一眼天空，才发现有一轮很大的月亮挂在一朵白云旁边，正在西斜。

他回到帐篷，钻进被窝。被窝里和外面一样冷。但他很快就睡着了。他梦见了寒冷，梦见自己被冻进了寒冰里，像一条冻进了冰块的鱼，太阳可以透进来。但光影是扭曲的，没有一丝暖意。他透过冰层看到的世界也是变形的，格外模糊。他看到了万千蠕动的生命，他们是人类。而他自己笼罩在一团薄薄的金色光辉里，在人类上空飞翔，像混沌世界的萤火虫。

他睡得很死，虽然他在七点钟就醒了，算一算，也就睡了四个钟头，但他没有一点困意，头脑清醒，像被无数个春天的春风吹拂过。他觉得自己思维敏捷，浑身充满了力量。他一个鲤鱼打挺，站了起来——他虽然穿着皮大衣，看上去笨拙得像一头熊，但昨夜的睡眠使他的身手变得敏捷无比。他的头撞到帐篷顶上，帆布帐篷冻得和牛皮一样硬，发出了"嘭"的一声响。

凌五斗钻出帐篷，发现不远处竟蹲着一头狼。他这才发现，帐篷周围留着它密密麻麻的脚印。他一看，不禁有些后怕。它没有钻进帐篷，却像是在周围巡护他。看到他出来，它也没有动，只对着天空低沉地嗥叫了一声，像是在问他早安。

"你，早上好。"凌五斗也向它问候。

遥远的东边的天空已有了一道弧形的晨曦。但头顶还有无数的星辰在闪烁。那一轮明月，有一半隐到了雪山的后面。

他开始干活。那头狼看他那么忙碌，拖着被这个冬天熬瘦了的身体，蹒跚着，往北边跑走了。

他喜欢铁锹切进雪里的声音，像他有生以来，无数的真理切进他的大脑。"整体的谎言……个体的谎言，二者相互支撑、勾结……支撑着人类……"他的头脑从没有过的清醒。他不敢再想了，他不得不把皮帽子脱了，让自己的脑袋暴露在摄氏零下三十余度的严寒里。大脑很快冻僵，麻木，最后只剩下了一股异常清晰的寒意，像一枚锋利的钢针不断地扎他的脑门。

但他的心里已经安然。他像个机器人。他挖雪的速度似乎比平时还要快。

9

高原一连五天没有下雪，这真是个奇迹。凌五斗顺利地站在了哈巴克达坂上。因为这已经是海拔很高的地方了，达坂并不比荒原高多少，但显得异常锋利，像一柄新开刃的镰刀，随时可以收割掉闯到这里来的任何生命。站在这里，视野更加开阔。他回望自己开拓的路，觉得它像一条白色的蛇，在蜿蜒爬行着。荒原更加坦荡。积雪像蒙在无边死亡之上的一块白布。除了自己身后的冰峰雪岭，其他三面的雪山都显得低矮了。那三面的高原呈一个优美的弧形，像我们在空中看到大地时的样子。他伸了伸脖子，觉得自己一下就能望到天尽头。

达坂海拔五千八百三十七米，呈马鞍状，一边的雪山显得温和慈祥，另一侧的冰峰则暴烈凌厉，它比周围的雪山要高拔许多——它原是没有名字的，军事地图上标注的是七十九号雪峰，因为它每年都会发生雪崩，不时有经过这里的军车和人员被掩埋，所以战士们给它取名为死亡雪峰。它和险峻的哈巴克达坂狼狈勾结，从这条道路开通，已先后有二十四人牺牲在这里。而从山下运来的军马、鸡鸭——以及转场到天神荒原放牧的羊群，也有因过不了这道高坎而死去，被弃尸在这道达坂上的，因此，秃鹫常驻于此，孤狼不时出没。

凌五斗看到了春节前夕那场雪崩留下的印迹。虽然积了新雪，但还是可以看到，有半匹雪峰被撕下来了。倾泻下来的积雪已被风夯实，现在，已开始融化。雪水冲出了一道道深浅不一的雪沟。他看到了两顶皮帽子和一卷倍复线，一只被狼或狐狸撕烂的棉手套，然后看到了一只被咬烂的手。他小心地刨开积雪，他看到了这个战士的胳膊，然后看到了他。他保持了跑开时的姿势，张着嘴，像依然在呼喊，他脸上最后的表情是惊讶和恐惧，由于冰冻着，他的脸色灰白。

凌五斗把他背进帐篷里，从自己的衬衣上撕下一块布，小心地把那只手包好。

接下来的两天里，他在距这个牺牲者不远的地方又挖出了牵引车，在牵引车附近共挖出了四具遗体。可以看出来，他们是在完成任务准备离开时发生雪崩牺牲的。

从那天开始，他把子弹上了膛。自从死人的味道随着天气变暖，从雪下飘散出来——再加之他这块新鲜人肉的味道随风飘散开去，凄厉的狼嗥声就不停响起，浑身沾满死亡气息的秃鹫一直在天空盘旋。

他的双人帐篷一下挤进五个人来，怎么也摆不下。他只好把他们摞起来。下面垫底的是两个身材壮实的战士，第二层再摞两个瘦一些的，第三层摞了一个小个子。他觉得他们随时会倒下来压着他。他荷枪实弹，刚好能挤着躺下，他的身体把挨着他的人的半边身体都捂暖和了。

狼群在外面奔突、嗥叫，有时候离帐篷近了，他就突然打开手电，朝它们射去，狼群一见，就会吓得跑开。这玩意比子弹还管用。用枪射击，打死一头狼，它们把它吃掉后，仍会在帐篷周围徘徊。

他好几个晚上梦见这五名士兵复活。梦境大致相似：帐篷变宽，大家并排躺着。有三个家伙打着呼噜，有一个家伙屁若裂帛，另一个家伙放屁则如打迫击炮。他们嘴里呼吸出的是军用罐头和压缩干粮在肠胃里发酵后的酸腐味……帐篷里被这些味道充斥满了。闻着这些生命的气息，他很是高兴。他把帐篷的门帘拉开，让月光射进来，月光很白，但照不到他们的脸，只能照到他们的头顶。他坐在他们身边，有些痴迷地望着他们。他的脸上一直挂着微笑。他总想去拍拍他们的脸，当他的手挨着了，才发现五张脸都是冰凉的，上面结着一层冰霜……他的心也会随之冰凉。

连长说一周后派车来接他，但现在已经是第九天了，还没有看到车的影子。手电的光已变得微弱，枪里的子弹只剩下了四发。如果不行，他就只能拆掉牵引车上的轮胎，把它点燃后驱狼取暖了。他有些舍不得，他觉得即使那辆车已经毁坏了，但轮胎还能用。

这些狼白天会躲开，但夜幕一降临，就会纠集而来。为了保护自己，凌五斗用冰块在帐篷四周砌了一道高达三米的围墙。他设计了一道活动的开口，只要把那两块冰推开，自己就可以从那里钻出去。他像是待在一口深井里。这样，他就不用担心狼群的袭击了。他还把一头打死的狼抢了回来，埋在冰雪里，以备没有食品时用来果腹。

好在两天后，他听到了另一种声音——一种凶猛的野兽啃噬冰山的声音。然后他看到了一角飘动的红旗，一群绿蚂蚁一样的士兵，几台蚂蚱一样的挖掘机，山下的开路大军已经来到了达坂下，他们就在临近达坂顶的一道山谷后面。他激动得朝他们挥手，呼喊，但没人看见他。

KL 防区负责指挥开路的是白炳武参谋长，边防 K 团则由团长刘思骏统领。所带兵力除了 KL 防区直属工兵营一连和三连，还有团步兵营。当他们在达坂下望见一个孤独的士兵站在达坂顶上，所有人都惊讶得张大了嘴巴。

"那不是凌五斗么？"虽然他的胡子、眉毛和头发上都凝结着白霜，但有人老远就认出了他。白炳武从达坂下爬上来，紧紧地握住他的手："连队其他的人呢？"

"他们前两天刚撤回连队了。"

"就留下了你一个人？"

凌五斗想了想，说："是我要求留下的，去年在雪崩中牺牲的五个战友需要看护。"

"扯淡，这里野狼成群，怎么能把你一个人留在这里！"

"……首长，嗯，他们前天才走，主要是车拉不下这几个战友，所以要把战士们先拉回去，然后再回来拉我和他们。你看，连长和指导员离开的时候，专门砌了雪墙，把我好好地护在里面呢。"他撒完谎，指了指远处那个像炮楼似的东西。

"这还差不多。"白炳武说着，用满是冰屑雪沫的手把凌五斗脸上的白霜抹去。"走，到你的堡垒里去看看。"

这时，团长也跟了上来。凌五斗为两位首长演示了怎么进去，然后，他从里面把冰块撤掉了；然后，他把那头死狼从冰雪里拖了出来；然后，两位首长看到了帐篷里面的情景；然后，他们脱帽，默哀；然后，白炳武转过身，向凌五斗敬了一个军礼，团长愣了一下，也跟着向凌五斗敬了一个军礼，凌五斗给他们回敬了一个军礼；然后，他突然大放悲声，痛哭流涕。

荒 原 情 歌

1

凌五斗虽然是饲养班班长，但整个班就他一个人。他由士兵升任班长的第二天，就带着一把五六式冲锋枪、二十发子弹、一顶单兵帐篷、一条睡袋、一口小铝锅和一堆罐头、压缩干粮和米面，骑着那匹枣红马，赶着二十五匹各色军马，到离连队四十多公里外的一条无名河谷去寻找有水草的地方。他要在大雪覆盖整个高原之前，把这些军马喂肥，以使它们熬过漫长的冬天。

凌五斗离开连队，觉得自己一下变得脆弱了。高原反应很快就袭击了他，让他差点没有撑住。他觉得自己有些发烧，像是感冒了一样。

裸露出来的山脊呈现一种异常苍茫、孤寂的颜色，没有消融的积雪永远那么洁白、干净，苍鹰悬浮在异常透明的高空中，一动不动，可以看见它利爪的寒光和羽翎的颜色，冰山反射着太阳的光芒——连队的六号哨卡就在冰山后面。由于太晃眼，凌五斗没法抬头去望它。这让他第一次真切地感到了一种莫名的恐惧。

第一天，他赶着马群越过了雪线，雪线下面已有浅浅的金黄色的牧草，第二天，他来到了无名河谷附近。藏族老乡扎西已在那里放牧，他长年穿着那套紫红色的藏袍，看不出年龄，他的脸像一块紫黑色的风干牛肉，似乎一生下来就那么苍老。他每年夏天都会赶着牦牛和羊群到连队附近的高山草场放牧，但时间最长也就两个多月，他们一家人几乎是官兵唯一能在连队附近

127

接触到的老乡。

凌五斗老远就听到扎西在唱那首不知在高原传唱了几千年的民歌——

　　天地来之不易，

　　就在此地来之。

　　寻找处处曲径，

　　永远吉祥如意。

　　生死轮回，

　　祸福因缘，

　　寻找处处曲径，

　　永远吉祥如意。

他的声音并不好听，尾音总带着狼嗥的味道，但有一种圣洁的感觉，似乎可以穿透坚硬的石头和冰冷的时间。

凌五斗来放牧的时候，连队通信员汪小朔曾压低了声音对他说："凌五斗，你知不知道，你去放马时可能会遇到扎西，他有一个像仙女一样好看的女儿。我听曾和指导员一起到他帐篷里去租过牦牛的文书回来说，他女儿才十七岁，不过，今年该十八岁了。她名叫德吉梅朵，文书连这名字的意思都打听到了——就是幸福花的意思。他说她长得真像一朵花。看文书那个样子，好像想把人家含在嘴里。反正他一从那里回来，就沉着脸，锁着眉，要给德吉梅朵诌情诗。"

凌五斗听通信员那么说，突然想起了老家最好看的女孩袁小莲，不禁有些伤感起来。

"哈哈，你看你的眉毛也像文书一样锁起来了，是不是也想给德吉梅朵写诗了？"

凌五斗摇摇头。"文书是文化人，我哪能写！"

凌五斗望了一眼插在白云里的雪山，暗自叹了一口气。"袁小莲……"他在心里喊出这个名字的时候，不禁泪如泉涌。他再也难以控制住自己的情感，伏在马背上，号啕大哭起来。

他记起，他已经好久没有哭过了。想起袁小莲，他就想哭；想起母亲，他想哭；想起奶奶，他想哭；想起老家乐坝，他想哭，他哭得马儿都不吃草了，它们低垂着头，也像是在流泪。他哭了差不多一个小时，才抽泣着收住了。他觉得自己这一辈子从没有这么痛快地哭过，他觉得自己的身体原来就像被阻塞的沟渠，现在都被眼泪冲刷开了，那阻塞在渠沟里的污泥浊水都顺着渠沟流走了。他浑身轻盈、通泰，像是可以飘浮到大团大团的白云上去，像是被高原上遍布的神灵的光芒穿透了。

2

即使到了现在，这座高原的很多地方仍然是无名的，即使是高拔的雪山，奔腾的河流，漫长的山谷。凌五斗身边的河流也是一条无名河，天堂雪峰的冰雪融水静静地流淌着，晶莹纯净，它在这昆仑山、喀喇昆仑山、喜马拉雅山、冈底斯山构架的无穷山峦中冲突、徘徊，最后没有找到出路，消失在一个没有出口的蔚蓝色湖泊里，去倒映天空的繁星和白云。河两岸的牧草并不丰茂，但不时会出现一片金色的草滩。河岸两侧一年四季都结着冰，衬托得河水呈一线深蓝，中午，河面上会升起丝丝缕缕的水汽，轻烟一般，像梦一样虚幻、飘浮。

凌五斗离扎西的帐篷有一段不远不近的距离。他很想和扎西说话，但扎西过第三天就不见了，他家的帐篷、牦牛和羊的影子也看不见了。

在这阔天阔地里，万物自由。几只黄羊抬起头来好奇地打量他一阵，然后飞奔开去，它们跑起来，雪白的屁股一闪一闪的；藏野驴在远方无声地奔驰，留下一溜烟尘；他还看到过野牦牛、雪豹、棕熊和猞猁，水边有黑颈鹤、白额雁、斑头雁、赤麻鸭、绿头鸭、潜鸭；河滩附近还有藏雪鸡和大嘴乌鸦；几只雪雀突然从金色的草地间飞起，鸣叫着，像箭一样射向蓝天，消失在更远处的草甸里；天空中不时有鹰和金雕悬停着，给大地投下一大片阴影。

自入伍以来，他还没有这么自由过。他沿着无名河游牧，过几天就换一个地方，他支起帐篷，把自己要骑乘的马的马腿拌上，把其他的马放开，到天黑的时候，才把它们找回来，有时候，他两三天才去找一次。他觉得放马应是连队最好的工作。

有一天,凌五斗赶着马儿从喀喇昆仑的大荒之境进入了至纯至美的王国。金色的草地漫漫无边。那是纯金的颜色,一直向望不到边的远方铺张开去。风从高处掠过,声音显得很远。远处的山峦相互间闪得很开,留下了广阔的平原。险峻的冰山像是用白银堆砌起来的,闪在天边,在阳光里闪着神奇的光芒。天空的蓝显得柔和,像安静时的海面;大地充满慈爱,让人心醉;让人感觉这里的每一座峰峦、每一块石头、每一株植物都皈依了佛——实际上它们的确被藏民族赋予了神性。高原如此新鲜,似乎刚刚诞生,还带着襁褓中的腥甜气息;大地如此纯洁,像第一次咧开嘴哭泣的婴儿。

　　这一切让凌五斗无所适从,他不由自主地呵呵笑了起来。他觉得,只有那样的笑才能表达他对这块土地的惊喜和热爱,才能表达他对这至纯之境的叩拜和叹服。他感到自己正被这里的风和停滞的时光洗浴,它们贯穿了他的五脏六腑、血液经脉、毛发骨肉。

　　就在这个近乎神圣的时刻,他突然听到了高亢、甜美而又野性十足的歌声。

　　他循着歌声寻找唱歌的人,却没有看见她的踪影。又转了十多分钟,才看到她骑在一匹矮小壮实的藏马上,放牧着一大群毛色各异的牦牛和羊,一条威猛的藏獒跟在她的身边。

　　看见他,她勒马停住了,把粗声吠叫的藏獒喝住。她穿着宽大的皮袍,围着色彩鲜艳但已污脏的帮典,束着红色腰带,有一只脱去的袖子束在腰间。她最多十七八岁。他突然想起了汪小朔所说的德吉梅朵,但他不敢确定。

　　她看他的眼神那么专注。他感到了她目光里的热情。她的羊此时也大多抬起头来看他,那条藏獒不离左右地护着她。他怕惊吓着她,不再向她走近,只在远处勒马看着。

　　她笑着,招手让他过去。她笑起来那么清纯,白玉般的牙齿老远就能看见。

　　当他快要走近她时,她却勒转了马头。小小的藏马载着她,一跳一跳地跑远了,只留下一串清脆的笑声。

　　那条高大的藏獒看笑话似的冲他吠叫了几声,像头黑毛雄狮一样随她而去。

　　凌五斗向前方望去,没有看见毡帐,也没有看见炊烟,只有金色的草地一直延绵到模糊的雪线附近。她站在一座小山包上,只有一朵玫瑰花那么大

130

一点。她的羊更不起眼了，就像一群蚂蚁，正向她涌去。她的歌声在前方突然响起来，那么动听：

　　不见群山高低，

　　只见峰峦形状，

　　我的白衣情人，

　　缘分前世已定……

　　凌五斗如果能听懂她的歌声，一定会以为那歌是专门唱给他听的。但他只能远远地、久久地望着她，直到她消失得无影无踪。他有一种恍然如梦的感觉。那天，他再没有看见过她。他不知道她的帐篷支在哪里，不知道她的家在何处，不知道她是否已有"白衣情人"，也不知道在那样无边的旷野中，她是否感到恐惧，是否感到孤单。躺在单兵帐篷里，他以一种忧郁而又复杂的心情牵挂起她来，就像牵挂袁小莲一样。

3

　　马能闻到马的气息。军马很难见到其他同类，就像凌五斗很难见到其他人一样，他的马循着姑娘的马儿留下的气味，在第三天来到了她放牧的地方。他看见她的时候，她正出神地望着一个无名小湖天蓝色的湖水发呆。

　　整个天空倒映在湖里。太阳从水里反射着光芒，与天上的太阳互相照映。但那里并不暖和，湖边散落着发暗的残雪。一阵风吹过，湖里的天空就晃动起来，太阳和云朵被扯得变了形，湖里的阳光顿时乱了。凌五斗忍不住往天上望了望。他看见天上那轮太阳是完整的，天空也是完整的，才放心了。

　　藏獒对着他吠叫了几声，声音像从一个瓮缸里发出的。她抬起头，看见是他，对狗说了句什么，那狗便不吭气了，摇摇尾巴，乖顺地卧在了离她不远的地方。

　　他和她隔着那个蓝汪汪的小湖。他看见她望他的时候，有些害羞，虽然冷风劲吹，但他觉得自己的脸和脖子发烫，像被牛粪火烤过。

　　她的脸红黑、光亮，像一轮满月，众多的发辫盘在头上，发辫上饰着银币、翡翠、玛瑙和绿松石。耳朵上的耳环，脖子上的项链，使她显得贵气而端庄。

她的藏袍上有大红的花朵。她笑了起来："你看你，多像庙里的红脸护法！"

凌五斗听不懂，他傻呵呵地笑着，觉得自己也该说些什么，他看了看自己的马，说："我的……马把我带到了这里。"

"我叫德吉梅朵，我知道，你是天堂湾的解放军叔叔。"

军马很兴奋，它们和她的马亲热着。他觉得很难为情。"我的马和你的马混到一起去了。"他骑马过去想把它们赶开，但它们很快又粘在了一起。

她看了，忍不住笑起来，她笑得捂住了自己的肚子。她一边笑着，一边说："解放军叔叔的马欺负德吉梅朵的马了！"

"连队都是公马……"他感到很是抱歉。

她笑着唱了起来——

> 公马母马相爱，
>
> 那是前世良缘，
>
> 你像狠心父母，
>
> 总想把它拆开。

那些马粘在一起跑远了，他又回到了湖边。

"你的歌声真好听，比袁小莲唱得好听多了。"

"天堂湾上的雪很厚，我从来没有去过。我爸爸说，你们住在鹰的翅膀上。"

"袁小莲是我……老家乐坝最好看的姑娘。我喜欢她，柳文东老师也喜欢她。"

"我爸爸说，天堂雪峰很美，但我只能看到它的山尖尖。"

"哦，柳文东老师是我们乐坝小学的老师，他的课教得很好。"

"我家的冬牧场在多玛，从这里回去要翻越高高的苦倒恩布达坂。"

"我喜欢放马，放马的时候没人管。"

"我有两个弟弟，一个在多玛小学上学，一个还在吃奶。我妈妈生下最小的弟弟后身体就不好了，所以我爸爸赶回去照顾她去了，我只能一个人在这里放羊。"

"这么大的地方，只有我和你，还有这些牲口。"

"你要在这里放多久的马呀？"

"你一个姑娘，放这么多羊，还有马，还有牦牛，真是很能干……"

"你在这里，我们就可以说话了。"

"在这样的地方放牧，你一点也不害怕，真是了不起。"

"我好久没有和人说过话了，我想说话的时候就跟扎西说。"

"扎西？要是我会说藏话就好了，你可以教我吗？"

"扎西是我们家的狗，它跟我爸爸一个名字。我爸爸最喜欢它，所以把自己的名字给了它。它有时候听我说话，有时它根本不理我。我有时候也跟我骑的马说话，它的名字叫普姆央金。"

"我得去看看那些马，我也会帮着把你的马赶回来。"

"哎，没有想到你这么快就要走了，傻乎乎的小伙子，多谢你陪我说了这么多话。"

凌五斗骑着马，转身要走，但他不想转身。他记得，这是他第二次有这种感觉。这感觉和他当兵走的时候不想离开袁小莲一样。

他回头看了德吉梅朵一眼。德吉梅朵看着他消失在一个金色的山冈后面去了。

4

那些马撒着欢儿，就那么一会儿时间，已跑得没了踪影。凌五斗骑着马找了半天，才在一个浑圆的山冈后面把它们找到。它们不愿意再返回湖边，好像不愿意再受人管束。凌五斗把它们收拢，赶到湖边的时候，夕阳已沉到西边高耸的雪山后边去了。西边有一大块天空呈玫瑰色，最高的雪山顶上还可以看到夕阳的余晖。

德吉梅朵已把她家的羊收拢，母羊们头顶头、屁股朝外一溜排好，她正撅着一轮满月似的屁股在羊屁股后面挤奶。几只公羊和一些半大的羊在附近闲逛，几只小羊羔子在羊屁股后面欢快地蹦跳。那些牦牛仍散落在四周，它们好像永远都在埋头吃草。听到凌五斗吆喝马的声音，她抬起头，对他笑了笑。

扎西已经认识他，不再对他吠叫了。但也没有迎接他，只是礼貌性地摇

133

了摇尾巴。

凌五斗把所有的马拌好。德吉梅朵已把羊奶挤完了。她手上还沾着奶汁和羊毛，她拿出随身带着的一个木碗，舀了一碗羊奶，递给他，说："你来尝一尝，还是热的。"

凌五斗接过木碗，他闻到了一股羊奶的膻味。他不习惯喝这种东西，但他还是喝了。

德吉梅朵的脸上总是带着笑。她笑着看他喝完，自己也喝了一碗，到湖边洗了碗和手。

她把羊赶到一个离湖岸不远的背风的山包下，把它们收拢，在羊群旁边铺了毛毡和羊皮，点了一堆牛粪火，准备睡觉。

凌五斗没有想到，她就是这么度过一个个寒冷的夜晚的，他觉得这太不可思议了。他把帐篷在离她不远的地方撑好，然后走过去，对她说："姑娘，我不知道你叫什么名字，不知道你是不是扎西家的德吉梅朵，但你不能睡在露天里，这会把你冻死的。"

"扎西？德吉梅朵？是的，扎西是我爹，德吉梅朵就是我。"她指了指自己的鼻子尖。

"你，德吉梅朵？"

火光映照在她红黑发亮的脸上，她像是听明白了这句话，使劲点了点头，再次指着自己的鼻尖："德吉梅朵。"

凌五斗没想到她真是德吉梅朵。"我们连队的文书和通信员都知道你。"

"是的，我家的这条狗也叫扎西。你说的扎西应该是我爸爸吧。人家总把我爸爸和它搞混，我爸爸叫它的时候，好像是在叫他自己，我们总忍不住会笑。我奶奶和我妈都不同意他给这条狗取这个名字，但我爸爸不听她们的话。"

"我要跟你学藏语。我记起了一句话，扎西德勒。"

她听懂了，她高兴地回应他："啊，扎西德勒！"

"德吉梅朵？"

她点点头，"德吉梅朵。"

"德吉梅朵，扎西德勒！"

"金珠玛米，扎西德勒！"

凌五斗指了指羊，德吉梅朵说了它藏语的发音，凌五斗就跟着她读。他又指了指马、狗、牦牛、火、帐篷、湖泊、天空、月亮、星星、云朵、雪山、我、你、睡觉、醒来……，每个单词他重复几遍，便记住了。而德吉梅朵，也跟他学着这些词语的汉语读音。

显然，在这样寥廓而空寂的夜晚，这件事让他们很高兴。德吉梅朵亮晶晶的眼睛活泼地闪动着，像天上的星星一样。

最后，他看夜已深了，就用刚学到的藏语对她说："德吉梅朵，帐篷，睡觉……"

德吉梅朵一听他的话，害羞得转身低下了头。牛粪火的火光在她红黑的脸庞上不停地跳跃。她说："我跟羊、睡觉。"

凌五斗听懂了这句话。他摇摇头说："外面太冷了。"

但她没有听懂这句汉语。他只好去拉她。她用热烈的眼光看了他一眼，顺从地跟着他钻进了帐篷里。

凌五斗看她躺好后，从帐篷里退出来，躺到了德吉梅朵原先准备睡觉的毡子上。

德吉梅朵撩起帐篷的门帘看着他，"咯咯咯"地笑了。凌五斗听到她的笑声，也"嘿嘿"地笑起来。

5

凌五斗放马离开连队已经有一个月零七天了，这么长时间里，连队连他的影子也没见着。连长陈向东非常担心。因为凌五斗所带的食物最多只能吃二十天。吃完后，按说他应该回连队补充的。但他自从赶着马儿离开连队后，就再也没有回来过。

陈向东和指导员傅献君做过很多可怕的设想：第一种可能是他犯了傻劲，找不到回连队的路了；第二种可能是他在荒原上迷路后，饿死了；还有可能就是他被狼撕掉了。他们特别担心的是，怕他赶着马群误入了邻国，他是军人，又带着武器，如果被对方视为侵略，搞不好会引起一场边境冲突。

两个人都不敢想他如果真出了事，会是什么后果。他们后悔当初把这个差事交给了他。

连里还不敢把这个事向上级报告，陈向东决定带人亲自去找他，等真找不到了再说。连队还留着几匹用来巡逻的军马。次日一大早，他带了三个人，骑马向无名河谷——在军事地图上，它叫十四号河谷——走去。他们找遍了整条河谷，但除了偶尔能看到几堆已被风化得一塌糊涂的马粪、一群乌鸦、几只黄羊外，就只有一阵阵带着寒意的风了。陈向东抬头看了看天空，也只看到了深邃的碧蓝苍穹和白色祥云。

这条河谷是连队的牧场。让人跟着军马，就是不要让它们跑出这个河谷；但即使没有人跟着，让马儿自由放养，它们也不会离这条河谷太远。

陈向东用了五天时间，一直找到军马曾跑到过的最远的地方，仍然没有看见凌五斗的影子。他不禁越来越生气。他站在一个高冈上，用望远镜往四下里望了好几遍，大声说："他妈的，这个傻子，他不会把马放到列城去了吧。"

一个战士接话说："恐怕他赶着我们的马到了新德里也不一定。"

汪小朔这次跟着陈向东出来，名义上是说要好好照顾连长，其实心里想的是能不能遇到德吉梅朵，一饱眼福，为此，他还把文书写的献给德吉梅朵的诗偷偷地抄写了下来，让连队的一个藏族战士帮忙译成了藏语。现在这首诗就揣在他的衣兜里，他想，如果能够遇见她，他就把这首诗偷偷交给她。为了这个想法，他可是吃了苦头。汪小朔当了通信员后，养尊处优，很少骑过马了，所以第二天，他的屁股和裆就被马鞍磨坏了。现在，虽然马鞍上垫着皮大衣，但他还是觉得痛苦不堪，特别是当他连德吉梅朵的影子也没看到时，那种痛苦就更难忍受了。他气哼哼地、有些绝望地附和道："他说不定碰上德吉梅朵后，跟着她一起放羊、生儿育女去了，早把连队给忘了。"

连长勒住马，很严厉地瞪着他："你胡说八道什么！"

"我……我……连长，我错了……我回去就写检讨。"

过了好久，陈向东的气才消了一些，他最后望了一眼高冈周围广阔的荒原，失望地说："我们的干粮快没了，前面就是阿克赛钦湖了，他不可能到这么远的地方来放牧，我们先回吧。"

陈向东带着三个人，疲惫不堪地回到了连队。他情绪低落地对傅献君说："指导员，我觉得，凌五斗有可能是出事了，你看，我们是不是把这个情况向上级报告一下？"

傅献君忧愁地说："他出去这么久，我心里也没底，我们给边防营报告一下，最后该怎么办？让营里定夺吧。"

"哎，也只能这样了，真他妈的！"

营长肖怀时接到电话，说这么大的事，一个战士这么久没有踪影，现在才跟他报告，简直是扯淡。自然把陈向东批评了一番。但肖营长最后还是决定，说先找一找，如果实在找不到，再给团里报告。他让陈向东明天带人继续寻找，其他三个边防连予以协助。

这次，连长组织了三个搜寻小组，两个组骑马，一个组乘车，各携带电台一部，进行更大范围的搜寻。他们忙乎了七天时间，把天堂湾方圆两百公里范围内的每一片草滩、每一条山谷都找了个遍，最后连凌五斗和军马的影子也没有看见。其他三个连队搜寻了周边的地域，也一无所获。

情况报告到营部，肖怀时长叹了一声，说："他妈的，我只有给团长汇报了。"

团长刘思骏一听，说这还了得！他在电话里对营长吼叫道："你他妈的，这个战士要有个三长两短，你立马打背包回家！你立即亲自组织人员搜寻，活要见人，死要见尸！就是他喂了狼，你们也得从狼屁眼里把他的骨头渣子给我抠出来！"

这次营里把搜寻范围扩大到了毗邻的其他防区，但十天过去了，他们既没有找到一根人毛，也没有寻到一根马鬃。没有办法，团里只能上报防区，说"天堂湾边防连饲养班班长凌五斗自八月九日外出放马，计带二十天干粮，现已四十七天未曾归队，连队及边防营先后组织了三次搜寻，寻找了该营及毗邻防区和周边区域，人及马匹均未见踪迹，疑已失踪"云云。

6

而此时，凌五斗正在泽错边——边防连和边防营所有的人即使一起做梦，也不会想到他会赶着军马到那么远的地方去放牧。

那一段时间，凌五斗跟着德吉梅朵，走遍了疆藏交界处的辽阔地域。他们从红山头到了阿克赛钦湖，然后逆着冰水河到了郭扎错、邦达错，再从窝儿巴错到了松西、泽错，到泽错时，天气已经寒冷，德吉梅朵要赶着她的畜群往南游牧，回多玛的冬牧场去了；凌五斗也要北上，赶着已被喂养得膘肥体壮的马群，回到连队去。

在这自由自在的日子里，凌五斗几乎忘记了汪小朔、连长和天堂湾，他心里只有德吉梅朵，只有她嘴里说出的好听的藏语词句。他学习得很快，他不但已能用藏语和她交谈，还能听懂她唱歌；德吉梅朵也能用汉语和他进行简单的对话了。

这一段时间，凌五斗是个真正的自由汉，他过得无忧无虑，快乐如神仙。干粮吃完了，他就吃德吉梅朵给他的糌粑和肉干——他已习惯了吃糌粑和肉干，习惯了喝刚挤出来的羊奶。他觉得这世界上有德吉梅朵，有一群羊、一群马、十几头牦牛、一头藏獒、一顶单兵帐篷就足够了。

他没有想到自己会和德吉梅朵分开。

那天晚上，他和德吉梅朵坐在牛粪火前，看着蓝色的火苗，不说话。

马有时打一声响鼻，羊有时会叫一声，藏獒沉默着卧在他的身边。天上没有月亮和星星，它们被翻涌变幻的云遮住了，不时有风从山谷里掠过，夜晚寒冷，最后终于飘起了雪花。

"明年我还会来放马的，德吉梅朵。"

"我也有可能会来放羊……如果能来，我会早早地到离你们哨卡最近的河谷等你。"

"我到时再来听你唱歌。"

"我还来听你讲你老家乐坝的故事。"

"我还是让你住我的帐篷，吃我的压缩干粮、茄子罐头。"

"你还是卧我的毛毡、喝我刚挤出来的羊奶，吃我带的糌粑和风干肉。"她说完，盯着他看了一会儿，她看到他和她一样黑了，黑得只有牙是白的了，"我还是让我们家的母马怀你们连队公马的马驹子。"

"是啊，你们家的母马都怀上马驹子了。"

"只有一匹母马一点动静也没有。"

"哪一匹啊，我看都怀上了。"

"你的眼睛被雪山的光晃坏了，没有看清楚。有一匹马只看上了军马中的一匹，但那匹军马傻乎乎的，都没有靠近过那匹母马呢。"

"哦？我可没有看出来。在我们老家乐坝，很多人家都喂牛，很少喂马，所以我对马一点也不了解。"

"你们老家乐坝养出来的恐怕都是笨马吧。"

"那也有可能，我们老家乐坝到处都是庄稼，如果养马，连个跑马的地方都没有，只能像牛那样拴着养，养出来的马肯定和牛一样笨。"

德吉梅朵听他说完，觉得又好气又好笑，最后，她真的忍不住笑了起来。

7

雪不停地下着，产生了一层薄薄的雪光。雪把夜晚变白了。羊群卧着，像一堆白石头；马都成了白马，牦牛和狗也变成了白色的，它们都一动不动，像被定格了一样。他们俩也披着一身雪，仍坐在火堆边，好久没有说话，像把所有的话都说完了。只有牛粪火的火苗在不停地飘动着，火光不时爱抚一下他们焦炭般的脸。

她终于接着说："今晚好像比所有的晚上都冷。"

"你说什么？"

"我说今晚比所有的晚上都冷。"

"下雪了嘛，肯定冷啊。来，你把这张羊皮披上。"

"不要，我都穿着你的皮大衣了。"

"你冷怎么办？"

"我挨你紧一点就行了。"

"好啊，小时候，冬天冷的时候，我们几个小孩子就靠着向阳的墙，相互挤来挤去，我们把这叫作'挤热火'，我们把墙挤得又滑又亮。"

"那我们也来挤热火。"

"好啊，挤热火！"他说着，把右肩抵向迎过来的德吉梅朵的左肩膀。

他们的欢笑声在这空寂无比的高原雪夜显得十分突兀，好像整个世界就只有他们的声音了。牲畜都醒了过来，用蒙眬的睡眼看着他们。最后，德吉梅朵挤不过他，倒在了雪地上。他也随着倒了下去，压在她的身上。他们滚在雪地里，像两头熊。

凌五斗想坐起来，但德吉梅朵紧紧地抱住了他的腰。

他看着她的脸（火光只能照亮靠火堆的半边）和不停往下落的雪，她的眼睛从上面看着他，她的一条辫子搭在了他的脸上，毛酥酥的。他们的气息有力地喷在对方的脸上。她和他的脸叠在了一起，她的头发散落下来，把他的脸淹没了。

她学着他的腔调说："你看，这样多热火。"

就在那个时候，凌五斗突然想起了遥远的乐坝，想起了袁小莲。这一次，他猛地坐了起来。"德吉梅朵，我跟你说，我跟袁小莲……"

"你也跟她挤热火了？"

"是的，我们小时候一起挤过。"

德吉梅朵不说话了。火光一次次扑在她的脸上。

"德吉梅朵，你可能不知道吧，我们连的文书可喜欢你了，他说他那次和连长到你家的夏牧场租牦牛时见过你，他一见你就喜欢你了，他还给你写诗呢。"

"诗？你是说像《格萨尔》那样的歌？"

"格萨尔？我不认识。但就像你唱的那些歌一样。"

"情歌一样？"

"是的。"

"文书是我们连最有文化、长得最中看的战士。"

"我见过他一面，他老是脸红，可能是他的脸太白了，所以脸一红就能看出来。"

"你觉得他好不好？"

"好，但他跟我有什么关系？我们只见过那一面，不像我们在一起待了这么久。"

"你以后还可以见他的。"

她摇了摇头。"他是文化人，他放不了羊，经受不了这风、这雪和这样的冷，他舍不得把他的脸晒得和我的一样黑。"

"我……"

"我从小就跟着我爸爸妈妈在这里放羊，天天都是这样，就像我爸爸说的，过一辈子就像过一天一样。你不知道，我们不能在一个地方放牧，害怕雪灾一来，会把所有的牲畜都冻死了，所以只能采取走圈放牧的方式，把牲畜分成小群，家里每个人赶上一群，带上糌粑，背一口锅，各奔东西去寻找牲畜可以吃到草的地方，我们往往一分开就是很多天，每个人只能独自应付一切，夜里只能挤在畜群里睡觉。但这次跟你在一起，虽然每天的日子跟以前差不多，但过一天就跟过一辈子一样。我跟你在一起有几十天，我已过了几十辈子了……"她说完，就笑起来，但她的笑却令他感到伤心，然后，她真的落泪了。

他的心口有些发痛。他说："但我……"

"我们还可以去挤热火，天黑了好久了，我们该到帐篷里挤去。"她说完，牵着他的手，像一头熊牵着另一头熊，钻进了单兵帐篷。

那个单兵帐篷，第一次变成了双人帐篷。

帐篷外面，银绳般的雪猛击着积雪的地面，天地被它们密密地缝制起来了。

8

帐篷里并无暖意，他们搂抱得很紧。她的头埋在他的怀里，睡得很死。他没有睡着。他听着她的呼吸，心软得像融化的雪水一样。他们的气息和气味彼此混合着，已分不清是谁的了。他们的衣服很久没有洗过了，污垢结在上面，发亮反光，高原上也不可能洗澡。但他觉得他们的衣服是那么光鲜，像新的一样；身体也是那么干净，都有些圣洁的味道了。

雪落在帐篷上，已不是飘飞的雪花，而是雪粒，唰唰地响，很有力，感觉每一粒雪都可以把帐篷穿透。雪在堆积着，像要把整个高原掩埋起来。他知道，这里的雪有时厚得可以把人陷进去。他在心里祈祷着老天保佑，让雪赶紧停下来。

他不知道自己是多久睡着的。

德吉梅朵吻了吻他的额头，不知道为什么，她的眼睛里滚出了一串泪水。她把他搂抱得更紧了。她在心里说："要是我能把他怀到自己的肚子里就好了，那样，我就可以随时带着他，再也不怕他会挨冷，再也不怕分离。"

德吉梅朵把他吻醒了。他睁开惺忪的睡眼，对她笑了笑。

当他们的目光相遇时，他们俩都有些不好意思，脸都有些发烫。

"天已亮了。"她说。

"雪停了吗？"

"停了，雪把羊都快埋住了，把帐篷埋了好高一截。"

他们俩从帐篷里钻出来。牲畜挤在一起，相互取暖。太阳还在东边的雪山后面，但已朝霞漫天，雪山顶已抹上了霞光，然后，霞光浸洇开来，给白色的高原抹上了淡淡的羞红。

"昨天晚上热火吗？"她给了他一把风干肉，盯着他的眼睛问道。

他憨憨一笑，"热火，很热火。"

"那我们再挤几天吧，天气变冷了，我想你再和我挤几天。"

"这场雪过后会晴一段时间的，我让我的马再吃几天草。"

那些天，他们把牲畜放开，让它们拱雪下面的草吃。他俩则躲在帐篷里，很少出来。

但分开的那一天还是到了。凌五斗把帐篷送给了她。

"德吉梅朵，我没有什么东西送给你，这顶帐篷你留下，有了它，你以后晚上睡觉的时候，就不用和羊挤在一起了。"

"我宁愿和羊挤在一起。"

"为什么啊？"

"因为我一钻进帐篷里，就会冷。"她说到这里，转过了身。

"明年我还会来放马的，到时我们就可以见面了。"

"还有半年时间呢。"

"反正，这顶帐篷你一定要收下。"

他把叠好的帐篷绑在了她的马背上。

9

KL防区司令部接到边防 K 团关于凌五斗和二十五匹军马一起失踪的报告后，非常震惊，参谋长白炳武当即赶到边防 K 团坐镇指挥。经过分析，很多人认为凌五斗已经死了，在这高原，生命是很脆弱的，随便遇到个什么意外——比如肺水肿、脑水肿之类的高原病，还有可能被哪条无名冰河突然暴涨的河水冲走，或者从哪座悬崖上摔了下去，甚至有可能遇到狼群——都可能丧命。也有人认为这个说法不可能，他们说，如果人死了，马肯定在，营里肯定能找到马，但现在一匹马也找不到，所以他最大的可能是遇到了雪崩，雪把他和连队的马匹都掩埋了，但雪崩把人马全部埋葬的可能性非常小。白参谋长听了汇报，说了声："扯淡。"然后下了一道死命令："活要见人，死要见尸。"他命令刘思骏团长亲率直属步兵一连、侦察连、工兵连前往高原，会同边防一线的连队，要在大雪封山前做一次更大范围的搜寻。

团里厉兵秣马，但就在部队准备出发之际，凌五斗骑着那匹枣红色的军马、披着一身风尘、赶着一群喂养得油光水滑的马匹、喜滋滋地出现在了天堂湾边防连观察哨的视野里。

这件事已经把连队折腾得鸡犬不宁，把连长、指导员折磨个半死。全连的人都悲观地认定，凌五斗已经神秘失踪，而所谓失踪，只不过是他已遭不测的一种委婉说法。

但现在，连队的哨兵却看见了他。

最先发现他的是建在无名高地上的哨楼里的哨兵。哨兵用高倍望远镜观察到一溜人马从连队前面的山嘴后面冲了出来，以为是敌人偷袭来了，马上向连队报告。陈卫东的血一下热了，叫他继续观察。然后通知战斗分队立即进入坑道，准备迎敌。他抓了一把冲锋枪，一边往坑道里钻，一边说："真要有仗打，老子就战死算尿了，免得有这么多烦心事！"

那群马眼看就要到连队，就要回到自己温暖的马厩里，都兴奋得狂奔起来，群马奔驰，雪沫飞扬，马蹄得得，凌五斗再也管不住它们，连他自己胯下的马也跟着飞奔起来。

连队官兵都在无名高地和连队周围的坑道里待命，所有的武器都对准了马群奔驰而来的方向，空气既兴奋又紧张。

马群逼近之后，连长通过望远镜终于看清了那是连队的军马，看见凌五斗像个野人似的跟在马群后面。"妈的，闹鬼了！"他狠狠地说，"你个挨枪子儿的凌傻子，你终于给老子回来了！"他使劲咬了咬自己的牙，咬得牙齿"咯咯"响，好像要把凌五斗一口口嚼成渣。但他紧接着又舒了一口气，对身边的战士喊叫了一声："他妈的，虚惊一场，撤兵！都到操场上去列队！老子要亲自欢迎这个神人！"

军马的马蹄声引得马厩里的马匹也嘶鸣起来。

大家已知道是凌五斗回来了。除了哨兵，全连的官兵都从坑道和战壕里跑到了操场上，老远就朝凌五斗欢呼。

凌五斗从马上滚下来，咧嘴笑着。他的确变得像个鬼一样了，变得像个长毛邋遢鬼了。只见他胡子拉碴，脸上像抹了油灰，只有牙齿和眼白是白的。头上的头发很长，乱蓬蓬的，秃鹫可以直接在里面下蛋。身上的皮大衣乌黑发亮，已看不出草绿的颜色。他看到连长陈向东和指导员傅献君冷着脸、背着手站在那里，忙跑过去，站好立正，给他们敬了个军礼——他的手像一只放大了的乌鸡爪子："报告连长、指导员，饲养班班长凌五斗奉命放马，现已返回，人马安全，请你们指示！"他没有注意，自己说出嘴的竟是藏语。

大家面面相觑，以为自己听错了，傅献君问陈向东："他说什么？"

"他妈的，谁知道他说的是什么鸟语！"

陈向东终于没有压住自己的怒火，对凌五斗吼叫道："你他妈的说的什么？你出去放了一趟马，傻到连自己的话都不会说了吗？"

凌五斗还没有意识到自己刚才说的是藏话，他说："报告连长、指导员，我说我放马回来了。"他这次说的还是藏语。

陈向东、傅献君相互望了一眼，都想发火。

凌五斗终于意识到了，"我没注意到自己说的是藏语。"他赶紧又用汉语报告了一次。

傅献君说："藏语？乌尔都语还差不多吧。你他妈的还知道回来！"

陈向东没再搭理凌五斗，转过身，冲进连部，拿起电话，使劲摇了一气，然后喊叫道："我是天堂湾边防连连长，给我接营部，叫肖营长接电话！"

肖怀时接过电话，就说："陈向东，团部的搜寻部队刚准备出发，你那里不会又出什么事了吧？"

"你马上报告团里，说凌五斗回来了，人马安全，让部队不要上山了。"

"他妈的，你说的是鬼话还是疯话？"

"我他妈的刚见着他，像个鬼一样，但真的是他，他刚到。"

"你他妈的能确定？老子可经不起折腾了。"

"全连官兵都看到他了，好，指导员进来了，不信你问他。"陈向东说完，把电话递给了傅献君，"营长不相信凌五斗这个傻子回来了，你给他说说。"

傅献君接过电话，"营长，的确是他，你放心！他没什么问题，军马一匹不少。具体情况我还没有问他，我放下电话就去问他，我会尽快给您报告。"

"那就好，我马上报告团里。"肖怀时说完，就把电话挂掉了。

"通信员，通信员！"陈向东对着走廊喊叫起来。

"到！"汪小朔老远就高声应答道。

"你去把那个凌五斗给老子叫进来！"

10

凌五斗刚把马赶进马厩，关上门，汪小朔就跑来了，"快，连长和指导员叫你去。"

"好的。"

"看你啥事没有似的。"

"我有什么事呢？"

"哼，等会儿你就知道了！"

凌五斗跟在汪小朔的屁股后面。快到连部门口的时候，汪小朔示意他自己进去。凌五斗来到连部门口，有些忐忑。他觉得自己的腿开始打战，他求助似的回过头去看汪小朔，但汪小朔已经躲得没有影子了。他后悔刚才没有问一下汪小朔，连长和指导员找自己有什么事。

门开着。凌五斗硬着头皮来到门口，喊了一声报告。喊完之后，才发现自己的声音也在发抖。虽然他还穿着放马时的那身衣服，但他觉得真的有些冷。

陈向东和傅献君几乎同时回过头来，死死地盯着凌五斗的脸，然后，陈向东从头到脚把他打量了一番，傅献君从脚到头把他打量了一番。他们的目光像针，穿透了凌五斗污脏厚重的皮大衣和里面已两个月没有洗的军服，扎着他，有一种又酥又麻又疼的感觉。他们的目光在他肚脐眼下寸许处交会，凌五斗感到那里像被狠狠地剜了一刀。他那里被剜过之后，觉得自己自在了一些。他对着连长和指导员笑了笑。他笑的时候，眼睛眯了起来，他的两点眼白看不见了，但露出了一线月牙形的白牙。

凌五斗身上的气味随之弥漫开来，在火墙热气的作用下，连部一下变成了马厩。陈向东和傅献君不约而同地皱起了眉毛，屏住了呼吸。

"妈的，你就站在那里说话。"陈向东一边说着，一边把一扇窗户打开了。

"是，连长！"

"怎么这么久才回来？"

"报告指导员，连队只告诉我让我去放马，并没有跟我讲过我该多久回来。我想，把马赶出去一趟不容易，就想着把马喂肥了，等雪把草盖住了才回来。"

"可你只带了二十天的干粮，这些日子你都吃些啥屌玩意儿啊？"

"报告连长，我把自己的干粮吃完之后，就吃德吉梅朵的糌粑、肉干和奶疙瘩。"

"什么什么？谁？"

"报告连长，德吉梅朵。"

"德吉梅朵？扎西的女儿？"陈向东瞪大了眼睛。

"报告连长，她是扎西的女儿。"

"你怎么能乱吃群众的东西呢？"

"报告指导员，我把我带在身上的津贴给了她，但她不要，最后，我想我也不能老吃她的东西，就套了黄羊、旱獭和野兔，我们一起吃。分手的时候，我把连队的帐篷给了她，也算是补偿。赔帐篷的钱，连队可以从我的津贴里扣。"

"你他妈的一直和她在一起？"

"报告连长，开头没有，我出去第七天才碰到她。"

"你的藏语就是跟她学的？"

"是的，指导员，我真的会说藏话了，还会唱藏语歌，都是德吉梅朵教我的。不信我给你唱上一曲？好，我唱了啊——"他说完，生怕傅献君不让他唱，就赶紧唱了起来。他是用藏语唱的，声音高亢，很是动听，不亚于在广播里听到的藏族歌唱家的音色。

凌五斗自从来到天堂湾边防连之后，还是第一次独唱，没想一鸣惊人，把连部的人都吸引到走廊里来了。连队的藏族翻译索朗多吉从办公室里跑出来，问军医程德全："是扎西到连里来了吗？大雪都封山了，他来干什么？"

"不是扎西，你看，那唱歌的不是我们的凌五斗同志吗？"

"他不是放马去了吗？多久学会说藏语了，还会唱藏语歌，跟谁学的？唱得这么好！"

"神人嘛，说不定是跟连队哪匹母马学的呢。"

程德全的话引得大家哈哈大笑起来。但想起这是连部，又几乎同时戛然止住了。

"你他妈的神了，真会唱藏语歌子了！说说，你唱的都是啥意思？"

"报告连长，藏话其实很好学，德吉梅朵教会了我，我再用藏语说话，这就像呼吸一样自然。对了，这首歌的意思是，'东山虽然很高，却挡不住日月；父母虽然严厉，却挡不住缘分。你像十五明月，若要为我升起，不分鱼水之情，姑娘我将答应'。"

"哦，是首情歌啊，这就是那个德吉梅朵唱给你听的？"

"是，指导员。她说这首歌是专门唱给我听的，她还教我唱了另一首歌。"

"你唱唱，我和连长听一听。"

凌五斗于是很认真地唱了起来，唱完之后，他说："连长、指导员，这首歌按我们汉语的意思就是，'我们之间情意，若能心心相印，岁岁时光流逝，也能再次相会。如果姑娘发誓，永远不变心思；拔掉雄狮绿鬃，送给姑娘装饰。你还想要什么，也请给我吩咐，若要镜中月影，我也设法给你。'我这首歌学会后，德吉梅朵就让我唱给她听。"

"你他妈的！"陈向东很惊奇地盯着他看了很久，像是不认识他了。然后，他大叫了一声，"索朗多吉——"

"到！"索朗多吉一边答着，一边跑到了连部门口。

"这家伙，也就是这个凌五斗，他说他说的是藏语，唱的是藏族民歌。你说说看，他是不是在糊弄我和指导员呀？"

"他说的的确是藏话，唱的也的确是藏族民歌，纯粹的藏北味儿。"

"那你考考他，看他学得咋样了？"

索朗多吉就用藏语和凌五斗对起话来。对话期间，索朗多吉的表情越来越丰富，但主要以惊讶和赞叹为主。他和凌五斗说了一大通话后，抑制不住自己的惊喜，对连长和指导员说："哎呀，太不可思议了，真他妈的太不可思议了！"

"真有这么厉害？"陈向东还有些不相信。

"真的，连长、指导员，真是难以置信，好像他从小就是在藏区长大的。团里如果缺藏语翻译，马上就可以用他。哎呀，这下好了，我如果回拉萨探亲，他可以顶替我了。"

陈向东对索朗多吉说："嗨，你就做梦吧！你去通知炊事班，让他们烧一锅热水，让凌五斗好好洗一洗。叫大家不要在走廊里堆着，要听凌五斗唱歌，我们元旦的时候，给他搞个专场晚会！"说完，他又对凌五斗说，"你他妈的还真有些神啊，现在，你赶快滚出连部去洗个澡，把衣服全部给我换掉，你他妈的就是一间马厩，简直要把人熏死了。等你把自己弄干净了，我和指导员再好好审你。"

"但是，连长、指导员……"他觉得自己现在非常急迫要解决的问题是填饱自己的肚子。"我……，连队有没有饭？后面这两天时间我只吃了一些雪，往回走的路上，那种饥饿的感觉冻麻木了感觉不明显，现在我的肚子非常饿。"他的肠胃在肚腹里愤怒地翻腾着，轰鸣着，他觉得眼前直冒金星，觉得饥饿猛然间使他的身体变成了一摊稀泥。"如果我没有一个革命战士的坚强意志，我早就饿得回不来了。"

陈向东盯着他，说："饿？他妈的，你还知道饿！好，那就让炊事班先给你弄吃的吧。"

"我想吃碗面条。"

傅献君和蔼地说："好，那就给你做碗面条。"

11

炊事班做的是雪菜鸡蛋面条，里面还放了一罐头红烧肉。凌五斗觉得那面条真是太好吃了，他吃得汗水"噗噗"直往面盆里掉。汪小朔一边咽着唾沫，一边说，你看你都不用加醋了。吃掉一大盆面条，他撑得都站不起来了。他感到非常满足。他坐在那里，抹掉汗水，脸上堆满了幸福的笑容。

接着，炊事班把洗澡水放进洋铁皮做的浴盆里——连队一共有五个这样的洋铁皮浴盆。他蹲在热水里，感到特别舒服。身上的泥垢一层一层的，搓了一大盆。他感到身体一下变轻松了。他换了衣服，刮了胡须，理了头发。他们说他又是原来那个凌五斗了，只是变成了紫黑脸膛。一个战士还带他到镜子前照了照，他看见他的脸黑得像煤，他都认不出自己了。

凌五斗洗了那身满是马厩味儿的衣服，文书叫他到连部去。

他走到连部门口，喊了一声报告。

陈向东和傅献君坐在办公桌后面，一脸威严。桌前地上放着一个小马扎。

陈向东厉声说："滚进来！"

凌五斗站在陈向东、傅献君面前。

"坐下！"

凌五斗像个小学生似的在马扎上坐好。

傅献君严肃地说："凌五斗，你知道吗？你可把连队害苦了，我们两次出去找你都没有找到，最后惊动了防区。你如果晚回来一天，团里的搜寻部队就上山了。你从实招来，你这些天都到哪里去了？"

"连长、指导员，哪里有草，我就到哪里去。我跟着马走，走着走着就走远了。但我记得回连队的路，因为即使我走得再远，也能看到天堂雪峰，我们连队就在天堂雪峰下面。我去的地方有好几个湖，有些湖是咸的，那水没法喝，不过湖水很蓝，跟没有云的天空一样蓝……我听德吉梅朵说，那里应该是羌塘。"

"羌塘？你他妈的，你说你叫我们到哪里去找你？"

"连长，我真的不知道不能去那么远的地方放牧，也的确不知道过上十来天就得回来。"

"凌五斗，你要记住，以后出去放马，不准离开十四号河谷。干粮快吃完的时候就得回来。连里之所以规定放马的战士出去只带二十天的干粮，就是怕时间久了，在外面有什么意外。"

"指导员，我知道了。"

"你老实跟我说说你跟德吉梅朵的事。"

"报告连长，我先是听到她在唱歌，然后我才看见她，她唱歌的声音传得很远。只有一条叫扎西的狗和她在一起。那些地方，好像只有她一个人，因为那么长的时间，我没有见到别的人，所以看到她我很高兴。我们开始说话，虽然彼此都听不懂，但我们还是说，好像对方能听懂似的。后来我就慢慢能听懂她的话，她也能听懂我的话，我们彼此就能说话了。"

"你们这么长时间在一起，没发生别的事？"

"别的？"凌五斗一脸茫然地望着陈向东。

傅献君盯着他，"我看你这个傻样儿，也干不出别的事儿来。"

"凌五斗，听好！"连长大声命令道。

凌五斗还想说说他和德吉梅朵的事，但只得闭了嘴，"嗖"地站了起来。

"鉴于你擅自远离连队牧场放牧，长时间脱离集体，经我和指导员研究决定，撤销你饲养班班长职务！"

"连长、指导员，我接受处分。"

看着凌五斗出了门，陈向东叹息了一声，摇了摇头，然后对傅献君说："我们该详细地问问他跟德吉梅朵的事。"

"这还用问吗？"

"这事关军民关系，部队纪律，那怎么办？"

"过上一段时间，我来处理。"

12

解放牌汽车在藏北高原颠簸着。天地空阔得可容纳无限悲苦、无限神性。

傅献君带着翻译索朗多吉来到了德吉梅朵的帐篷前。

看到军车，德吉梅朵骑马远远地跑了过来。但看到车上没有凌五斗，又骑着马跑开了。这辆车在她家的帐篷前停下，藏獒对着军车低吼了几声，她的父亲扎西迎出来，他看上去似乎变矮了。见是连队指导员，很恭敬地献上哈达。然后接过傅献君送给他的盐巴、茶叶和面粉。

德吉梅朵骑着马，站在不远处的低冈上。藏獒也过去了，守护在她的身旁。一大片白云罩在她的头顶。她的身后，无名的盐湖闪耀着蓝色的光芒。

和凌五斗分手后，她就只沿着新藏线放牧了。一见到军车，就会唱起第一次见到凌五斗时唱的歌。但她没有等到她要见的人。

高原上没有真正意义上的春天，但她觉得和凌五斗相处的那几个暴风雪之夜就是。她由此认定，春天只有两个人紧紧拥抱在一起的时候才会有。

她爸爸站在帐篷门口，说："德吉梅朵，天堂湾的金珠玛米来了。"

她有些不相信自己的耳朵。她问了一句："您说什么？真是天堂湾来的金珠玛米吗？"

"我说是天堂湾的金珠玛米来了，你耳朵不好使了？"

"风把你的声音吹偏了嘛。"她说着，骑马从低冈跑到帐篷跟前，飞身下马，弯腰进了帐篷。她高兴地笑着，忘了自己眼里还有泪花。

"啊，德吉梅朵已经长大了。"傅献君说。

德吉梅朵害羞地低着头。

"早就是大姑娘了，可就是不懂事啊！"

"天堂湾……现在……冷吗？"德吉梅朵用汉话问傅献君。

"现在还行，有时也会下雪。"然后，傅献君用宣布重大发现的口吻说，"啊，德吉梅朵会说汉话了。"

德吉梅朵说："我……汉话……会说点，但不见着……你们，我……就……不会……说。"

他爸望着她，对傅献君说："她去年放羊回来，突然就会说汉话了。"

傅献君"呵呵"一笑，说："会说汉话好啊！"

"别人都说，她前世肯定是汉地的人。"

"我跟……爸爸说，我的……汉话……是跟天堂湾的……金珠玛米凌五斗学的，但他……不信。"

她爸摇了摇头，跟傅献君说："她是跟我说过，说她的汉话是跟你们那里一个放马的金珠玛米学的，但我知道，天堂湾的马从来不会放那么远，您说她是不是在做梦？"

指导员听了翻译，笑了，"这样的梦很好啊！"

"我……就是……跟……金珠玛米……凌五斗……学的，他……怎么……没有……再来……放马啊？"

"哈哈，我们连队是有个叫凌五斗的战士，但他已经复员了。"

德吉梅朵不知道复员是什么意思，一下紧张起来，"复员？是……是往生了吗？"

"哦，他没有死，是离开部队，回老家了。"

"他不会……再……回……回来了？"

"不会回来了，他当兵的时间已满，不再是军人了，他回去后给连队来过信，说他马上要结婚了。"

德吉梅朵没有说话，她低着头冲了出去，然后，马蹄声响起，越来越急促，越来越远了。

她父亲摊了摊手。"她在梦里面，出不来。"

"慢慢会好起来的，德吉梅朵长大了，你该给他找个好小伙子了。"

"我们牧业大队队长的小儿子看上了她，队长托人来提亲，她就是不愿意，我还不知道怎么跟人家回话呢。"

"这个……这是新社会，父母不能包办婚姻了。"

"她喜欢个摸得着的人也行，但他喜欢的是个梦里的人，你说，咋办？哎……"

"梦总会醒的，你不用担心。"

扎西放心地点了点头，站起身来，要去宰羊招待傅献君，傅献君站起身来，请他坐下。"我们过来执行任务，看到您的帐篷就进来看看你，我们今晚要赶回兵站。"

"连队军务繁忙，你们还来看我，真是……"

"我们是一家人，等你回到了冬牧场，我再到你的帐篷里吃肉。"

"我会一直等着。"

傅献君和翻译上了车，扎西恭敬地送他们离开。

汽车开出了很远，傅献君回头望去，看见德吉梅朵站在一座高冈上。当汽车开过高冈，傅献君听到了她的歌声：

　　东山虽然很高，

　　却挡不住日月；

　　父母虽然严厉，

　　却挡不住缘分。

　　你像十五明月，

　　若要为我升起，

　　不分鱼水之情，

　　姑娘我将答应。

傅献君的心情变得沉重起来，他对翻译嘀咕了一句："真造孽啊，你看我他妈的干了件什么鸟事！"

雷　场

1

　　在全连官兵中，孙南下对凌五斗是最看不起的。

　　从"孙南下"这个名字就可以知道他的出身了。他的父母都是革命者（多年以后他们去世，已是"革命家"），他生于这对革命者南下工作期间，所以取了这个名字。而他大哥叫孙突围，是他父母在"反围剿"时生下的，出生后就送给了当地一个老乡，生死不明；他大姐叫孙长征，是过松潘时生下的，送给了当地一户藏族人，不知所终；他二姐叫孙延安，是到延安不久后出生的，现在在东北紧邻边境的某通信团当团长；他二哥叫孙抗日——这名字老惹人调戏，自然是在抗战时生下的，现在在内蒙古某步兵团当副政委；他三哥叫孙战胜，是抗战结束时出生的，现在在西藏军区某边防团当参谋长；他小哥叫孙辽沈，是他妈在辽沈战役时生下的，现在福建一个海防团当营长；他还有个小弟叫孙援朝，是一九五一年出生的，现在阿勒泰一个边防连当副指导员；有一个妹妹叫孙抗美，是在抗美援朝快结束那一年出生的，现在在云南边防某部当机要参谋。从他们的名字至少可以看出以下三点：一是他们父母的战斗经历；二是他们的父母虽然在战斗，但还是不断地在做传宗接代之事，所以他的母亲总是在利用革命的间隙生儿育女；三是他们把没有送人的子女养大后，都送到了祖国四面八方的边境线上。在这些名字中，孙南下认为二哥的名字最难听，他自己的名字最背运，哪有在名字中取"下"的？

他觉得，这就是他的兄弟姐妹都成了军官，而他现在还是个骨瘦如柴的炊事兵的原因。但他那革命唯物主义的父母根本不管这些。

孙南下很瘦，他的瘦是真瘦。他个子高，什么都细瘦，细腿细胳膊细腰，脖子细得只有一条喉管，看上去真像是活在天堂湾边防连的饿痨鬼。连队照顾他，把他安排在炊事班，他很能吃，但就是不长一点肉。他童年还没有结束，就长成了这个样子。后来有人说，一看他那样子，就晓得他爹妈是个好官，在和我们一起挨饿；再后来就有人开玩笑说，他这个样子是对他爹妈领导建设的社会主义社会进行"否定之否定"。

他觉得凌五斗来到天堂湾边防连后，就抢了全连、主要是他的风头。使他可能会成为他家兄弟姐妹中唯一一个混不上一官半职就从部队滚蛋的人。他去年一赌气，便要求复员，连队同意。他便很悲壮地要求，说自己当兵三年，一直是个火头军，一次巡逻也没有参加过，强烈要求巡逻一次。连长同意，亲自带他来到天堂湾山口的边境线上，勇敢地朝着对方的方向撒了一泡和他身材一样细长的高尿。但最后，上级没有批准他走。他继续留下后，不知为什么，更讨厌凌五斗了。

那天，防区的参谋长要到连队检查工作，为了首长能顺利到达，连队要把边境公路积了雪的地方挖通。

天空像一面倒悬的湖。虽是五月，高原的风仍像无数把刀子。风一次次把孙南下吹弯，好在他虽然瘦，但筋骨的韧性很好，每被吹弯都会像钢丝一样弹起来。连长刚好是个身子骨又矮又宽又壮的家伙，看上去像间土坯房，怕他被风吹走，便喊叫他在自己身后干活。他发了犟脾气，偏偏不听。风每把他吹弯一次，他就咒骂一声凌五斗白痴，当他重新弹起，他也会骂一声凌五斗傻逼。他的声音故意很大——与他的身材刚好相反，他的嗓门很高——想以此来激怒凌五斗。但凌五斗好像没有听见一样，只顾干活，根本不理他。这让他更生气了，他把铁锹往雪里一插，走到凌五斗跟前，倾全身之力，像个女人似的，猛扇了凌五斗一巴掌。

孙南下的手指跟竹条一样，凌五斗的脸上顿时出现了他竹枝般的手掌印，那五道伤痕特别分明，先是红色的，很快变得乌紫。

孙南下那一巴掌，让凌五斗破相了。想到参谋长马上要到连队，连长非

155

常生气。"你他妈的，你怎么能这样？"

"你看他那个样子！"可能是激动，孙南下浑身颤抖着说。

"难道你的形象就很光辉很伟大吗？"

孙南下的嘴一下被堵住了。

"今天回去，做出深刻检讨！"由于连长深知孙南下这一巴掌的破坏性，他吼叫的声音很大。吼叫完，他的脸就因为缺氧而变紫了。

2

防区白参谋长在刘团长的陪同下，如期而至。吉普车在连队院子里停住的时候，雪沫冰屑被扬得老高。两位首长回敬了连队干部的敬礼。

连长忙着叫人为他们备饭。白参谋长说："给我来碗揪片子就够了，我给你们拉来了羊肉，多放几片羊肉就行。"

刘团长说："我跟首长一样。"

连长故做为难状："首长，这太简单了，还是炒两个小菜吧。"

"就按我说的弄吧。"白炳武挥了挥手，示意他不要啰唆。

连长便吩咐下去了。

白参谋长把一大碗揪片子"呼哧呼哧"吸溜进肚子里，咂巴咂巴嘴，说天堂湾的揪片子做得好。然后，趁连队开饭之际，在刘团长的陪同下，对连队进行了首长式的例行巡视——摸摸门框上是不是有灰，营房后面的雪墙是不是也和前面的一样笔直整齐，厕所便池里的粪便是不是也像夏天一样按时清理，翻翻哨楼上的观察日记是否每天都记了，然后，象征性地、亲切地和哨兵握握手，交谈几句——问他叫什么名字，老家在哪里，兄弟有几个，当兵几年了，有什么困难没有，感觉连队怎么样？然后鼓励小伙子好好干！——让他们体会一下首长的关怀和温暖。

一圈转下来，两个人总体上是满意的。回到连队，连里已给他们备好宿舍——一人一间，架好了炉子；床单、枕头、枕巾和被褥都是新的，床头边放着两袋珍贵的氧气；文书和通信员分别伺候参谋长和团长——他们已备好温热的洗脸水——雪白的洗脸毛巾叠得四四方方，放在脸盆正中央，刷牙缸里的刷牙水水温适中，挤好牙膏的牙刷朝上，端端正正地放在刷牙缸上。白参谋长见了，说："这个天堂湾啊，就是讲究！"

从绿洲来到高原，两个人鞍马劳顿，一躺到床上不久，就打起了呼噜。

连队有两位首长躺着，扯着风格不同的、雷鸣般的呼噜，使气氛有些庄严。

晚点名的时候，连长的讲评也变得格外庄重。讲评结束，他把队列扫了一眼，便问："孙南下呢？"

"报告连长，孙班长晚饭的时候还在。"炊事班一个矮壮的战士回答。

"又他妈的搞什么怪？炊事班的，去找找！"

炊事班的四个战士兔子一样蹿出了队列。

"我看这家伙这几天有些欠收拾！"连长狠狠地说。

四个战士在连队窜了一阵子，先后跑回来报告说，没有找到孙南下的影子。那个矮壮的战士说，他发现了孙班长留在床上的字条。

连长接过字条，用手电照着看了一眼，只见上面龙飞凤舞地写着——

　　我蔑视这个吊（屌）世界，我不和你们玩了，永别！

连长的脸一下子上了霜，结了冰。

"文书，快去叫指导员、军医跟我走，其他人解散后马上就寝！"

指导员跑了过来，压低声音问道："出什么事了？"

"大事……"连长把字条递给了指导员。

指导员用手电照着看了，用绝望的声音骂了一句："真他妈的！"然后往雷场跑去。跑到马厩旁边，他又猛地停住了，转过身低声对连长说："我们这样子跑去肯定不行。"

"那怎么去？"连长焦急地跺了跺脚。

"对一个要自杀的人，先不要惊动他。如果能悄悄摸到他身边，在不被他发觉的情况下把他控制住，这是最好的。但这得非常小心才行。"

"又不是鬼，谁他妈的能做到？"连长显得更加急躁。

"凌五斗。"指导员说。

"那就把他赶紧叫来。"

文书小跑着叫凌五斗去了。

很快，凌五斗跟着文书来到了连长和指导员跟前，他俩把目光对准了他。凌五斗觉得他们的目光雪亮，跟吉普车灯似的。

"现在，孙南下就在雷场边蹲着，谁都知道他是个什么样的人！这可是人命关天的大事！现在，需要一个心理素质好的人尽可能悄无声息地靠近他，突然把他控制住，以防他做出极端行动。"连长说完，盯着凌五斗，"我把你叫来，就是要你来完成这个任务，你有把握没有？"

"连长，我行。"凌五斗的声音并不高。

"只能成功，不能失败！"

"我明白。"

指导员问连长："是不是该给首长报告一下？"

"算了，让首长好好休息，先看看情况再说吧。"

3

雷场是一九六二年埋设的，迄今没有排除。几乎每年都有动物触雷被炸，轰然暴死。

孙南下因为恨他父亲让自己到西北边防当兵的安排，主动要求来到了天堂湾。他要用这个方式来惩罚他父亲。不想父亲收到他的信后十分高兴，非常欣慰，根本没有管这里有多艰苦，而是说"你待的地方高，视野开阔，看得远，好好干"，他还说，"你在那里有吃有住有穿的，与我们当年打仗时相比，是真的生活在天堂里了"。他把父亲的信撕得粉碎，扔到了雷区里。那是他第一次来到雷区。

雷区设在一处通道上。除了连队的士兵，罕有人迹。所以除了当年立的那块木牌（现在已经歪斜）上写有"雷区勿入"（早已模糊不清）四个字外，再没有别的标识。雷区里却有好几副动物已经发白的骨架，一头藏羚羊和一头狼的尸骨上还附着皮毛。他当时猜想，那头狼一定是想去吃那只被炸死的藏羚羊的肉触雷而死的。看完父亲的信后，孙南下在那里坐了很久，他当时就有个冲动，想跑进雷区，把自己也炸个粉身碎骨。

从那以后，他一周至少要闹两次情绪。一般是第一天他会不停地咒骂他父亲："老猢狲，你这个老法西斯，你个早该喂枪子儿的老土匪……"然后就不理人，乱扔东西，歪戴帽子。第二天他就会跑到雷场边上，盯着雷场发呆，要劝他好半天才能把他劝回来。

有一次，他在雷场边呆坐着，一头藏野驴撒着欢儿，欢跳着冲进了雷场，随着一声巨响，它被一股土黄色的烟尘顶起来，然后又重重地摔下去，压响了另一颗地雷，这颗地雷的烟尘带着血色，把它抛得更高，它的后腿和尾巴不知是在哪个瞬间分离的，散落下来的时候，感觉像羽毛在飘落。但它并没有死，它还在挣扎着，哀鸣着。不久，秃鹫聚集在了雷场的上空，然后，它们像石头一样从天空重重地落下，开始从容地啄食那头灵魂还没有离开的野驴。

孙南下看到那个场景，变得少有的兴奋。从此，雷场成了他去得最多的地方。指导员问他为啥要那样做？他说他愿意。他说在那里凌五斗就不会藐视他了。他老觉得连队的人，特别是凌五斗在藐视他。

全连官兵都知道他是个特殊人物。一是他父亲曾经战功赫赫，现在是某省军区司令员；二是防区司令员就是他爹的老部下，司令员亲自给团长交代过，说我把这小子交给你了，你要把他锻炼好，也要把他爱护好。团长把这个长得像站立的蛇一样的家伙带到团里，让他在机关当公务员，他死活不干，说要到天堂湾。团长只好把他亲自捎带到天堂湾。他把司令员跟他说的话又给连长说了好几遍。对于这样一个兵，你说怎么能让他出现闪失呢？

连长有一次要到前哨班带哨，觉得把他放在连部不放心，就把他带去。那儿虽然海拔更高，风大，天寒，但没有雷场。为了让他少想事，连长白天给他搞单兵战术，晚上搞政治学习，这样过了不到一个礼拜，孙南下就不干了，面对墙壁，或者通过瞭望孔呆望着连绵的、把天空映照得惨白的雪山，不理人了。

连长很是恼火，他忍着满腔怒气问他："孙南下，你究竟是咋回事？"

但孙南下只是像个女人似的垂泪，什么话也不说。

"你什么时候想说话了，来跟老子讲。"

他只是挪动了两步，从瞭望孔挪到了旁边两尺见方的窗户旁，依然用泪眼盯视着耀眼的雪山。直到晚上，他都像一根套着军装的木头杆子，没有再动一下。叫他吃晚饭，他也不吃，说自己有肝炎，不能和大家一起吃。

"你多久得的肝炎？"

"刚才。"说完，就起身朝连队走。

连长把他叫住："你他妈的这么晚了，想喂狼啊？"说完，叫另外两个战士把他硬拖了回来。

第二天中午，大家都在午休，他却拿了乒乓球，对着凸凹不平的墙壁，"啵啵啵"地练习起接发球来。大家忍了半天，终于受不了啦。连长把他叫过来，让他休息。他紧握着球拍说："我就知道你们在蔑视我。"他不睡，坐在床上发愣。大家怕他再跑，当天晚上都不敢睡觉，一直守着他睡着了，说起了梦话才躺下。

闹了好几天，把大家都快弄疯了。最后，连长说："孙南下同志，你要讲清楚，究竟是我还是哪个战士把你亏待了？我们前哨班就这几个人，你一个人闹情绪，大家的日子就会过得很痛苦，你说你这个样子，叫大家怎么活？"

他把乒乓球用嘴咬烂了，然后扔在地上，用脚使劲踩，直到那个破碎的乒乓球被他踩进了泥土里。大家睡不着，只好爬起来。每个人都很恼怒，恨不得把他当作那颗乒乓球。

其他战士走开后，连长平静下心气，让他坐下，说："孙南下，你有什么话必须告诉我。"

"昨天有人一边执勤一边蔑视我。"

"他怎么蔑视你了？"

"他的眼睛只看望远镜，一眼没有看过我。"

"别人在执勤，要求他必须观察边境的情况，他不可能一边观察，一边看你。"

"我爸妈把我生成了这个样子，还给我取了这么个名字；我的兄弟姐妹经常辱骂我长得像根干豇豆，骂我是条干熏蛇，反正，从我一生下来，所有的人都在蔑视我，我的同学朋友，包括全连的人——特别是那个凌五斗，还有这里的屎风！"他的口气很狠，牙齿咬得"咯咯"响。

"名字你自己可以改，你喜欢哪个名字就改成哪个名字；长得瘦可以养胖，这就是我让你一直待在炊事班的原因。你在这里只要不再闹事，回去我就让你当炊事班班长。至于凌五斗，你哪方面都比他强，不要和他计较。你说的这个风，我没有搞明白，它怎么会蔑视你呢？"

"昨天我在外面站着，风把我的帽子吹跑了，我追了好远才追上。这不仅仅是蔑视我了，简直就是在欺负我。"

连长一听，又好气又好笑，便决定用他的思维方式来引导他。"孙南下同志，不行的话，我们从哨楼到你站立的地方挖一条交通壕，你走路时就走交通壕里，这样，风就把你的帽子吹不走了，它也就不能欺负你了。"

"好倒是好，但为了挡风就挖一条交通壕，谁会干那样的傻事？"

"那就拉一道铁丝网，它会把你的帽子挡住。"

"哪有那么多铁丝啊。"

"那你就用手把帽檐扶住，风再敢把你的帽子吹跑了，你找我。"

"这样还行。"

他就整天把帽檐扶着，一直到离开前哨班。

4

从前哨班回来，连长在配备了强有力的炊事班副班长后，任命孙南下当了炊事班班长。孙南下担此大任后，很是专权，炊事班的工作从不让副班长插手。

孙南下制造了不少独特菜肴，比如椒盐胡萝卜丝炒白萝卜片、清炖洋葱、醋熘红烧罐头肉、冰冻土豆泥，有一个月时间每天都是这几样菜，吃得官兵大倒胃口。连长也批评了他，他自己也做了自我批评，对菜品做了改进，换成了椒盐白萝卜丝炒胡萝卜片、干蒸大白菜、酱炒红烧罐头肉、凉拌土豆片、清水土豆泥汤。这一吃又是一个月，吃得每个人叫苦不迭，战士们纷纷提意见，要求把孙南下这个炊事班班长给撤掉。但那两个月孙南下的工作热情空前高涨，也没有再到雷场边去排解过自己的苦闷。连长觉得这很好，至于炊事工作方面改进则可。于是，把官兵的意见给孙南下讲了。孙南下说："这可以理解，即使是美味佳肴、山珍海味，也不能连续吃。只有那些非常特别的人，才会对某种菜肴情有独钟。比如我老爸，就非常爱吃红烧肉，一天三顿必吃。"他于是开始了改革，把那几样菜品进行了穿插。三个月满，全连官兵不再有何意见，因为他们已经习惯了。

孙南下的自我感觉很好，自认为是个能够创造性开展工作的新一代军人，他觉得自己如果照此继续努力，是能树为先进立为典型的。他把上级要给自己授予的荣誉称号都已经想好了，那就是"在世界屋脊上创造性开展工作的新一代革命军人"。他已经很多次畅想过自己誉满全国时的情形了。

但到年底，连队连一个嘉奖也没给他，频频被表扬的却是凌五斗。他觉得这简直是对自己的侮辱。他更觉得整个连队都在蔑视自己了。他原本要创新一道熟胡萝卜丝凉拌生土豆丝的新菜品，最后也没了兴趣。他又开始往雷场跑了。他坐在雷场边想得最多的事就是要好好抽凌五斗一个嘴巴，以泄心中怨气。

但当他那天真的抽了凌五斗一巴掌后，不知道为什么，内心不但没有感到欣慰，反而变得沮丧起来。他先是觉得那一巴掌扇的力道不够，动作也不漂亮。然后觉得打这样一个人很是丢人。因为凌五斗没有做任何反抗，而只是笑了笑。这笑让他很受伤，这笑把他的心剜掉了半块。这笑让他骄傲的出身、让他头上父辈给予的荣耀光环一下消失了。他自卑到了极点。自从那一巴掌抽完以后，他就问平时和他相处得好一点的人："你说凌五斗这傻逼是不是该抽？"有人说当然该抽，早就该抽了，他就觉得这家伙在糊弄、甚至是在嘲弄自己；如果有人说凌五斗这么一个人，你抽他作甚！他就会觉得那人背叛了自己，和凌五斗是一伙的。有了这个结论之后，他就沉默了。他觉得这个世界已不属于自己，在他眼里，连天空和雪山都变成了铅灰色的。

5

为了伪装，凌五斗披着白布床单，头上包着白洗脸毛巾，像蛇一样无声地向孙南下靠近。他有时匍匐，有时蛇行，即使踩在雪上，也没有感觉到自己发出了一点声音。他觉得自己好像有一对可以带着他飞翔、却没有一点声音的天使翅膀。

他发誓，一定要把孙南下从死亡的边缘挽救过来。

随着离孙南下的距离越来越近，他更是格外小心。

孙南下坐在雷区边，夜晚的寒风比白天的更冷。他像一只寒风里的鹤，任何一股风——哪怕是一小股，经过那里时，都会把他吹得晃动一下。他的影子一直在月光和雪光混合而成的惨白微暗的光里来回晃动着。

孙南下虽身为炊事班班长，但还是没有给自己添上一点膘。其实在他当炊事班班长这段时间里，在他全新菜品的喂养下，全连官兵都集体变瘦了，所以他也比原来更为细瘦。

凌五斗是从孙南下身后靠近的，离他只有十余米的距离了。他躺下来，平稳了呼吸。

孙南下一直朝着雷场的方向，从背影看，一副凛凛然赴死的样子。仔细一听，寒风中却传来了他"嘤嘤"的哭泣声。乍一听，像女人在偷偷饮泣；仔细一听，的确像。只是这声音经过零下三十九摄氏度低温的冰冻，有些生硬——还有些颤抖，有些悲切。凌五斗听出来了，他虽然绝望，但还没有到决然求死的地步。但如果有外在因素稍微一推动，比如说有人要去劝他，他为了表明自己真的决绝，也可能不惜往雷场一奔。

连长用望远镜在由雪光和月光混合而成的夜光里，观察着凌五斗和他要救的人。他对凌五斗的动作很满意，不停地舒气。但当凌五斗离孙南下越来越近时，他还是变得紧张起来。他眼前总是出现一副场景：孙南下突然发现了凌五斗，然后不顾一切地飞奔进雷场，然后只听见"轰"的一声响，那个家伙血肉模糊地倒了下去……

凌五斗已来到了孙南下的身后，也就三米远了。但面前有一道雪坎，他如果要爬上去，必然会发出"簌簌"的声响。他只有绕过去。他发现，这道雪坎一直延伸到了孙南下面前。他决定一直顺着雪坎绕到孙南下前面去。这样他就可以突然从孙南下前面冲出来，猛地抱住他，扑倒他，确保万无一失。

风刮得更大了，有无数的声音在尖声鸣咽，风像一把把铁锹，不停地把被风夯实的积雪铲起来，扬到空中。雪沫击打在凌五斗的脸上，针扎一样。"但这是个好时机。"凌五斗快速来到了孙南下面前的雪坎下。他吸了一口寒气，无声地伸展了一下手脚，突然站起来。

孙南下看到一个幽灵似的白人突然出现在面前，先是惊叫了一声，然后像鹳一样站立起来，身子随之往后一仰，倒在了雪地里。几乎就在孙南下倒地的同时，凌五斗飞跃而上，把他扑住。

163

连长一见，叫了声："上！"说完就向凌五斗跑去。

凌五斗发现，他身下的猎物一动也没动。虽然如此，但他还是像咬住了猎物脖子的猎豹，死死地抱着他，直到连长赶到才松开手。

"把他弄到马厩里。"连长想一泄心中的怒火，准备在马厩里好好教训孙南下一顿，然后再让指导员好好地开导开导他，做做他的思想工作。

凌五斗背着孙南下走了一段路，觉到他有些异常，就对连长说："连长，孙班长既不说话也不动呢。"

"妈的，可能是冻僵了吧。"连长没有在意。

"他平时也没说几句话，像个哑巴一样。"指导员说。

到了马厩，凌五斗把孙南下放在马草上。连长和指导员把手电打开了，带着满腔怒气，一齐朝孙南下的脸照去，不想不照不知道，一照吓一跳。他们发现，孙南下的小脸煞白，眼睛圆睁，嘴巴大张，满脸的惊恐已被定格。

"妈的，怎么回事？"连长拍了拍孙南下的脸，着急地问道。

"是不是高原昏迷？"指导员转过头来问军医。

连长把手放在孙南下的鼻子跟前："妈的，怎么会没气了？"

"不可能啊！"指导员说着，就去掐孙南下的人中。

连长开始听他的心跳。他没有听到心跳声，他赶紧一边按压他的胸腔，一边叫凌五斗给孙南下做人工呼吸。

凌五斗也不相信眼前的现实，他忙着俯下身子。他的嘴唇除了小时候接触过母亲的嘴唇，再没有接触过别人的嘴唇了。孙南下好多天没有刷牙了，嘴里有一股令人窒息的酸臭味。他第一次知道，一个人的嘴可以臭到这个程度。但为了救命，他没管这些。

"还是我来看看吧。"军医陈德全看了孙南下一眼，就知道没救了。但他还是用手电照了照孙南下的眼睛，把耳朵靠近孙南下的鼻子，聆听他是否还有呼吸，用听诊器听到他已无心跳后，又把了他的脉。——他好像在告诉大家，只有走完这些程序，才能让一个人的死亡显得正式些、庄重些，才能体现他对生命的尊重。

"心脏和脉搏都不跳了。"他宣布。

"他妈的，怎么会？"连长喊叫起来。

"从面部表情看，他显然是因为突然受到惊吓而死的，也就是说他是被吓死的，但这么多年来，天堂湾还没有发现过能把人吓死的东西。"

大家盯了一眼凌五斗。

军医接着说："但如果要向两位首长汇报，应该说成是高原猝死。从某种角度来说，这个说法也要准确一些。这种状况在高原很常见，连队是不会有责任的。但最好把他的眼睛合上，把他弄到宿舍去躺好，把被子给他盖上——在高原，熟睡中猝死的情况也会发生。然后，你们找个合适的时机在连队宣布一下。不然，连队的责任就大了。"

连长和指导员感激地看了军医一眼。连长转过头，问在场的文书和凌五斗："你们把军医的话都听明白了？"

"听明白了。"两个人齐声回答。

最后，连长还是有些不放心，他问军医："你检查了，他脖子上有没有被卡过的痕迹？"他看了凌五斗一眼，"因为凌五斗前几天和他发生过矛盾，我担心他是不是会乘机报复。"

"脖子上没有任何痕迹，在死者身上也没有发现任何被击打过的痕迹。他的确是突然遭受惊吓而死的，这一点可以确认。"

指导员看了一眼凌五斗，"你有这么可怕么？竟把一个活人吓死了？"

凌五斗心里正难过，检讨道："我也许应该从后面抱住他，而不该突然在他前面出现。不是说人吓人，吓死人嘛。我披着白床单，包着白毛巾，浑身白飒飒的，突然从他面前冒出来，想一想，是挺吓人的。"

"那也不至于把一个活人吓死啊。大家都知道，这个孙南下受父母的影响，是个百分之百的唯物主义者，连鬼神的影子也不信的。"

凌五斗说："主要是我出现得太突然了。有些人心中可能没有神，但不一定没有鬼。孙南下的死是跟我有关系的，我愿意承担全部责任。"

"你闭嘴吧！"连长呵斥完，强调说，"现在，大家要明白，为了连队的荣誉，我们要统一说法：孙南下是今天晚上躺在自己的床上死掉的。明早起床后，凌五斗发现孙南下死了，让宿舍里的人知道这个事后，就赶紧来向我报告。现在，你先演练一下。"

凌五斗咽了一口唾沫，装出一副紧张的样子："连长，孙南下出事了。"

连长问，"怎么了？"

"我们都起床了，我看到他还躺着，就去推他，他不动；我以为他还想眯一会儿，没有管他，就去厕所了，回来看见他还躺着，就让李国昌再叫他。我拿了洗漱的东西，往洗漱间走。这时，李国昌在我身后喊叫，凌班长凌班长，孙南下死了。我一听，扔掉手里的东西，跑过去一看，发现他真的死了。"

"好，报告得很好！明天见了我和首长都要这样说。"

凌五斗点了点头。

"大家回去休息吧。"指导员已经放心，语调和气地对大家说。

6

凌五斗把孙南下放到他的床上，没有一个人被惊醒。孙南下安静地躺在自己的被窝里。他侧身躺卧着，头侧枕在自己的右手掌里，左手放在自己的髋骨上。荆条似的手指有些苍白。他的身体还没有僵硬。他没有瞑目，也没有合嘴——把他的眼皮合上，又睁开了；把他的上下颚抵到一起，又张开了。

屋子里的月光和雪光混杂着，凌五斗侧身面对孙南下躺下，他一睁眼，就看见他惊恐的表情。看上去，凌五斗好像不是人，而是令孙南下感到十分惊恐的妖魔鬼怪。凌五斗瞥了他一眼，看到他的眼球反射着这种混杂的微光，他黑洞洞的嘴巴像刚吞下人世间所有的恐惧。他转过身去，但他还是害怕。他觉得孙南下坐了起来，然后下床，来到他的床前，张着嘴，表情惊恐地看着他，这使他浑身都笼罩在孙南下惊恐的目光里。他改为仰躺，但稍不注意，他眼角的余光还是能看见孙南下。他改为俯卧，但他只要看不见孙南下，就觉得他站到了自己的床前，凌五斗的脊背一阵阵发凉。他辗转反侧，在床上折腾了大半夜，每次刚要迷迷糊糊睡着，又梦魇了。梦魇中的情景如同现实般真切，但这种现实却被恐惧填满。每次都是这样：孙南下像蛇一样站起来，身影像挂在树枝上的蛇皮一样飘忽，面目浑浊，似是而非，圆睁的眼睛发绿，像罩着好几层薄雾。嘴巴因为深黑而显得格外分明。孙南下飘到自己床前，冒着地狱般阴冷的寒气。他的头顶着屋顶，他从上到下看着自己，笼罩自己，眼睛里混杂着无奈、哀伤、冷漠、恐惧和仇恨。然后，他骑在自己的胸口上，用竹枝一样细瘦、锋利的左手卡住自己的脖子，用和左手一样瘦的右手不停地抽打自己。凌五斗很分明地感觉到了自己的害怕，感觉到了自己的挣扎、喊叫、反抗，但每次醒来，都发现自己浑身大汗，躺在床上，根本没有动弹。

凌五斗的脑袋里像填满了被地雷炸过的泥土、碎石，还有一只人的脚后跟和一颗还没有被引爆的地雷，很沉，很满，随时还要再爆炸一次。他去撒了尿，在清晨的寒意中摇晃了几下脑袋，他听见里面的碎石和地雷碰撞时"咔咔"直响。他不敢再晃荡了。

当凌五斗最后一次从梦魇中挣扎出来，已有一丝朝霞抹在了天堂雪峰的峰顶上。终于从魔域逃出，凌五斗出了一口长气，感到放心了。凌五斗看了一眼孙南下，他安静地躺着，并不令人害怕。

两位首长也起床了，裹着皮大衣，一起去撒尿。在厕所门口，凌五斗机械地向他们敬了军礼，大声问候了首长好。往宿舍走的时候，碰到连长也要去撒尿。连长一副斗志昂扬的样子，他对凌五斗干咳了一声。凌五斗会意地点了点头。

凌五斗按昨天晚上预演的做了。只是有一点出入。就是他从厕所回到宿舍时，已有人发现孙南下不对头了，大家刚围过去，凌五斗上前，像军医那样拭了拭孙南下的鼻息、呼吸、听了听心跳，然后说，"这家伙出麻烦了，可能是高原猝死。"说完这句话，就跑出去找连长。连长还在厕所里，刚把尿撒完。两位首长还蹲在那里拉屎。凌五斗在连长跟前站定，急匆匆地大声报告："连长，孙南下好像不行了？"

"怎么了？感冒了？"连长一边提裤子，一边明知故问。

"我刚才回到宿舍，一班的战士伍国庆发现他不行了，我一看，好像真的没有呼吸了。"

"不可能，他昨晚睡觉时还好好的呢。"连长说。

参谋长说："在这里，没有什么不可能的，赶紧让军医去看看！"

团长匆匆地揩着屁股："妈的，不会是高原猝死吧！"说完，提起裤子，跟着连长往宿舍跑。

军医已经在场了。正在用他银晃晃的听诊器听孙南下的心跳。他对团长和紧跟着团长赶过来的参谋长说："首长，一点挽救的余地也没有了……"

参谋长脸上的肌肉凝结着，他摸了摸孙南下的手，"妈的，都凉了，都死硬尿了。"

"根据推断，他的呼吸最迟应该是昨夜一点左右停止的。"军医用很权威的口气说。

"他这身板，能在天堂湾撑这么久，也该是个奇迹了。"参谋长长叹了一口气，接着说，"唉，这怎么跟老首长交代呢？"

"今天上午本来要宣布他的提干命令，很遗憾啊，他无缘知道了。"团长用很无奈的口气说："连队整理一下他的遗物，把情况马上上报。"

"首长，孙南下同志的死因……怎么说？"指导员满脸是泪，用悲痛的声音请示团长。

"军医不是说了吗？高原猝死。"团长看着他，点了一下他的额头，"你看你这个样子，哪像个连队主官？要在战争年代，一仗下来，尸横遍野，你还不得哭死！"

"可是……首长……"

"我在这个团待十一年了，这高原哪年不搞死我几个战士？把你的猫尿擦了，不要哭兮兮的，像个婆娘样！"

"是，首长！"指导员掩着脸，把眼泪擦干了。

七年前那场赛马

1

马木提江的朋友卢克离开这里时，是塔合曼边防连的中尉军官，所以草原上的人都叫他卢中尉，马木提江也一直这么叫。卢克是马木提江见过的第一个在塔合曼草原能和得过金马鞍的塔吉克骑手一决高下的汉族骑手，他走了七年，草原上的人还会偶尔提起他。

卢克说他最近要回塔合曼草原来，马木提江早就在等着这一天了，马木提江想把七年前那件事情的真相告诉他。但现在，马木提江却不想让他来。萨娜和他的想法一样。卢克曾爱过萨娜，也许现在心里还爱着，但因为他在那场赛马中输掉了，萨娜后来成了马木提江的妻子，成了卢克的妹妹。现在，他们三个人彼此爱着，像兄妹一样。马木提江的孩子们没有见过他，但孩子们知道他们有这么一个汉族舅舅。

卢克离开这里后，已有好几次说要回草原来看看，想和马木提江以及海拉吉大爷再赛一次马。他常常写信给马木提江，草原上闹雪灾那一年，他给马木提江和萨娜寄了一大笔钱来。他们也常常给卢克写信。但说的话都没有他说的好听，他们无非是告诉他，草原上谁死了，谁搬到城里去了；草原上有电灯了，可以看电视了，谁谁谁买摩托车了——人们叫它电毛驴；或者就是萨娜怀了孩子了，萨娜生了，萨娜又怀上孩子了，萨娜又生了……都是一些家长里短的琐事，不像他信里的那些话儿，读起来比鸟儿的叫声还要好听。

他们虽然不是亲人，但比亲人还要牵肠挂肚。卢克说这里的羊肉好吃，马木提江就养了一只最肥的羊给他留着，前年那只羊已经老了，马木提江不得不把它卖掉。现在马木提江又给他养了一只年轻的羊。

马木提江之所以不想让他来，是因为草原上再也不赛马了，他不知道还有什么办法来满足卢克再赛一场马的愿望。现在，年轻人都喜欢飙车。但马木提江不能告诉他，他不能让卢克还没有踏进草原就感到失望。七年前，他离开这里到乌鲁木齐后，他们就再也没有见面了。马木提江和萨娜是多么想见到他啊！

萨娜几天前就把毡房收拾干净了，毡子和被褥都已被她拿到河里清洗过。孩子们不停地问马木提江，我们的汉族舅舅哪天来，他现在走到哪里了？

卢克当年骑的那匹叫烈火的军马已在去年退役，马木提江现在养着它。昨天中午，趁天气暖和，萨娜用温水把它洗刷干净了，她还给它梳理了鬃毛，使这匹老马看上去一下年轻了许多，皮毛闪着绸缎一样的光泽。

烈火退役的时候，北疆那个马贩子又来了。他长着一个鹅卵石一样的大脑袋，有一张扁平的脸，红脸庞、宽额头、阔嘴巴、朝天鼻，没人记住他的名字，人们一直叫他"老狮子"。其实他才四十多岁。牧民每年快离开夏牧场的时候，他都会带着两个小眼睛的伙计，开着一辆"哐哐"响的大卡车，来到高原上收购养肥了的老马和公马，贩到高原下杀了做熏马肉。哨卡里退役的军马也大多是被他买走的。烈火是马木提江硬从老狮子手上买过来的。

马木提江现在还记得当时的情景。他听哨卡的军官对自己说过，烈火这两年就要退役了，所以他一直惦记着它。他那天刚从夏牧场迁到冬牧场，帐篷还没有搭起来，连队那个放马的维吾尔族战士买买提就骑着一匹枣红马赶过来了。他说自己到处找马木提江，说老狮子要把烈火买去做熏马肉，哨卡的战士都舍不得，但也没有办法，他想让马木提江把烈火买下来。马木提江一听就急了，赶紧骑马跑到哨卡。他勒住马缰的时候，又高又壮的老狮子和他的伙计已把烈火赶到了卡车上，正准备离开。

烈火像受了侮辱似的，在车上徒劳地又咬又踢。

马木提江跳下马背，把车拦住，对老狮子抚胸施礼后，说，朋友，差不多有一年没见到你了。

老狮子把鹅卵石一样的大脑袋从车窗里伸出来，用闷雷似的声音说，这不是我的朋友马木提江吗？你是不是有马要卖啊？

马木提江说，我没有马卖给你，我想请你把刚赶上车的那匹红马卖给我。

为什么啊？

那是一匹好马。

老狮子哈哈大笑起来，笑得路边干河床上的石头直蹦跶，车上的马也惊慌地哀鸣起来。他笑完后，从驾驶室里挤出熊一样的躯体，说，我十几岁就跟我爹贩马，我看到的马都是带着烟火味儿的、香喷喷的熏马肉。

我想把烈火买来骑，你多少钱买的，我把钱给你。

朋友，你难道没有看到我已经把它装上车了吗？我这一车不装满，从这里到喀什噶尔再到乌鲁木齐要浪费多少汽油啊！

那你出个价。马木提江仍然拦着他，变软了口气，说，那匹好马的名字叫烈火，它原来的主人是我的好朋友，在赛马时它为主人夺得过一副银马鞍，现在它老了，我实在不忍心让这么好的一匹马去做熏马肉，所以我要买下它。

老狮子听马木提江这么说，就说，我们哈萨克人也是喜欢骏马的，你既然这么说，我就答应转卖给你，我买的时候是两千五百块钱，我现在得增加三百块钱了。

能救下烈火，马木提江当即答应了。它从此就成了马木提江家的马。当马木提江把它赶到他家马厩的时候，真的很高兴。他第二天就到乡上的商店里给卢克打电话，把这件事告诉了他。卢克在电话那头哭了。

马木提江想到这里，又往公路上望了一眼。每一辆汽车从公路上驶过时，都会把他的目光扯过去。但萨娜的眼睛却只盯着手里的活儿，好像早就把卢克忘掉了。

2

萨娜知道卢克这多年不回来的原因。他要等到自己能把她真的当作妹妹的时候才会回来。他已经花了七年时间做这件事情。而萨娜也一样。把一个自己最爱的男人变成哥哥很难，她只有恳求时间来帮忙了。草原上的人很

171

少感觉到时间这个东西，它对牧人的用处只有一个：那就是让他们的孩子慢慢长大，让他们自己快快变老。但这七年，萨娜感觉到了它每一天中每一秒的存在。咔、咔、咔，每一秒钟走过的声音都那么清晰。有时急，有时慢。急的时候，无数个声音成了一个声响，像炸雷一样可以惊动世上的万物；慢的时候，那声音拉得很长，像萨娜唱歌时拖的一个尾音。

马木提江和卢克都爱萨娜，所以萨娜是个幸运的女人。但萨娜只能嫁给其中的一个。用赛马来决定，是两个男人自己商量的。他们本来就是好朋友。他们同时想到了草原上这个古老的办法。

人们都说那是草原上最精彩的一次赛马。他们几乎同时抵达终点。他们的距离只有一个马头那么远。就那么一点距离，对萨娜来说，却是两个人生。但那个距离是必须的，他们不能同时抵达。爱可以一起往前走，但肯定有一个人不会有目的地。他们两个人中，注定有一个人要在路上做一个爱情的流浪汉。

萨娜只能默默地看着卢克离开这里，目送他越走越远，当他消失在达坂另一边的时候，萨娜流着泪叫了一声哥哥，就伏在马鞍上，当着那么多人的面哭了起来。因为萨娜在那个时刻意识到，她这一辈子恐怕再也见不到他了。

萨娜做着手里的事。她知道班车什么时候到。她也想往马路上望，但她是个女人，她不能那么做。她只能偶尔装作不经意地瞟一眼班车开过来的方向。

她和卢克在那场赛马之前就认识了。他那时还不是军官，而是克克吐鲁克边防连前哨班的班长，萨娜家的夏牧场就在哨卡附近。

萨娜初中毕业后，就回到了夏牧场帮爸爸放羊。那年她十四岁。她不想再坐在教室里，连做梦都想着披着白雪的慕士塔格雪山和清凉的夏牧场。离开学校后，她如愿以偿地做起牧羊女，骑着马，指挥着牧羊犬，在四周都有雪山的夏牧场放牧家中的七十多只绵羊、十二头牦牛、三峰骆驼和七匹马。前哨班在高高的达坂上，站在那里，可以摸到柔软的白云。

萨娜每天都看见卢克骑着马，全副武装地带着几名战士沿着边界线巡逻。他有一张黑红而文气的脸，他骑在马上的时候，看起来很轻盈。他巡逻回来后，总穿着皮大衣坐在哨卡右侧的大石头旁边看书。那块石头长满了铁锈色的苔藓，像一幅画。那里氧气很少，很多汉族人来到这里后都会头疼，没想他还能看书。萨娜有时候骑在马上，可以呆呆地看他半天。她老想着他，想知道他来自哪里，他的家离这里有多远，他想不想念自己的爸爸妈妈，他以后会去做什么，在他的老家，有没有一个姑娘爱着他；她还想知道他看的都是什么书，书里有什么有趣的知识。她有好几次忍不住想跑到他身边去，但这样的想法让她脸红心跳，她当时并不清楚那是为什么。但只要这样一想，她的脸就会腾地红起来，心中像有一群狐狸在乱跑。

萨娜希望每天都看到他。她总在哨卡周围放牧，周围的牧草都被牛羊啃光了，到最后，牛羊啃上一天草，连肚子都填不饱。这让她爸爸感到很奇怪，他问自己的女儿，草场那么大，你为什么只让牲口在那一小块地方吃草呢。萨娜的脸一下红了，但她没法告诉爸爸。她爸爸还说，如果都像她这样放牧，牛羊怎么能够长膘呢。没有办法，萨娜只好把牛羊赶到离哨卡远一点的地方去。

有一次，萨娜一个人跟在羊群后面，望着蓝得扎眼的天空，感到天地空得让人难受，就唱起了当地的一首民歌——

　　塔合曼草原的姑娘长大了，
　　她的心儿飞走了。
　　她要寻找一个小伙子，
　　但没人知道他会在哪里。

她刚唱到这里，就有人把她的歌声接了过去——

　　雄鹰高飞在蓝天上，
　　雪莲花盛开在冰雪里，
　　姑娘啊，你要找的意中人，
　　肯定和烈马在一起。

萨娜一听就知道，那个唱歌的人是个汉族人，因为他是用塔吉克语唱的，他的歌声里有一股很特别的汉族人说话的腔调。循着歌声望过去，萨娜瞪大了眼睛，她不敢相信卢克正骑着军马向她走来！

卢克离萨娜还有一段距离。他身后的雪山和天上的云一样白，反射着太阳的光，雪山下的岩石是褐色的，或深或浅的牧草从褐色岩石的边缘铺下来，沿着他走的路，越过那条发亮的小河，一直铺到她站立的山冈上。这使他显得很小，他骑在马上，像一个奇怪的小动物在不慌不忙地向前移动。他的声

173

音就是从那么远的地方传过来的。萨娜是第一次听到他的声音。她没有想到的是，他会说塔吉克语。她觉得自己的心在那一刻跳得特别快，她感到自己像要晕过去，要从马背上滚下去。

卢克从前哨班回连队必须经过这个山冈。他穿着迷彩服，一边走，一边往萨娜所在的地方望。他走着走着，提了一下缰绳，他的马小跑了起来，他胯下那匹马真黑，像一团墨。萨娜慌忙整理了一下自己的衣服，她后悔自己今天没有把最漂亮的衣服穿上。他的脸越来越清楚。他的脸和高原上的塔吉克男人一样，像铁一样黑亮。他老远就向她笑着，他的牙齿很白。他在山冈下勒住黑马，用塔吉克语对她说，小姑娘，你的歌唱得太好了。

萨娜见他用长辈一样的口气跟自己说话，有些愤愤不平。因为萨娜知道，这前哨班里的兵，也不过就是十八九岁的男孩子，比自己大不了几岁。萨娜用汉语说，你唱得也不错，这首歌塔吉克人已唱了几千年，但我还是第一次听一个汉族人用塔吉克语唱它。

我的塔吉克语是跟我们连队的翻译学的，就会一些很简单的对话，你刚才唱的那首歌，我们连队的翻译刚好教我唱过。唉，我发现你的汉话也说得挺好的。

我在学校学过，天天在这里放羊，没人说话，有些话已经不会说了。

你为什么不上学呢？

我不想上学了，但我喜欢读书，我认识很多汉字，我还可以看汉文书呢。

嗯，不错嘛小姑娘，骑在马上，可以一边放羊，一边看书，这可是件挺美的事儿啊。

我看见你总坐在哨卡旁的那块石头上看书，你读的是什么好看的书啊。你能把你看的书借给我看看吗？

好看的书很多，我可以把我看过的书送给你。

好啊！你说的是真的吗？

我回连队去拿点东西，马上就回前哨班，到时顺带把书带给你。他说完后，打马要走。走了几步，又回过头来，说，哦，小姑娘，能不能告诉我，你叫什么名字呢？

他又叫了一声小姑娘，真可恶！萨娜在心里说完，噘起嘴挺不情愿地对他说，我叫萨娜。

"萨——娜——"他把这个名字在嘴里念了一遍，点点头说，嗯，这个名字很好听。

你以后不许叫我小姑娘，你必须叫我的名字。萨娜很认真地对他说。

他笑着答应了，然后说，我的名字叫卢克。说完，黑马就驮着他飞快地跑远了。

萨娜记住了这个名字。她哪儿也不去，就站在那个山冈上等他。她记得很清楚，有一个瞬间，她觉得自己比脚下一棵刚刚钻出地面的草还要微小，但又觉得整个高原和高原以外的地方——包括天空——都在她的周围运转。她是一个微小的中心，一个璀璨得像宝石一样的中心。

3

卢克从军校毕业后，回到了帕米尔高原，被分配到塔合曼边防连当排长。他是在这里认识海拉吉和马木提江的。海拉吉那时已是个六十九岁的老人，马木提江还是个没有留胡髭的半小伙子。他们是在一次草原赛马会上认识的。

卢克记得当他跨上烈火时，看到一个留着一部泰戈尔式白胡子的老头骑着一匹并不起眼的黑马，一边用塔吉克语叫着"还有我海拉吉呢！还有我海拉吉呢"，一边向骑手们跑来。

看到他那么大年纪还要赛马，卢克忍不住笑了起来。但其他骑手一听到他的声音，都把胸膛挺了起来，他看到每个人都用目光向海拉吉致敬。

挨着卢克的骑手才十七岁，高鼻深目，面色黑亮，骑着一匹本地产的白马，他用装出来的很老成的声音和卢克搭话，朋友，我叫马木提江，很高兴看到你和我们一起赛马，你会说塔吉克语吗？

卢克点点头，我叫卢克，刚分到塔合曼边防连当排长，这是我第一次参加草原赛马。

马木提江目光看着前面的草原，问他，你听说过海拉吉吗？

卢克看了一眼草原尽头的雪山，有些不以为然地说，在帕米尔高原，人们都说海拉吉是最好的骑手。我刚才看到他了，我是第一次见到他，他不过

175

是个调皮的老头儿。他这么大一把年纪了还来赛马，非得把一把老骨头颠散不可。还有，你看他的马也是一匹破马。

马木提江保持着骑士般的风度，没有在意不知天高地厚的卢克对他崇敬的骑手的轻慢，说，我们塔吉克人只有发现自己不能骑着光背马飞奔时，才会承认自己老了，你看他还能参加赛马，怎能说他老了呢？他玩弄着手上的马鞭，接着说，还有一点我不得不告诉你，一个好骑手是不依赖马的。

出于对长者的尊敬，卢克没有再说什么，只在心里说，赛马赛马，不依赖马怎么能叫赛马呢，马重不重要，等会儿跑下来就见分晓了。

当二十多匹各种颜色的骏马伴着烟尘嘶鸣着、像流星一样掠过草原的时候，欢呼声轰然响起，但又"轰——"地被甩了身后。在卢克眼里，雪山像一块突然向后撕扯开的白布，他仿佛能听见布匹被撕裂开后那种尖厉刺耳的声音。成百上千的观众骑着马在赛道两侧跟着飞奔，喊叫着，打着呼哨，为自己喜欢的骑手加油。金色的草原剧烈地震动着，像个充满生命力的巨大载体。前面五公里赛程骑手们几乎都是并驾齐驱，不分胜负，但没过多久，卢克的烈火就冲到了最前面。它冲破高原坚硬的风墙，四蹄好像没有沾地，他感觉它不是在奔跑，而是在飞翔。他们的血液在一起奔涌，他和自己的骏马已成为一个整体。它可以感觉到它撼人心魄的俊逸昂扬之姿。有一会儿，整个世界屏息静气。他知道人们都在惊叹；然后，声音轰然而起，人们都在赞美它——啊，看，火一样的天马！他听到了忽远忽近的雷鸣般的欢呼声。

十公里赛程眼看就要到终点了，这时，卢克感觉有一黑一白两匹马像黑白两面旗帜，从他的一侧"嗖"地招展而过。他没想到还有比烈火跑得更快的马，他轻轻地磕了一下马腹，示意它超过他们。烈火立马就明白了，大概就几秒钟时间，它就超过了那匹白色闪电，然后又很快超过了那匹黑色闪电。离终点大概只有四五百米远的距离了，卢克心里充满了自豪感，他认为烈火必胜无疑。但转瞬之间，那黑白两匹闪电相继划破高原，到了他的前面。烈火马上意识到了，它的头和脖子几乎拉成了一条直线，恨不得变成一支利箭，把自己射向目的地，但那匹黑马已经冲过了终点。在最后的关头，马木提江的白马的马头也越过了终点，虽然仅有微毫之差，但烈火还是落后了。

当卢克勒住马缰，他不得不承认，马木提江刚才对自己说过的话是对的。

马木提江向他祝贺，说，在这高原上，这么多年来，还没有一个汉人成为你这样厉害的骑手。

卢克说，如果我相信你刚才的话——好骑手是不依赖马的，我也许不会落后。

这话是骑了一辈子马的海拉吉大爷感悟出来的。草原上的赛马不仅仅是赛你胯下的骏马，也不是赛你这个骑手的骑术，而是在赛你和你的骏马是否一直是一个整体。人和马的力量要合而为一，这样，你才能一马当先。但我们常常只依靠马，也有某个瞬间，你感觉人和马成为一体、血脉相通了，但只能是一个瞬间。这也是海拉吉告诉我的。他是赢得过三副雕花金马鞍的骑手，最主要的是，他赢得了草原上最美的姑娘阿曼莎那颗像花儿一样芳香的心。

4

从喀什噶尔开往高原的那趟班车从达坂后面冒了出来，车头上顶着正在偏西的太阳的反光，像照相机闪光灯那样很亮地闪了一下。萨娜的心也随着闪了一下，心里充满了奇特的亮光。

正在码牛粪饼的马木提江把一团牛粪啪地摔在牛粪堆上，一下跳起来，高兴地说，萨娜，班车来了，这辆破班车今天走得太慢了！说完，就往公路上跑。

你看你高兴的那个样子！你一手的牛粪，快洗洗手！

没事，我抓一把土搓搓就行了！

孩子们也跟着他往公路跑去，叽叽喳喳的，像三只麻雀。马木提江把最小的孩子抱起来，让他骑在自己的头上。

萨娜把衣服抖了抖，把自己周身打量了一下，追上马木提江，问他，你看我穿这样的衣服去接他行吗？

马木提江笑了，故意逗她，又不是相亲，屋里有一面镜子，你自己去看。

你就是我的镜子。

你今天就是穿着乞丐的衣服也是最漂亮的。

那辆破旧的班车装着一车疲惫的人，穿过孤独的高原，孤零零地开过来。在慕士塔格雪山的映衬下，那辆车显得很小，像卢克寄给马木提江的孩子们的、玩旧了的玩具车。萨娜老远就看见卢克把头从车窗里伸出来，微笑着，向他们招手。班车拖着一道白色的烟尘，在路边停住了。有一个瞬间，他和卢克的微笑被烟尘淹没了。

萨娜的心在那个时刻跳得特别快，像有无数匹顽皮的马驹在里面奔跑。时间在那个时刻发挥了神奇的作用。它让那七年的时光消失了，只留下了一道浅浅的刻痕。恍然中，她看到的他不是坐在班车上，而是骑在烈火上，向她疾驰而来。她再也忍不住自己的眼泪，但她马上背过身去，把眼泪擦掉了。她要笑着来迎接他。

卢克从车门里走出来了。这里只有他一个人下车。他还是那个瘦高瘦高的样子，只是皮肤比过去白了，人也显得文气了好多。他先和马木提江拥抱，然后又和萨娜拥抱。她闻到了他身上那种城里人的气息。孩子们好奇而羞怯地望着他，他走到他们身边，伏下身子亲了他们脏兮兮的小脸蛋，说，快，快叫舅舅！他们叫了，于是，他在每张小脸上又亲了亲，亲得最小的孩子咯咯咯地笑起来。

这时，一阵马蹄声由远而近响了起来，烈火从一个高冈上跑下来。卢克马上呼喊起来，烈火，烈火！

马木提江说，它迎接你来了，你看它跑得多美啊，跟当年一样。

烈火来到卢克跟前，嘶鸣了一声，前蹄腾空，在他面前来了一个漂亮的直立，然后才掉过头来用嘴蹭他。他一直忍住没有流下来的眼泪，在那个时刻再也忍不住了，他抱着它的头哭了。

卢克来到房子里，把箱子打开，像变魔术似的拿出了好多东西：他给马木提江和萨娜及孩子们每人买的新衣服；还有糖果、冰糖、茶叶、城市里的糕点；给孩子们买的玩具和童话书。孩子们看到那些玩具，马上争抢起来。他看着他们，教他们玩那些玩具，他一直开心地笑着。

5

马木提江昨天晚上没有睡好。他昨天晚上和卢克喝酒时就想把那件事情的真相告诉他。七年了，他一直想着那件事情。它压在他的心里，把他压得很难受。

他用手枕着自己的头，眼睛望着天窗外有三颗星星的一小块蓝布一样的夜空发呆。睡眠像马一样在眼前跑来跑去，但他就是睡不着。最后，这些睡眠真的变成了马，他眼前的有星星的夜空变成了宽广的草原。这些骏马从往事中跑过来，又跑到往事里去，就这样来回奔跑着。他感到很累。萨娜躺在马木提江的身边，她的三个孩子像三只小牧羊犬一样挨她躺着。春天刚来不久，晚上还很冷，怕冻坏那些小牲口，所以在房子的一角还挤着七只羊羔、两头牛犊、两匹马驹和一峰前天才出生的小骆驼。它们现在都很安静，像刚出生不久的孩子。它们一直要和主人居住到天气完全转暖为止，主人也会像照顾自己的孩子一样照顾这些可爱的小家伙。

卢克躺在灶台边——那是马木提江家房子最暖和最尊贵的地方，他坐了那么久的车，又和马木提江一起喝了那么多的酒，显然是累了，他的有些霸道的鼾声把马木提江的房子填满了，好像他是这房子的主人。想到这里，马木提江忍不住笑了笑。

马木提江怎么也不会想到，他和海拉吉这两个得过雕花金马鞍的骑手，现在会成为这么孤独而又不合时宜的人。人们原来对骑手是那么尊敬，现在人们常常用半玩笑半嘲弄的方式对待他们，人们对海拉吉还要尊重很多，因为他已是个胡子和雪一样白的老人。对马木提江，他们就不客气了，有人跟他打招呼时，常常在老远就对他喊，啊，我们尊敬的骑手马木提江先生来了！或者是马木提江先生，你要骑着你的骏马到塔什库尔干城吗？你的骏马跑那么快，能跑过县长刚换的越野车吗？要么就是，哦，这不是我们得过雕花金马鞍的骑手马木提江先生吗？我以为你会骑马到喀什噶尔呢，没想到你也会坐班车啊……对于这些拌了石头和沙子的问候，马木提江大多数时候都只以骑手的尊严对他们点点头，报以礼貌而又不易觉察的不屑，从不用言语搭理他们。

除了因在前年的雪灾中遭了灾还没有缓过劲来的几户人家，塔合曼草原上的牧民现在放牧都骑摩托车了，年轻人更是早就不骑马了。他们骑着摩托车像狼群一样在草原上奔突，现在有些人还买了小四轮、吉普车。

原来，塔吉克人、柯尔克孜人在塔合曼草原生活了数千年，成千上万匹骏马在草原上奔跑了数千年，草原还像地毯一样平展，现在，这些橡胶轮子从草原碾过后，就像刀子划过母亲的身子，留下了纵横交错的伤痕，只要这些车还在草原上跑，这些伤疤就只会溃烂，不会愈合，无数的车辙留下了蛛网般的、不再长草的"马路"，一有风，白色的尘土就飞起来，整个草原尘土弥漫，把蓝色的天和闪着银光的雪山都染黄了。草原变得难看了，像一个年轻的母亲在一夜之间变老了。马木提江每次看到草原，心里就会异常难过。这哪里还像牧人的家园啊，他觉得原来那个美丽的草原再也不在了。

原来这个草原有成百上千匹马，现在马已经很少了，可能连两百匹还不到。叶尔汗爷爷和哈丽黛奶奶原来每年都会从喀什噶尔城返回到草原上来听马蹄声，那时，他们还能听到马群像风暴一样从草原上掠过，幸好他们在八年前去世了，如果他们现在回到草原上，看到这个样子，不知道该有多么难过。

夜越来越深了，高原上只有风的声音。天窗上再也看不到星星，星星像是被风刮跑了，只有一小块灰黑色。

马木提江叹息了一声，睡意终于爬进了他的眼睛。他跟自己说，我得睡了，明天一大早，我还得给卢克备马呢。

6

卢克不知道那阵风是什么时候掠过草原的。那是他熟悉的尖啸声，像一声凄厉的狼嗥。他在这高原共计待了八年，听惯了这种风的声音。今天，它唤醒了他。

夜色笼罩着草原。那一方小小的天空已经变黑，屋子里很暗，只能听到马木提江野兽一样的鼾声。在他鼾声的间隙里，可以听到萨娜和孩子以及那些小牲畜的呼吸声。牛粪火、泥土味和大家的气味混杂在一起。这种气味卢克并不陌生。那匹小马驹不知是多久卧到他身边来的。它舔了舔他的脸。他在黑暗中抚摸着它。它安静了，显得更加乖顺。

屋外马厩里的烈火嘶鸣了一声。它知道卢克醒了。

夜风一定扬起了烈火的鬃毛。它的鬃毛像火一样，可以把夜晚点亮。今天就是它火一样的鬃毛点亮的，黎明已经降临。

风也把卢克的记忆带到了萨娜的夏牧场。他想起了那个骑在马上、老向前哨班眺望的少女。她红色的衣裙在海拔四千多米的高原十分醒目。她像一朵永不凋零的花，一朵开放在马背上的不知名的花。

那天，她在卢克眼里就是一个小姑娘。虽然他只比她大四岁，但他已是一名下士班长，已在边防待了两年。边防的生活是孤寂的，哨所周围只有到了夏天，才会有几户牧民前来放牧。他原来也不知道，哨卡附近的夏牧场是萨娜家的。卢克知道她爸爸阿布杜拉的名字，但不知道他有一个长得像雪莲花一样的女儿。

这些牧民是卢克在那个时节能见到的除军人之外的其他人类。每一个来到前哨班附近的人都让战士们惊喜，更何况萨娜是一位穿着红裙子的少女呢。从发现她的那天起，战士们就喜欢远远地看她。她看不清他们，但前哨班的七个人已在高倍望远镜里无数次地看过她。她不知道，她细长的眉毛、黑而深的眼睛、高高的鼻梁、帽子上绣的纹饰、裙子上的花朵，还有她望哨卡时那种专注的神情，他们都能看得一清二楚。她是个迷人的姑娘。自从她出现不久，她就成了那个哨卡里说不完的话题。

卢克那天向她走去的时候，他知道身后兄弟们的六双眼睛一直跟踪着自己。他们说，班长，你去把她搞定。卢克说，你们这群粗人要注意用词啊。他们呵呵笑了。他走到路上，听到了她的歌声。她的声音在坚硬的风里显得那么清凉柔软，让人总想从马背上滚下来。

当他从连队返回的时候，她还站在山冈上，见他骑马返回，她从马背上跳下来等他。卢克打马来到了山冈上。他的黑马喷着响鼻，跑得很快。他把一大捆书递给她。她接过时，腰弯了一下。她肯定没有想到，当轻薄的纸张印上文字装订在一起再捆成一捆的时候，会变得那么沉。

这都是些小说，有我们国家的作家写的，也有外国的作家写的，你慢慢看。

萨娜的眼睛望着卢克。从她的眼睛里，他发现了忧伤和孤独。但她的眼神像羔羊和马驹的眼神那样纯洁、清澈。

她后来跟卢克说过，她曾试着到离哨卡更远一些的地方去放牧。但哨卡却牵扯着她，好像她的魂儿已经留在那里了。她一天看不见哨卡，就感到身子都空了。她爸爸非常生气。她只好跟他撒了一个谎，说自己胆小，害怕没人的地方有狼。

7

天刚刚亮，萨娜就醒了。马木提江和孩子们睡得很死。她记起自己昨天晚上又做了那个梦，她梦见自己和卢克骑着马在草原上跑。那个草原牧草丰茂，鲜花盛开，无边无际，他们怎么也跑不到草原的尽头。卢克每次都让萨娜跑在他前面，当她跑着跑着，回过头去，他都会没了踪影，只有那匹马独自兀立。当她急得要哭的时候，那匹马总会跑到她的身边，说，萨娜，你不要难过，我就是卢克。自从卢克离开高原，萨娜过上一段时间就会把这个奇怪的梦做上一次。梦境当然是有差别的，但主要的情景却差不多。

萨娜从梦境中回过神来往卢克睡觉的地方看去，他已不见了踪影，只有那匹小马驹像个孩子似的卧在那里，样子憨憨的，和她的孩子一样可爱。天哪，她真害怕那匹小马驹会突然对她说，萨娜，我就是卢克。她想到这里，忍不住笑了。

他一定是看高原的清晨去了。他喜欢高原的清晨，他跟萨娜说过，他喜欢那种带有寒意的风景。他就是喜欢这些草原上的牧人们看似平常的，或者根本不在意的东西。

但萨娜一大早起来看不见他，还是很不放心。她的心空空的，像那些只有石头的山谷。她穿好衣服，拢了拢凌乱的头发，喝了一口昨晚没有喝完的茯茶，漱了口，拿起马木提江的羊皮大衣，低着头出了门。

天还没有大亮，草原上空气冰凉。萨娜看见卢克牵着烈火，在草原上溜达着，在薄薄的晨雾中，他和烈火的身影显得很模糊，像一个小小的影子。

有一阵风差点把萨娜推倒，风声像刀子一样尖利。他的衣襟和烈火的鬃毛都猛地向西边飘去。风推着她，让她踉跄着跑向他。风使他听不见她的脚步声，但烈火知道她正向他们走去，它扬起头来，回头望了她一眼。它的眼神和他的那么相似，有时像卡拉库里湖的湖水，有时又像炉子里的火。

卢克曾对萨娜说过，他希望做个塔合曼草原的牧羊人，每天跟她骑着马，赶着一群羊，到草原深处去放牧。有一次，他们牵着马，跟在她家的羊群后面，像在云上漫步，直到夜幕降临。那是他们恋爱的时候。那是萨娜最美好的回忆。

卢克和马木提江是完全不同的两个人，卢克希望时间能停留下来，恨不得把一分钟变成一辈子；马木提江则和他相反，他总爱骑着烈马，带着她在草原上狂奔。他希望萨娜因为害怕而紧紧地搂住他的腰，但她的骑术并不比他差，即使马跑得飞快的时候，她的身体也可以不挨他。

卢克那么专注，她不知道他在想什么。她把皮大衣披在他身上，他才回过神来。他回头看见是她，惊喜地说，萨娜，你怎么这么早就起来了？

你比我起得更早啊，你看，这么大的风……

卢克把大衣取下来，披在萨娜身上。他把衣服披好后，打量了她一番，笑着说，这么多年了，你怎么还是那个小姑娘萨娜啊！

我的哥哥，你不要安慰我了，你看这高原上的风和太阳，就是萨拉日·胡班塔吉克民间传说中的唐公主，一位有天仙般容颜的女子，塔吉克语意为"群芳之首"。来到这里，要不了几年，也会变老的。萨娜执意要他把皮大衣披上，她说，你从城里来，哪经得了这样的风啊。

卢克说，萨娜妹妹，你的哥哥什么样的风都能经历。你快回去，我遛遛烈火就回来，我有七年没有跟它在一起了。

听他那样说，萨娜就披着马木提江的羊皮大衣往回走。她有些伤心。她想对他说，我也有七年没有见到你了。她有些羡慕烈火，她想自己能变成烈火就好了。

卢克考军校走的那一年，因为不能再见到他，萨娜没有回她家的夏牧场去。她知道，卢克已把她的心拿走了，她不想拿回自己的心，她想让他把自己的心霸占着，一直霸占着。她在塔合曼——她家的冬牧场照顾奶奶。

萨娜想念卢克的时候，就读他送给她的书。那些书里写的生活离她都很遥远，她开头读不大明白，但读过很多遍后，那些生活就离她很近了，她觉得那些恋爱的少女就是自己，那里面写的人物都生活在她身边。啊，那些可怜的少女，虽然她们的结局都不太好，但她们的爱多么让人羡慕。她从她们那里看到了自己。她也用她们那样的眼神看过他，也用她们那样的爱爱过他，用她们那样的思念过他，她也有过她们那样甜蜜而悲伤的心情。

想起这些，萨娜的眼睛潮湿了。她回头望了他一眼。草原上的晨霭已弥漫开了，她只看见了他和烈火那有些飘忽的影子。他们像刚刚走出她的梦境。

8

马木提江醒来后，萨娜正在灶台前忙碌。他看了一眼萨娜，有些自豪，又感到愧疚。他突然用带着几分苦涩的、满含歉意的声音对她说，萨娜，你跟着我吃苦了。

萨娜坐在炉子前煮奶茶，她虽然已是三个孩子的母亲，但身上还充满了青春的气息。她比马木提江显得年轻。炉子里的牛粪火映在她的脸上，把她的脸映照得像一朵红花。可以看清她睫毛上的火光。她鼻翼处的几粒雀斑像是在随着火光跳动。她带着几分羞涩，抬头看马木提江时，她的眼波像荡漾的蓝色湖水，马木提江看到自己和多半个屋子一起在她的眼波里荡漾。她听了马木提江的话，什么也没有说，只露出白玉一样的牙齿，微微笑了笑。

她的一举一动还时时拨动着马木提江的心弦。他多么爱她啊，但他从来没有跟她讲过。很多时候，他只会带着她在马上狂奔，或者唱那些古老的情歌给她听。但她随时都可以感觉到他的爱。他爱她就是这样简单——无非是希望自家的羊能多剪一些羊毛，希望母羊们多下一些羊羔，多产一些羊奶，希望家里不缺吃不缺穿，希望孩子们都能到县城去上学，希望他们长大后能成为他们汉族舅舅那样有文化的人。这就是马木提江对萨娜的爱。

马木提江从萨娜身上闻到了新鲜露水的味儿，你出门去了？

她点点头，把挤好的牛奶倒进铁锅里。

孩子们的舅舅呢？

他和烈火去看清晨的草原了。

让他好好看吧，他有七年没有看到清晨的草原了。哎，我一直没有想通，那有什么好看的。外面冷得很，你该给他送件皮大衣。

每个清晨在我们眼里都差不多，但在他的眼里却是不一样的，所以他才看不够。她说完，让马木提江把被子给孩子盖好。孩子们躺在马木提江身边，像三只羊羔子，他们浑身也散发着好闻的羊羔子的味儿，他忍不住在每个小家伙的脸上亲了一下，然后从被子里钻了出来。

奶茶煮好没有多久，卢克回来了，他身上带着清晨的寒意，带着清晨草原的味道，那种味道和萨娜刚才带回来的一样，有一股香气。

一走到草原里面，我就想赛马了。卢克对马木提江说。

马木提江不知道该怎么回答他。他只是说，只要是骑手，一见到草原都会这么想。

七年过去了，草原上肯定有好多新骑手呢。

那是当然。马木提江回答他的时候，眼睛没有看他。他的心像被什么东西揪了一下。

9

卢克一眼就看出来了，马木提江想跟他说什么，但每次都欲言又止。喝了奶茶，吃了青稞馕，他终于说了，他说，你知道吗？你应该去看看海拉吉。

卢克忍不住笑了，他在心里说，你原来就是想告诉我这个啊，这有什么不好开口的呢。他笑着说，我肯定要去看他的。

马木提江一边把馕掰成小块，泡在奶茶里，一边对卢克说，老人快八十岁了，他一直念叨你，等会我带你去找他。

卢克说，算了吧，还是我自己去找他，我熟悉塔合曼草原，你陪你的萨娜吧。

他笑了，我天天都陪着呢。说完，几口把馕吃到肚子里，就去给卢克备马。

配了雕花马鞍的烈火焕发了更加骏逸的光彩，卢克骑上去之后，恍然觉得自己是一位在这个清晨诞生的古代骑士。

配上了雕花马鞍的烈火显得有些激动。它前蹄腾空，引颈长嘶一声，把还沉睡着的草原唤醒了。几只牧羊犬睡意蒙眬地吠叫了几声。

配上了雕花马鞍的马总想奔跑，卢克不得不紧紧勒住马缰。时隔七年之后，再次骑着烈火走进草原，他想走得慢一些。

地处帕米尔高原的塔合曼草原，天黑得晚，也亮得晚。远处高耸的山脉只有覆盖了白雪的部分能够看出来，其他部分仍是深黑的颜色。雪山像是浮在天空中的，显得更加高远和圣洁。虽然是无月的夜晚，但草原上洒满了雪光，发白，坚硬，带着寒意。可以看到几匹马伫立在草原上，偶尔可以看到一顶毡帐，几株树，都像剪影一样。

愈往草原深处走，天光愈浓，雪光渐渐消退，山脉越来越清晰，高原在黑夜中像一个婴儿，被无声地、慢慢地分娩出来了，给草原带来了新的活力；河流和沼泽发着光，青草和鲜花的香气开始在回暖的天光中复活，在空气中飘散、升腾、弥漫开来。深绿色的草原变得一片迷蒙，五颜六色的小花像星星显现在天幕上一样，渐渐变得明亮。然后，从雪山后面的遥远的东方升起的太阳，慢慢地将这些大地的气息吸纳，草原上铺上了金色的朝霞，天地瑰丽，有那么几秒钟，生灵万物屏息静气，整个世界庄严神圣。草原四周白色的毡帐里冒出了乳白色的牛粪烟，羊群像一片片白色的水，从草原四周的毡帐里涌出来，各种牲畜的叫声伴着牧歌声从四面八方传来，向草原里汇聚。草原上一片喧哗。

海拉吉已经醒来了，他坐在毡房门口的羊毛毡子上喝奶茶。

他大声说，小伙子，我听见了你，你过来吧！

卢克在海拉吉的毡房后面下了马。

海拉吉站了起来。卢克看见他的背已经弯了，显得很矮小。

卢克以塔吉克人的礼节吻了海拉吉有马汗味和奶茶味的手，又吻了吻阿曼莎祖母一样的脸颊。

骑着你配了雕花马鞍的骏马的小伙子，我一直等着你回到这草原上来，我以为你再也不回这个伤心地了，啊，快到这毡子上来坐下吧，喝一碗奶茶暖暖身子！他说话时，下巴上那部漂亮的络腮胡子一翘一翘的。

卢克挨着他坐下后，说，尊敬的海拉吉大爷，我肯定会回来的，这些年我一直牵挂着您，我常常想起当年和您一起赛马的情景。您现在比当年显得还要年轻、漂亮。

哈哈，我也觉得我比原来年轻了好多！他笑着说完，又指了指身边的老伴，自豪地说，你原来没有见过，这就是塔合曼草原最美丽的姑娘、一直住在我心里的阿曼莎！他说到这里，满含深情地看了阿曼莎一眼，阿曼莎已满

186

脸皱纹，但每道皱纹都被幸福填满了。听了他的话，她露出缺了牙的嘴，笑了。然后，她给卢克倒了一碗热气腾腾的奶茶。

卢克和海拉吉像一对父子，坐在草原上的阳光里，坐在变得越来越暖和的高原的风里面交谈着。卢克有时用已经不太熟练的塔吉克语和海拉吉交谈，海拉吉也能讲半吊子汉话。草原上不时传来他们爽朗的笑声。

10

海拉吉记得，马木提江来向自己讨教他能否成为骑手的问题是在自己家的黑母羊肚子鼓起来的时候。它是海拉吉的羊群中一只年轻的羊，它是第一次怀羊羔。他和阿曼莎原以为它没有怀上，一直为它会错过最好的产羔时节而遗憾。遗憾一阵，就把它忘了。没想那天早上，海拉吉起来赶着羊群到草原上去放牧的时候，发现它的肚子鼓了起来，他高兴地把阿曼莎叫出来，说你看这只黑母羊怀上羊羔子了，你看它多像你怀第一个孩子的时候啊，又害羞，又骄傲。

他的话把阿曼莎逗得笑弯了腰。

这时，海拉吉远远地看见一个人骑着一匹白得像雪一样的马，飞奔而来，由于那人是从太阳出来的方向飞奔而来的，太阳光不停地在后面追他。那人的马跑得那么快，海拉吉以为他一定有什么急事需要他帮忙，就赶紧勒住马缰，跳下马来等着。

那人到了他面前，他才看清是小伙子马木提江。马木提江飞身下马，右手抚胸，礼貌地向他鞠躬后，又吻了他的手心。海拉吉看见他的脸色有点发灰，眼睛里布满了血丝，就知道这个小伙子已有好几天没有睡好觉了。

海拉吉说，小伙子，你有什么事就快说。他像不知道该怎么讲了，有些害羞的样子，看着手里的马缰，吞吞吐吐地说，尊敬的海拉吉大爷，我……我……没有什么事情，我只是想让您看看我……我能不能成为塔合曼草原最好的骑手。

海拉吉摸着自己那部已经有些花白的胡子，十分爽朗地哈哈笑了，看着他说，马木提江，你也看到了，现在草原上很多年轻人都骑那个突突响的、屁股后面冒烟、一溜烟就可以跑到县城去的电毛驴，连马都不骑了，你还来问这样的问题，是不是要耍我海拉吉老汉来了？

我是真的想成为草原上的骑手，但我不知道该怎样做，我想让您告诉我。

那你是拜师来了？

马木提江点点头，有些激动。

好哇！太好了！你不但喜欢骑马，还要做一名骑手，我真的很高兴！我还以为我是塔合曼草原上最后一个骑手了！他让马木提江坐下，接着说，但我教不了你什么。草原上的赛马不是洋人搞的那种赛马，草原上的骑手之所以成为骑手，是因为他热爱草原，热爱马。你要了解马，马是个性很强的动物，它的外表温顺安静，但内心深处有一种强烈的竞争意识。它们在与同类的竞争中，就是累死也不肯认输，战争中的许多马其实并不是受伤倒下的，而是由于剧烈地奔跑累死的；还有，你必须能够驾驭自己的骏马，这仅靠勇敢和技艺是不够的，还要向马展示你的智慧和爱心。马性强而不倔，非常好强而争胜，能逆风而上，无争名图利之心，你看畜群贪恋水草，但你屁股下的坐骑依然昂首阔步，对丰美的牧草视若无睹，这是因为它有一颗高贵的心——你也看到过，即使是几匹马同拴一个槽头，它们也不会像猪狗那样为争食而龇牙咧嘴，它们的用心不在槽枥之间，而在千里之外。马的德行如此，骑手也要如此，人马同体同德，血脉相通——即使你的马是一匹普通的马，你也能成为一个优秀的骑手。我只能告诉你这么多，但这些话是我用一生领悟出来的，我从小就在马背上溜达。

马木提江听了海拉吉的话后，很是吃惊，他没有想到海拉吉大爷能说出圣言一样的话。他涨红着脸说，海拉吉大爷，我虽然不能完全理解你的话，但我像一个忍着饥渴在荒原上走了很多天的人，终于喝上了热腾腾的奶茶，心里舒服得很。

海拉吉得意地笑了，他也感觉刚才那些话说得带劲。

马木提江不知道该干什么，他玩弄了一会儿马鞭梢，红了脸，突然问海拉吉，海拉吉大爷，我……我还想知道，您认为塔合曼草原上的好姑娘真的都喜欢最厉害的骑手吗？在塔合曼草原上，是不是只有最厉害的骑手才有可能把花儿一样的姑娘娶到自己的毡房里呢？他问完后，抚胸听海拉吉的回答，那样子，虔诚得像在聆听圣训。

海拉吉哈哈笑了。他一看就知道，小伙子的心被一个姑娘迷住了，希望从他那里知道，自己的爱情能否有一个美好而甜蜜的结局。他说，以前，这个草原上的姑娘，谁不喜欢优秀的骑手啊！而一个美丽的好姑娘如果不嫁给优秀的骑手，人们就会认为她是在作践自己。当年，我奶奶长得和我的阿曼莎一样美。那时，伯克的儿子骑着一匹他爹从阿富汗的部落头人那里买来的大马，天天给我奶奶献殷勤，但她最后还是嫁给了我的骑手爷爷。我也是和你马木提江一样大的时候，见到了阿曼莎，就发誓要成为草原上最优秀的骑手的，我那时候家里那么穷，但当时草原上最美丽的阿曼莎还是嫁给了我。海拉吉说到这里，叹了一声气。但现在，很少有年轻人还想做一名骑手了，而以前的骑手都老了……骑手是草原的灵魂，没有骑手的草原，灵魂就飘散了。现在，姑娘们都愿意找个有钱的小伙子，嫁到塔什库尔干或喀什噶尔甚至恨不得嫁到乌鲁木齐和北京去。所以，现在当一名骑手，有可能是不幸的……所以，我劝你打消这个念头，问你爹要一笔钱，也到城里开个店，多挣些钱，娶一个自己喜欢的好姑娘。

马木提江有些沮丧，这并不是他想听到的话。他垂下脑袋，觉得这世界一点希望也没有了。他差点要哭了。

哈哈，马木提江，你是不是喜欢上哪个姑娘了？可不可以告诉我这个老头子，是塔合曼草原的哪一朵鲜花把你年轻的心儿迷住了？

马木提江怕自己眼睛里的泪水跑出来，仍低着头，羞红了脸，小声说，是的……两个月前，我去草原的西边找我们家那匹走失的黄骠马，遇见了一个叫萨娜的姑娘……

哈哈，你的眼光不错啊，他是阿布杜拉的女儿，还是一朵含苞未放的花朵呢，但你已能闻到花儿的芳香，看到她开放时的美丽了。这姑娘会长成慕士塔格最美的雪莲，会长成卡拉库力的白天鹅的。但我可不敢肯定她是否喜欢一个骑手——你可能是这草原上最后一个骑手了。

我现在不管她是否喜欢，但我知道，我如果能成为您这样的骑手，我还有希望得到她。马木提江抬起头，用忧伤的语气说。

好的，很好啊，小伙子，我还可以陪你跑几年，等到哪一天你的马跑到

189

了我的前面，你就是这草原上最好的骑手了，那时候，这草原上的姑娘都会知道你马木提江的名字。

太谢谢您了，有了您的指教，我一定会成为一名好骑手的！他听了海拉吉的话，满心欢喜地和他道了别，骑着马又像一阵风似的跑远了。

11

马木提江早上本想跟卢克一起去看望海拉吉大爷的，这样，他在路上就可以跟卢克讲那件事。那件事像一块冰冷的石头，沉沉地压在他的心头。他觉得自己像生病了一样。萨娜问他怎么啦？他说没有什么，他哄她说，可能是昨天晚上的酒冲到头上去了，人有些昏沉。萨娜让他休息，但他还是赶着羊群出了门。

现在是高原最有生机的时节，但在马木提江眼里，却像初冬一样萧条。只有想起他和萨娜的往事，他才会好受一些。爱最终会变成一种回忆，这是没有办法的事情。他记得，他认识萨娜的时候，她才十五岁。他不知道，这个姑娘的心已经被卢克占据了。她的毡房后面有一列雪山，像凝固的白云。马木提江为了找到他家那匹走失的黄骠马，已骑着马在塔合曼草原转悠了两天。他知道这匹发情的小公马一定去找它喜欢的小母马去了。它过上一段时间也会回到马群里来，但他爸爸喜欢这匹马，总担心它被人偷走了，所以一定要让他去把它找回来。马木提江走到草原的西边时，那里正在举行一场赛马会。他远远地看见她骑着一匹青鬃马，她骑在漂亮的青鬃马上，在人群中十分醒目。她的美把她和其他人分开了。

马木提江把自己的马抽了一鞭，朝她飞快地跑过去。他像一阵风似的刮到了她的身边，好像害怕她不是人世里的姑娘，而是天使在人间的一个影子，转瞬即逝。他怕自己如果不快一点，就来不及看清她，就闻不到她身上飘散出来的花儿一样的香气了。

但萨娜没有看马木提江一眼，她不知道他来到了她的身边。她看着骑手从远处跑来，她玫瑰花一样的脸蛋涨得通红。马蹄声那么密集，和电影里打机枪的声音一样密集，一匹马就是一挺机枪。她的脸憋得通红，她大声为自己喜欢的骑手加油。当骑手跑近后，所有的观众都在赛道两边跟着他们跑起来，像两股激流。骑青鬃马的她也在他们中间，她像一只长着五彩羽毛的鸟儿，在飞奔的人群里仍然那么醒目。

马木提江跟在她的后面，找黄骠马的事早就忘掉了。他一直跟着她跑到了终点。到了那里，他才发现，有那么多小伙子簇拥在她的周围，希望得到她的一个眼波。但她好像没有看见。对于马木提江这个陌生的闯入者，好像没有一个人注意到。当马木提江向他们打听她叫什么名字时，他们立即变得警惕起来，像牧羊犬闻到了狼的气息。没有一个人回答他，他们对他充满了敌意，巧妙地把他从她的身边挤开了。

马木提江就去问一位下巴上长着一挂山羊胡子的精瘦老人，他告诉他，她叫萨娜，他又指了指骑手中的一位中年汉子，说，那位获胜的骑手就是她的爸爸阿布杜拉。

知道她是在为她的爸爸加油，马木提江长长地舒了一口气。

他看到，她爸爸获胜后，她激动得哭了。她那么爱她的骑手父亲，他真是很少见过。

知道了萨娜的名字，马木提江像得到了最珍贵的宝贝，他在心里一遍遍念叨着。他的心里充满了又甜又苦的味道。

赛马结束后，所有的人都带着欢乐散到了草原里。马木提江看见萨娜和她的爸爸走向雪山下的毡房。就在那个时刻，他发现自己的心从身子里溜走了，跟在她的马屁股后面，一跳一跳地跑远了。

他看着刚才那些骏马踏起的烟尘在空中飘散，越来越淡，最后被风带走了，什么也没有留下。这时他才发现，自己的脸上满是泪水。他在心里说，我也要做一个像她父亲阿布杜拉那样的骑手，不，我要做一个像海拉吉那样的、塔合曼草原上最好的骑手！

马木提江找到黄骠马时已是傍晚，他用套马索套住它，赶着它往家走。因为他的心留在萨娜那里了，所以他不想离开这里。他一次次回过头去望那顶白毡房。他知道萨娜并不知道他的心跟着她跑了，所以他觉得自己的心流落在她的毡房外面，疲惫得像兔子那样跳来跳去，凉得像一块冰。

马木提江走得很慢，天空像一顶巨大的毡房，把草原笼罩在里面，毡房顶上布满了大大小小、或明或暗的星星。即使是头天晚上，他也会盯着美丽的夜空看上半天，猜想每颗星星是用什么做的。但现在，他一眼也不想看了。

他任由马儿驮着自己走。草原已变得无比宽广，好像他永远也走不回自己的家了。

12

看着太阳就要偏西，卢克要跟海拉吉道别了。但海拉吉不让他走，他说，你是我最年轻的朋友，你一定要在我的毡房里吃了晚饭再说。卢克感觉他像自己的父亲，也就答应吃了晚饭再走。

塔合曼草原只是海拉吉的冬牧场，他的夏牧场在古瓦罕走廊的明铁盖达坂下，每年夏季，他就会在那里撑起一顶白毡房。天冷的时候，才会搬到冬牧场来。他饭量很大，现在一顿还能啃一条羊腿，即使喝一斤白酒也没有醉意，虽然年事已高，但还可以骑着光背骏马在河川和草原上飞奔。每当卢克露出担心的神情，他都会笑着说，鹰翅在雄鹰孵出之前就和天空相配，马蹄在骏马出生之前就与草原在一起，我嘛，在我出生之前就与马背搭配着，你放心吧！我骑在马背上就像在平地上走着。

因为一辈子都在马背上，他的背有些驼，腿也成了那种在牧区常见的马步状。这种样子，使人一看见他，就知道他的裆下有一匹好马。他一生喜欢骏马。据说他年轻时曾用三十头母羊的大价钱从阿富汗的一个部落头人那里换来过一匹好马。那马四蹄雪白，全身枣红，他给它取名"帕米尔"。他说那是一匹四蹄能踏出青烟的好马。

天还没有黑，阿曼莎做的清炖羊肉的香味就弥漫在了草原上，让人垂涎。天黑的时候，马木提江也过来了。三个男人开始喝酒，那是很便宜的昆仑特曲，五十多度，那只土陶碗很大，一瓶酒刚好可以倒一碗，那碗酒在他们手里传递着，转不了几圈就见底了。

喝了一阵酒，海拉吉知道卢克是写书的作家，就说，书真是太好了！

三人一瓶接一瓶地喝酒，卢克朗诵了很多首诗歌，海拉吉也唱了很多首民歌，其中有卢克非常爱听的《黑眼珠》《巴娜玛柯》和《古丽塔扎》。他的声音已经苍老，但那苍老的声音十分独特，充满了真情，透露出爱情之歌的恒久魅力。卢克是第一次听一个老者唱这样优美的情歌。他感到唱着情歌的他那么年轻。他的眼里一直噙着动情的眼泪。

他们三人不知道喝了多少酒，直到月上中天才作罢，然后，卢克和马木提江醉醺醺地爬上马背，任由马儿载着他们往回走。他们在马背上对着沉默的冰山喊叫，对着一尘不染的月亮歌唱。铺着月光的草原是银灰色的，它一直融入远处黑色的山体里；那冷而神圣的雪山像是悬浮在黑色的山体上，像是悬浮在黑夜之上……

13

马木提江在马背上摇晃着，好像随时都有可能摔下来，他像个诗人似的对着卢克的背影抒起情来，啊，这美酒啊，你看那月亮多美！那天空……像萨娜一样美的月亮和天空！但我对不起你，我一定要把这件事告诉你，你听我说……你不要跑！烈火，你停住，你不要把他驮跑了，你不要把他摔下来了，你以为他还是七年前的他啊，他这些年住在城市里，坐在书桌前，与书为伴，足不出户，文气得就像我们牧场的那个女老师。哈哈，那个女老师没有到城里读书之前还会骑马的，没想读了三年书回来，一到马背上就吓得大喊大叫。但她会骑摩托，那摩托即使跑得跟疯狗一样快，她也不会害怕。哈哈，你说这人怪不怪！

卢克走到前面去了。他在对着月亮唱歌。他唱的什么一句也听不清楚。他的声音像一头公狼在嗥叫。马木提江忍不住笑了。他对自己的马说，今晚这草原上不会有狼了。他的马打了一个响鼻，像是不明白他的话。马木提江解释道，即使再凶的狼，听到卢中尉的歌声也会害怕的。但那月亮还在笑眯眯地听他唱呢。月亮之所以能成为所有小伙子的梦中情人，可能就是因为它有母亲一样的爱心。我原来就爱把我不好意思跟萨娜说的话说给它听，那个时候，好像它就是萨娜……哎，萨娜不喜欢我喝酒，但我总是喝多。这没有办法，我可以管住自己的心，但我管不住自己的嘴。她让我来接他的时候，还对我说，你们早点回来，千万不要把酒喝多了。

在马木提江想要去追上卢克的时候，他突然听到身后也有人在歌唱。他的头发一下竖立起来。他的马也吓得小跑起来。那声音那么苍老，那么欢乐，那么深情。他听出那是人的声音，他不怕了，勒住马，想看看还有谁在草原的夜晚歌唱。

美丽的人儿啊，

别再用利剑戳伤我的心田，

我这可怜人为追求你，

像秋天的玫瑰，

早已凋残！

那人反复唱着这几句歌词，好像他只会唱这几句。他的马跑得很快，他的声音越来越近。马木提江忍不住笑了，是海拉吉！他喊海拉吉大爷。他快乐地答应了。真的是他！他很快就到了马木提江的身边。马木提江有些担心他，海拉吉大爷，这么晚了，你还骑马出来干什么啊？

海拉吉兴致很高地对他说，七年前的三个骑手在一起，我高兴啊，好久没有这么高兴了！我想和你们在铺着月光的草原上走一走。阿曼莎知道我高兴，她没有拦我。

两个人追上卢克，直到他俩走到他的身边，他才停止唱歌。他看到海拉吉，高兴得不得了！他笑了一阵，突然又哭了。两个人不知道他为什么笑，又为什么哭。

偶尔有一点灯火，有一声狗叫，有一阵风。

三个人并驾而行，十二只马蹄敲击着草原，声音很好听。他们想这样一直走下去，他们希望整个世界都是一个草原，可以让他们一辈子这样走下去。

卢克突然在马背上坐直了，他望了一眼湖水一样的天空，又望了一眼远处蓝色的雪山，说，我多想在这样的夜晚赛一场马啊！

海拉吉和马木提江也猛地坐直了身子。他俩虽然听明白了，但不相信自己的耳朵，马木提江大声问道，你说什么？

海拉吉已像个孩子似的手舞足蹈起来，他喊叫道，那我们就赛一场！我活了快八十岁，还没有在晚上赛过马呢！

马木提江也激动起来，好啊，你看，有我们三个骑手，有马，有草原！

什么都有，那就赛一场！

三个人的酒都醒了许多。

马木提江叹息了一声，有些遗憾地说，可惜，海拉吉大爷老了，烈火老了，卢中尉有七年没有骑马了。

海拉吉听了他的话，首先叫嚷起来，好啊，马木提江，你竟然嫌我老了，你没有看到，我喝了那么多酒，还稳稳地骑在马背上嘛！

卢中尉也叫嚷道，你马木提江也太小看我和我的烈火了。

马木提江连忙解释，说，我只是担心你们，怕你们出什么意外。

他们没有管他的担心。他们已确定了十公里的赛程。

在帕米尔高原，短距离的赛马不甚隆重，十公里的赛马属大型赛马，在塔什库尔干每十年才举行一次，奖品有骆驼、马、牦牛，历史上还奖过金马鞍、银马鞍和元宝。后来也有金马鞍、银马鞍，但和过去不一样了，已没有人真正会用纯金和纯银打造马鞍奖给你，但荣誉却是一样的。

卢克已跳下马来勒紧了他的马鞍。海拉吉说他高兴得老骨头都发痒了。他说他愿意把他的一副金马鞍拿来做这次赛马的奖品。

海拉吉的话让卢克浑身的血一下沸腾起来，他说，我就得过一副银马鞍，我以为我这一生再也没有机会得到金马鞍了，今晚终于等到了机会。

三匹马成了草原的影子，草原夜晚的灵魂。这猛然响起的马蹄声把草原惊醒了。夜色被他们撕开，卢克恍然看见耀眼的光亮从撕开的裂口处像猛虎一样，猛地扑向他们，把他们吞噬，然后让他们在光明中新生，飞速向前。他看见整个草原被那种奇异的光明所笼罩，所有的一切——草丛、沙棘、毡房、冬窝子、兀立的马、草原四周壁立的雪山、蜿蜒如飘带的河流——都焕发了新的光彩。

14

萨娜和孩子们一直在等马木提江和卢克回来。没事可做的时候，她翻出了卢克送给她的那些书。她一本一本地翻开它们，总会翻到七年前的某一页。那书有一股好闻的、不朽的香味，那书里的故事也泛着陈香。

她不停地到毡房门口去望他们。每当有人骑马从她毡房旁边经过，她都以为是他们回来了，但她一次次跑出去迎接，却总是落空。她叹息道，哎，男人就是活到一百岁也是孩子，总是让女人担心。

当天黑还不见他们的踪影，她知道他们肯定喝酒了。她把三个孩子哄睡了，又耐着性子等了一会儿，他们还没有回来。她站在毡房门口，看着月亮一点一点地攀爬到了天空中央那团白云旁边。她怕他们酒醉后在草原上睡着了。前几年有人喝醉后，在草原上睡着后喂了狼，只留下了几截骨头和一堆血肉模糊的衣服。想到这里，她再也待不住，就决定去找他们，她把被子给孩子盖好，把门锁上，骑上马，向草原深处走去。

萨娜已经很久没有在深夜的草原上骑马走过了，月光像雪花一样落在她身上，可以听见"簌簌"的声音。那是月光的低语。草原的月夜这么美，像枕着鲜花入睡的萨拉日·胡班那么安静。塔合曼草原已经入睡，那四围的雪山已经入睡，这整个高原都已入睡，好久才听到一声狗叫，那声狗叫也像是从睡梦里发出来的。她深深地呼吸着草原的空气。那空气有一股甜味，有一股牧草的芳香。她有些陶醉。

突然，有几条狗猛地叫起来，然后，所有的狗都叫了起来。这些狗从梦里被惊醒，吠叫声带着几分恼怒。在她的记忆里，平时的狗叫都是稀稀落落的，只有闹狼灾的时候——牧人们在夜里扛着土枪、带着弓箭、打着火把驱赶狼的时候，狗叫声才有这般声势。

谁在打狼呢。她跟她的马儿说。她的马儿开始像睡着了似的，现在已在狗叫声中精神起来。它昂起头，像是要为她看清楚究竟发生了什么事。

这时，她听到了一阵急促的马蹄声，它由远而近，像一场暴雨。草原这面放在夜晚的大鼓被敲响了，它清脆的回响传得很远，那声音给草原增添了一层薄薄的光明。高原颤动起来。很多毡房里的灯亮了起来，草原上像落了很多星星。有一阵子，草原还有些嘈杂，但随着那声音十分有节奏地、激越地响起来，草原屏住了自己的呼吸。她的马也立住不动了。然后，她听到有很多马嘶鸣起来——很多人骑着马朝那声音疾驰而去；然后是摩托车发动的声音——那些年轻人也骑着摩托朝那声音跑去。

那马蹄声萨娜有些熟悉。那是他们！不知道为什么，她的眼泪一下子涌了出来，一种奇特的幸福感顿时笼罩了她。那疾风骤雨般的马蹄声让她突然感到有些眩晕。它把她带到了七年前，那种幸福让她无力承受。

她的马早就激动起来，但她死死地勒住了马缰，她想安静地站在这里，像一块石头那样安静地站在这里，听四面八方的声音朝那神圣的马蹄声汇聚去，越来越远，越来越宏大……

萨娜伏在马背上，她的泪水落在马鬃里。马儿像是知道她的心事，安静下来，不再想着去凑热闹，它把她带到一处低冈上，停住了。她看不见他们。她只看见无数的火把、手电光、摩托车灯汇成了一条小小的银河，在马蹄声的引领下，向雪山的方向飞泻而去。那时候，人的喊叫声、马的嘶鸣声、狗的吠叫声使夜晚的草原显得格外喧闹。有一会儿，月亮惊讶地躲到了一团白云后面，星星眨着好奇的眼睛。她担心在城里住了七年的卢克是否还能承受骏马的奔跑，她担心烈火这匹老马跑着跑着，会不会突然倒下……

风把她的裙子和马的鬃毛吹向神秘的蓝色雪山的方向。她终于听到了欢呼。

她不知道是谁赢了。无论是谁赢，她都会感到高兴。她舒了一口气，对自己的马儿说，你看这些野马一样的男人……好了，现在他们跑完了，可以老老实实地回家了……

汇聚在一起的灯光伴随着马蹄声和摩托车的引擎声，向四面八方散开去，那条小小的银河也向四面八方流泻开去，草原上又撒满了星星，最后，那些星星隐进了一家家毡房，草原重又安静了。

这塔合曼草原夜晚的赛马，在萨娜的记忆里，从来没有听人说起过，即使现在，它也像一场梦，即使她看到了他们的身影，也不相信这是真实的。

他们从雪山的方向走了过来。月光使神圣的雪山银色的雪冠显得透明，像一块巨大的水晶，雪山黑色的基座深沉得探不到底。过了一会儿，雪山显得远了一些，雪冠成为他们的背景，他们的影子就更加清晰了。夜晚的草原似乎柔软了许多，马儿行走在上面，没有一点声响。他们还沉浸在刚才赛马时飞扬的激情里，都不说话，使他们看上去像是在梦里乘马而行。到了离萨娜不远的地方，海拉吉和他们分手了，他在一个小伙子的护送下，朝自己的毡房走去。他们说了些道别的话，口气像孩子在跟父亲道别。他俩看着老人的背影，目送他走了好远。

然后，萨娜听到卢克说，哎，真是痛快呀，七年没有赛马了。

你还真行啊，你坐在城市的房子里，屁股七年没有沾过马鞍，骑术还是那么好！还有这烈火，还像匹儿马一样。

可我还是没有跑过你啊，你又赢了。

你得承认，烈火老了……你跟我不一样，我这七年间，自己还时常偷偷地打马狂奔一气呢，你不知道，过一段时间，我不跑上一气，浑身就发痒；还有，我的马也好……

也是啊，马木提江啊，我知道了，你是这草原上最后的骑手了！卢克有些伤感。

马木提江叹了一口气，有些难过地接着说，没有办法，你看今天晚上来看我们赛马的年轻人都骑着摩托。今晚的赛马可能是塔合曼草原的最后一次赛马了……他顿了顿，鼓足了勇气才说出来，这次，我本来想让你赢的，七年前那次赛马也是，但我……一跑起来，就把什么都忘了。我的马一跑起来，我的脑子里就什么都没有了……

你作为一个骑手，怎么能有这样的想法呢？卢克有些生气。

这两次是不一样的，烈火老了，海拉吉也老了，我本来就该让着你们……

卢克没等马木提江把话说完，就激动地抢过他的话说，烈火没有老，海拉吉也没有老！

但我这次真的想让你得到金马鞍，想给你留一个纪念……而七年前，我想让你赢，是因为……是因为我……爱萨娜，我爱她！

萨娜听马木提江说出这样的话，感觉自己的脸一下发烫了。

卢克好像没有听明白马木提江的话。他把烈火靠过去，拍了一下马木提江的肩膀说，我的马木提江弟弟，你的酒还没有醒啊，你怎么说起醉话来了。

我的中尉哥哥，我说的都是真话，那时候，我做梦都想把萨娜娶到我的毡房里去。但你是我的对手，我提出和你赛马，就是因为我知道，我肯定能赢你，因为我那段时间天天都在练习，而你在边防连，你不可能这样做。但就在赛马要开始的时候，我突然产生了让你赢的想法。但马一跑起来，我把什么都忘了，最后，当我知道我赢了你，你记得吗，我当时哭了……

我当然记得，如果我那个时候赢了你，我也会高兴得哭起来的。

我哭不是因为高兴，而是后悔，我太后悔了！

马木提江弟弟，你今天晚上是怎么啦，你这个样子我还从来没有见过。

我记得，我在赛马开始的时候，突然觉得，萨娜应该嫁给你，你和我一样爱她，你比我有文化……她如果嫁给你，就不会在这草原上受苦了。现在，每当我看到她受苦的样子，就心如刀割。马木提江说完，就打马朝自家毡房的方向跑去了。

卢克愣了半晌，叫了一声马木提江的名字，也打马追了上去。

萨娜听了马木提江的话，惊讶得张大了嘴巴。她看着他们的背影，在月色中越来越模糊，最后融进了草原的夜色里，只留下了一串马蹄声。

萨娜望了一眼天空，看到夜空里的云被风吹散了，月亮像被人用泉水洗过。她的脸上一片冰凉，啊，她多想让他们看见她脸上的泪光。

光 荣 牺 牲

红牌①凌高排

我刚出发往高原走的时候，得到了杨烈猝死这个可怕的消息。

我和杨烈在军校学的是同一个专业，又是上下铺，最后又一起分配到了边防 T 团。我没有想到，老万那辆军车颠簸了六天，好不容易把他从这座大漠边缘的绿洲小城驮负到了海拔五千三百多米的天堂湾边防连，他的背包还没来得及打开，就牺牲了。我更没有想到的是，这个骄傲的军人，他没有死在别的地方，而是死在了天堂湾边防连的厕所里。他蹲在蹲坑上，光着屁股，在那里往生了。

杨烈本来是被留在团宣传股当干事的，到天堂湾边防连的应该是我。但他坚持要去，团里便把我和他做了对调。

他是一个有些自负的家伙。虽然他知道集体生活的原则，但他与很多人保持着一种内心的距离，只和我交往得深一些。集体生活的原则是不能把自己孤立起来，这样做，你的成绩很难得到承认，就是平时无聊的时候，你也可能找不到人和你闲扯，从而陷入孤独之中；真的打起仗来，你需要救援的时候，他们也不情愿把你从危险中救出来，他们会在心里说，他娘的，你不是傲气得很吗？还要我们救你？你到地狱跟阎王爷傲去吧！但他不管这些。

---

① 以前解放军军校学员以及未授衔的学员干部佩戴的是红色肩章，故有此称谓。

他之所以这么做，是因为在他看来，好多人平时端正挺拔，但一到毕业分配的时候，毕业后到哪里去的问题就把他们搞趴下了。因为好多人只会一条，那就是求人。当一个军人先跟人家挺得笔直，敬个军礼，然后拿出一兜子烟酒、补品，涎笑着请人家帮个忙、分个好去处时，这个军人不管他以前有多优秀，从那一刻起，他娘的，他就把军人的骨气丢尽了。他已失去了做一个军人的资格。

我就是听了他这通鼓噪高傲得没去找任何人，最后被分配到边防团来的。我是践行他想法的唯一追随者。

你肯定也会说，他是"服从组织分配、自愿到边疆建功立业"的"典型"，他这样做，不也用了心机吗？可以这么说。但不能用"心机"这个词，恰当的说法应是计谋。计谋对一个军人是很重要的，一个军人不懂计谋，还能做什么军人？

虽然我和杨烈学的都是特种兵专业，但分配的时候却不一定能分到特种兵部队去，我们教育的现实是所学与所用是无关的，这其实是对你所学的彻底否定。

快毕业的时候，军校表面上还是那样斗志昂扬，铿锵铁血，但私底下却笼罩着一种特殊的颓丧和伤感——这种气氛只要有那么三五个悲观主义者就可以营造出来。毕业分配这一步对每一个人都很重要，谁都希望自己能分到经济发达、条件优越、驻地在城市的部队里去，谁都不愿意去条件艰苦的地方，更不用说边海防了。他们魂不守舍、唉声叹气，好像即将面临的是个杀场。好多人都在想办法，找关系，把姑舅叔伯、亲戚邻里、战友老乡，只要能想到的都翻弄了一遍，看谁能不能帮上个忙。不太忙乎的只有一种人，那就是真有门路的几个家伙，他们这几天一有空闲就凑在一起斗地主。杨烈不愿意求人，所以当即奋笔疾书，给学校写了一份自愿到边海防去工作的申请书。

他是这么想的，我们中的一些人，不管他怎么折腾，最后还是会被分到条件艰苦的部队去。与其如此，还不如自己申请去算了。这样，学校高兴，把你树成典型，为你开个表彰大会，让你在全校学员面前发言，领导号召大家向你学习，你从此载入校史，你走的时候，校领导亲自为你送行，多么体面风光！到了下面的部队，人家也会注意，说这个学员思想素质好，晋职晋衔也会优先考虑。再者，你是自愿到艰苦地区去的，官兵们看你就不一样。所谓计谋，不过如此。

而有他这种想法的，不仅他一个人，但他是第一个，是在学员大队还没有动员的时候就主动要求的，后面这些交上去的申请书，可能激情比他饱满、决心比他坚决，但不过是在他的"带动鼓舞下"所做出的行为。当然，这其中有些人的想法和行为可能还比他单纯。但一个军人讲究的是把握战机，勇谋兼具。

整个过程和他设想的分毫不差。但命令真的下达，他知道了自己要去哪里的时候，他还是有些傻了。叶尔羌，这个地名他以前从来没有听说过。他找到了一张中国地图，找了半天，终于在喀喇昆仑山下把那个地方找到了。

娘的，够狠，一脚把老子踢到天边去了。他说。

胖胖的、笑眯眯的政委和精瘦的、随时冷着一张脸的院长亲自到车站来为他送行。在火车站，政委收起他的笑，严肃地对他说，你有理想，有抱负，好好干！院长则挂上了笑脸，拍了拍他的肩膀说，小子，以后肩膀上将星闪烁的时候，不要忘了我这个院长！

那个时刻，他……他妈的的确是热血飞扬，觉得自己是关羽再世，恨不能立马跨上赤兔马、拎起偃月刀，日行三千里，飞赴边关，播撒威名。

火车走了好久，他还没有回过神来。我实在看不下去他那副沉迷的样子，捅了捅他，说，快醒醒了，火车已跑了一百多公里了。

他掩饰地笑了笑，说，哎，就要离开这座摸爬滚打了四年的鬼城市了！

少尉干事李慰红

杨烈做报告是我陪他的。他的这个报告在防区做得不是很成功。掌声很热烈，但那只是体现了我们部队的纪律性和礼貌而已。其实，所有类似的报告都不过如此。更何况，我们在这风雪边关干了好些年了，你个红牌还没有找到撅屁股的地方、还不知道边境是个什么样呢，有什么资格在我们面前谈热爱边疆、无私奉献、艰苦奋斗？那报告在防区做了两天，每天三场，连轴做下来。他觉得真是既恶心人家，也恶心自己。做到最后，他自己像得了厌食症，茶饭不思；又像偷情怀孕的少女，吃啥吐啥，忐忑难安。

做完报告后，防区宣传科科长用副政委的"牛头"[①]，把他很正式、很庄重地送回了团部。他在路上就跟我说，做这种报告真是累死人了。他回到招待所要先冲个热水澡、好好睡一觉。没想回来后，他的凤巢已变成了鸡窝。我叫招待员给他开门。招待员说门没有锁，他现在住三楼右手第三间，还有，晚上招待所不开伙，李干事，你叫他自己带餐具到机关食堂吃饭吧。

他前几天是和团首长一起吃小灶的，招待所那位白净得像姑娘似的招待员的话已委婉地告诉了他，他不能再跟团首长一起进餐了。我带他进了三楼右手第三间房，一开门，一股浓烈的、热烘烘的酸馊味和脚臭味就迎面扑来。那个半边脸黑得像煤炭一样的鬼脸老万正在呼呼大睡，他鼾声如雷，每一声呼噜，都会鼓扯得整个房间像气球一样膨胀起来，他睡觉的铁床也会随之发出一阵痛苦的颤动。杨烈的迷彩背包孤零零地躺在一张铁床上。招待员根本没有跟他讲，就把他的行李扔到这里来了。对这些红牌，不管你有多牛逼，在这里都得收起。你到了这个地方，即使你马上就是一名军官，即使你的兵龄比招待员长，但因为你是个新来者，所以还得把自己当作新兵蛋子看。

先前，因为杨烈是先进典型，所以得以享受吃小灶、住军官住的标准间的待遇，现在，他已正式成为边防 T 团的一员，但当时的身份还是学员，还是一个介于士兵与军官间的混沌状况，所以，在军队这个等级分明的机构里，之前的特殊待遇都得全部收起来，他得回到 T 团的等级秩序中——从铺着白床单、白被套、茶几上摆放着水果和干果的标准间搬到充满大兵臭味的士兵间。房间是上下铺，一个房间睡八个人，每个人都是匆匆过客，所以房间脏乱、被褥污秽，苍蝇乱飞；窗玻璃上蒙着一层厚厚的从塔克拉玛干吹来的黄褐色沙尘，墙壁上写着各种留言，在污脏的腈纶布窗帘后面，竟然还有一幅脏画。门后的角落里堆着方便面袋子、饼干包装盒、羊骨头、猪骨头、白酒瓶、啤酒瓶、易拉罐、果皮、一双穿坏了的军用胶鞋。大家都叫它"猪圈"。

---

① 牛头，新疆边防部队对丰田陆地巡洋舰越野车的简称。

203

看到这幅景象，我脸上都有些挂不住。

我把门打开，杨烈和我都坐不住，也没法坐住。但我坚持着。他到充满尿臊味的卫生间找到了扫把，把那堆垃圾弄走了。招待员见了，嘻嘻一笑，说，先进典型的思想就是先进啊！我看了看他那张白净的脸，想着如果我要抽他，该怎样下手。但我最终没有抽他，我只是说，你小子，一点也不知道羞耻。他还是嘻嘻一笑，说，我不管打扫猪圈。我不想再理他，这种机关兵，人前说人话，鬼前说鬼话，善于察言观色，长于见风使舵，早早地成了兵油子。

我见杨烈有些落寞，想着也没有什么事，就打算陪他一会儿。抽完一支莫合烟，又卷了一支，递给他，来，尝尝吧，这新疆的莫合烟真的很香。

烟味儿很独特，可惜我不会抽。他有些抱歉地说。

不会就学。在山上没个烟，日子难过得很。

还是不抽吧，到时熬不住了再说。

这时，老万醒来了，他打了一个哈欠，伸了一个长长的懒腰，用很重的陕西口音对我说，李大干事，怎么舍得光临猪圈啊？

我说，你看你睡得像猪一样，我陪杨烈同志到防区做完报告刚回来。他是北方陆军学院特种兵专业的高才生，是主动要求到我们团来工作的。我接着又介绍道，老万，人称鬼脸老万，车技一流，我们团边防一线的很多重大任务都是他来完成。

杨烈伸出手，和坐在床上的老万握了握。

我把卷好的莫合烟递给老万，老万贪婪地大吸了一口，问他，这猪圈是你打扫的？

杨烈说，太脏了，顺便打扫了一下。

老万用像是早就认识他的口气对他说，本来想再睡一会儿，你打扫得这么干净，就睡尿不着了。

他有些抱歉地看了看老万，像是忍不住好奇，他们怎么给你取了"鬼脸老万"这个绰号呢？

我帮老万回答道，那是他当第二年兵的时候，有次出去执行潜伏任务。快到中午了，突然感到脸上像被烙铁烙了一下，然后他的脸就被灼伤了。那是由于太阳光反射到冰面上，聚光后恰巧"刷"地打到他脸上，他就成了鬼脸，不过，我们把这叫作"阳光之吻"。因为他车技好，鬼脸老万这名字，新疆从喀什算起，西藏从拉萨算起，跑这条线的人都晓得他，也可以说是名震青藏高原的。

老万听我说完，颇是得意地呵呵笑了。笑完，又解释了一句，我当兵十五年，在这条线上就跑了十三年半。明天一早，你们这些新来的就搭我的车去天堂湾。

杨烈问道，明天一早就走啊？

老万说，明天早上六点就得出发。

当天下午，干部股的张干事到招待所宣布了杨烈明天出发赴天堂湾任副连长的命令。让他一到部队就出任副连长，就是因为他是典型的原因，而其他人，虽然军衔是中尉，级别是副连，但还得先干排长。这种任命有些操蛋。副连职中尉排长，跟人说起，人家就会觉得你的能力有问题。至于为什么让他到天堂湾，张干事说，天堂湾马上要授予荣誉称号，他是先进典型，当然该到那里去工作。

他准备好东西，然后给他的女友写了一封信。但他没有把那封信寄走，因为他的信写得有些过于伤感了。他又试图给父母写信。他说他必须告诉他们，因为他们知道他该毕业了，知道他就要到部队去工作。他们在期盼着他的信。他只能采取一种模糊的方式，告诉他们他分到了八九一四〇部队，刚来报到，这里一切都好，待诸事安排好后，再写信给他们。总之，信很简短，对自己所到达的地方语焉不详。我想，他是怕父母知道他来到了这么边远艰苦的地方会担心。

老万去检修了汽车，加好了油，然后就一直半靠在铁床上发呆。老万今天上午刚从高原上颠簸下来，明天又要颠簸着往上爬，他需要这样稳当地坐一坐。我抽了好几支莫合烟，屋子里弥漫着那种特殊的香味。我就这样差不多坐了一个下午，看他在信纸上忙碌。

他写完信后，我说，我带你出去转转。

他受纪律的约束，有些犹豫。

我说，我带你参观参观营区，这里可能就是你要长期战斗的地方了，副连长、连长、副营、正营、副团、正团，然后你才有可能高升，离开这个营院。

你这样一说，真令人绝望。

事实就是这样。你现在想起来好像需要很长时间似的，其实很快。我现在可是知道了，这世界上最不经用的就是时间。

李干事，你是个老兵，你经历了很多东西，你可以这么说。

营区在县城一角，面临一大片绿洲。北面是一座石山，大部分光秃着，石山四周长着白杨和水柳。山上是四通八达的战壕，战壕又连接着众多的碉堡和暗堡。这都是与苏联对抗时修建的，但现在还没有荒废。为了躲避巡逻的哨兵，我们傍着营区内的建筑，翻过第一道围墙，然后进入了围墙后面的战壕里。顺着战壕，我们来到了高地上。

站在高地上，可以看到夕阳给整个绿洲镀上了薄薄的晚霞。东侧，是笼罩在白杨树丛里的县城，因为正是做晚饭的时候，县城上空笼罩着一层淡淡的雾霭。更远处，白杨呈网格状分割着绿洲，构成了抵御来自塔克拉玛干沙漠风沙的网络。有一条不知名的小河从平原间穿过，河道蜿蜒，时隐时现，如同飘带，夕阳洒在河面上，闪耀着红铜般的亮光。

我问他，你想不想去县城转转？翻过那道有铁丝网的围墙就到了。

他说，我在这上面望一眼就行了。

我说，这县城，你现在嫌它小，等你在天堂湾待一段时间，再看到它的时候，就会觉得它怎么会这么大，这么繁华啊！你这一上山，搞不好一两年下不来，这将是你这一两年内最后一次看到的城市。我说完，就站起来，把烟头用脚撚灭，说，你不去算了，你等我会儿，我最多二十分钟就回来！我说完，跳过战壕，翻过围墙，向县城走去。

我买了猪蹄、鸡爪、花生米，还有一瓶白酒。提着这些东西，我回到了他的身边。我说，我请客。我在碉堡里把酒肉摆好，问他，你不会扫兴说你不会喝酒吧？

一看就知道他的确很少喝白酒，但他不忍心扫我的兴，还是答应陪我喝几口。

我们坐在地上，背靠着碉堡，从射击孔望出去，夕阳像一坨即将燃尽的牛粪，在我们身后缓缓下沉。

我递给他一只猪脚。你先啃上一只。看他咬了一口，我就接着问他，这猪蹄卤得怎样？

味道的确很好。

听他这么说，我很高兴，我把酒瓶打开，说，来，你先整一口！这是昆仑大曲，六十二度，喝着带劲。

他说，我从没有喝过这么烈的酒。他抿了一口，说，这酒就像火一样在我嘴里乱窜。他的脸皱得跟一颗核桃似的。

我看他那样，像个兄长一样，呵呵笑了。你这样喝酒酒都在嘴里窜着呢，看我——我说完，"咕咚"喝了一大口，咂吧了一下嘴，然后很享受地、长长地舒了一口气。要像我这样大口喝酒，酒才能下到肚子里去。

他照着我的样子，又喝了几口。他很快就有了醉意。

回到"猪圈"天已黑了，T团营区内，只有办公楼上有几扇窗户亮着灯，其他房间的灯都被茂密的白杨树遮住了。营区陷进了黑暗之中，但很快，它的轮廓就被昏黄的月色勾勒了出来。

中尉干事凌高排

我现在上天堂湾去，是要先去对杨烈的死因做一个调查，然后留下来，接替他代理天堂湾边防连的副连长。我现在走过的路，就是杨烈前几天刚刚走过的。我不知道这条路是不是留在了他的记忆里。而现在，他的灵魂可能正顺着这条路来找我，想告诉我他死亡的原因。我多想他跟我说，这不过是一个玩笑。这家伙长着一张有些滑稽的娃娃脸，两个脸蛋随时都是红扑扑的，一运动的时候，红得就像熟透了的苹果。有时候就是抹上迷彩色，也把他的红脸蛋掩盖不住。他爱开玩笑，但很多时候都把玩笑当真。虽然这样，我还是有些佩服他。在我们那个学员队，好多人都只佩服自己，能佩服别人的可能就我了。没想这家伙会像苹果一样不经摔打，刚一掉到高原上，就摔碎了。你他妈的！我骂了一句。我的眼睛又模糊了。

想骂你就骂吧。拉我上山的驾驶员是个虎背熊腰的老兵，他宽容地说。

我骂的是自己。本来该是我到天堂湾去的。

世上没有后悔药。老兵说这句话时，军车刚好近乎仪式地缓缓跨过"零公里"那个路标。

这里就是新藏公路的起点。从这里开始，等待我的将是一个陌生的世界。单车上世界屋脊，任何人都会感到畏惧。

那毕竟不只是一处悬于高空、神奇诡异的高原，还是一片沉雄辽阔的梦境，几千年来，没人能够惊醒它。杨烈的死告诉我，在那里，仅有勇敢和万丈雄心是不够的。勇敢在它面前会显得幼稚和鲁莽；因为它本身就是一种无可比拟的高度，所以万丈雄心在它面前也会显得矮小。

在那里，你首先得学会敬畏自然。

这些遍布于昆仑和阿里积雪覆盖的群山、飓风横扫的荒原、奔腾汹涌的河流、险恶卓绝的山谷和高耸云天的达坂的妖魔鬼怪，虽然来自人类的信仰，但它们以信仰的方式存在于天地之中，传播于时空之间，它告诉我们，凭我们弱小的肉体是无法不敬畏的。

我宁愿相信它是一个看得见却不甚清晰的世界，或是一个超越宇宙现实的纯净领域。只有满怀虔诚之心，用信仰者的目光才能看得分明；只有用静穆、庄重的准则和繁复的宗教仪式才能控制；只有将自己的身心融入其中，成为其虔诚的部分才能理解。

我觉得自己不是走在新藏线上，而是站在易水之滨，到处一片肃杀苍凉景象。铅云满天，黄叶遍地，恍然觉得自己正是一白袍飘然、利刃在握的壮士，正要去刺杀这凌驾天下、目空一切的山的暴君，为杨烈复仇。

过了八十里兰干，人烟渐渐稀少。又行五十公里，到了普沙，它是最后一个村庄。在大山的怀抱里，军车像一粒尘沙，随时有可能被一阵风刮得无影无踪。

我想说什么。老兵毫不客气地让我闭嘴，在这条路上最好少说话。

这条公路平均海拔四千五百米，是世界海拔最高、路况最差的公路。全线要翻越十多座达坂。这条公路路窄、坡陡、弯急，夏有水毁塌方，冬有积雪冰坎。好多达坂一夜积雪可厚达两米。据不完全统计，自通车以来，已有两千多辆汽车摔烂在这条线上，而死伤的人员也不会低于这个数目，这是一条"天路"，但与地狱相伴。

军车以十公里的时速缓缓行驶，像一个风烛残年的老人被迫攀一根垂直而下的命运的绳子；又像是一位乞丐要跨进这道门槛，去攀附坐在龙位上的帝王。我不敢往路边看，路的宽度刚好够搁下车辆。我不安地看着老兵——他无疑是我生命的主宰。他紧紧地抓着方向盘，脸黑着，不时骂一句，我操！

脚下是壁立的危崖，岩石突兀，峭壁千仞，鹰翔于脚下，云浮于车旁，伸手可摸蓝天，低头不见谷底。太阳像突然变胖了，显得硕大虚浮，没有一点真实的感觉。阳光没有一点暖意，但把对面的山岩照耀得格外清晰，几乎可以看见岩石的纹路。更远的苍茫峰岭则笼罩在一片混沌之中。当我站在那些达坂上，生平第一次领悟了何为高度。

——那是一种晕眩，一种被现实和理想同时击中脑门双重痛苦的晕眩；同时，还有些酒后沉醉的飘然，觉得身后长着一对翅膀，只要展开，即可飞去。

我在喘息之际，突然发现了几只大鸟，像鹰一样在天空盘旋着。午后的阳光把它们巨大的身影投在地上，显得十分恐怖。有这么大的鹰吗？我问老兵。

那是秃鹫。

秃鹫总是跟着死人味儿，该不是我们身上有那味儿吧。

闭上你的乌鸦嘴！自从驶过零公里，老兵就变得严肃起来，似乎把所有的心智都用在了对军车的驾驶上。

我之所以想找话说是因为我内心感到恐惧。我的头很疼，像是谁在用一把很钝的斧头不停地劈它，这高原反应的痛苦是真实的。我感觉到了生命的脆弱。人一旦到了这里，就变成了一块把自己放在了一个不停摇晃着的桌子上的冰，你随时都有可能摔下来摔得粉碎，像杨烈那样，所以，你首先要保证自己不被晃下来，然后，你要让自己的生命适应这里的严寒，只有与那里的霜雪融为一体，你才能不被融化。

作为一个军人，我虽然还没有参加过真实的战斗，但我是能面对死亡的。我突然理解了杨烈的死——那不是事故，而是牺牲，我一直这么认为。其实任何一个人只要进入了这座高原，也就进入了一个无声的战场。

红牌吕家禾

那个开车的老兵有一张狰狞的脸。他不让我们坐驾驶室，即使他认识杨烈，也不让他坐，却让一个下士坐在里面，而那个空座位，他让它一直空着。他把我们赶到了大厢上，让我们"漂大厢"。他一点也不掩饰对我们三个红牌的反感，好像我们是随地排尿拉屎的牲口，会不停地弄脏他的车。他用一种厌恶的口气说，去去去，到大厢上趴着去。我说，这驾驶室里不是还有一个空座位吗？我们可以轮流坐。他爱理不理地说，这是你们坐的地方吗？要坐我的车，就不要在这里啰唆，不愿意坐，就滚下去。听他那么说，我真想上去撸他一顿，把他那张鬼脸打扁。但我忍住了。在部队就是这样，班长跟战士干架，干部跟战士计较，你就是再有理，也是站不住脚的。

路况越来越差，车颠簸得很厉害。有时半个车轮就挂在悬崖边，我们想自己都是经历过严酷训练的，杨烈更是受过特种兵训练，高原把我们奈何不得，但他和我们一样，开头都不敢往下看。我们呕吐不止，为了防止弄脏车里的军用物资，防止人从车上掉下去，每当要呕吐的时候，另外两个人就只有各扯住呕吐者的一条腿，让他悬挂着吐完，再把他扯上来。

冰峰雪岭不断掠过，时值八月，气候却越来越寒冷，我们不停地加衣服，在翻越黑卡达坂时，甚至下起了暴风雪。这时，老兵才让我们到驾驶室挤一挤。但我们拒绝了。杨烈当时的小脸儿冻得红扑扑的，说，谢谢，这外面挺好，视野开阔，风景无边。

路很快就被大雪抹去了，老兵下车探路。杨烈要去替他，他也不领情，说，你们在车上好好待着吧，我可不愿意让你们还没有来得及为国尽忠，就横死在这达坂上。听了他的话，我们真的想揍他一顿。老兵似乎看出来了，冷笑一声，说，我知道你们窝了一肚子气，老早就想揍我。这样，如果你能和我一样，以百米冲刺的速度跑上五百米，不，三百米，之后你们还能站起来，再和我打。听他这么说，我们那口气咽不下去了。杨烈要跑，我拦住了他。我说，人家都知道你是特种兵专业毕业的，如果赢了，心里也肯定不服。让我去吧，我和他真的跑了三百米，跑完后，我就觉得气喘不上来，我想趴

210

到地上去，但我挺立着，我知道一旦趴下就输掉了。但我感到很虚弱，我觉得一小股风就可以把我吹走，一小片雪就可以把我砸倒。你知道的，在部队跑五公里，那算个啥？但这三百米真的可以要人命。那个老兵也大喘着气，但他也站着，他显然比我强很多，他还能跑回车里，拿来氧气袋，让我吸。我吸了几口，才好受了一些。我第一次意识到氧气那玩意儿对人的确很重要。那家伙说，你还算有种。我叫老万，一直跑新藏线，大家都叫我"鬼脸老万"。

我们也通报了各自的名字。从那以后，他对我们的态度就好了。他当时就给我们扔上来三件皮大衣，让我们裹着；又给我们一人一节背包绳，让我们头疼了，就勒住。达坂上的雪很厚，怕我们消耗体力，他自己一边探路，一边前行。

沿途的兵站大多不冷不热，除了领导驾到，其他人基本上不鸟你。但大家对老万都很客气，给他吃首长吃的饭食，住被褥干净的房间，我们也跟着沾了光，虽然没有享受到他那么好的待遇，但比起其他人来已算不错了。

这一路我们共走了六天，虽然得经受高原反应的折磨，但我们三人同行，心情一直不错。

我们三个人来自不同的军校，我毕业于西安陆军学院，还有一位叫任自立的，毕业于大连舰艇学院。他分到了天海子水上中队，也算专业对口。他在团部的时候，穿一身海军学员制服，像一只海豚混迹在猎狗堆里，特别招眼。他原以为自己肯定能驾驶战舰，驰骋大海的，没想最后被抛到了世界屋脊。他说，这对他基本上是一个羞辱。当然，后来他得知天海子也带着个海字，它的面积有六百多平方公里，比列支敦士登、摩纳哥、梵蒂冈、圣马力诺、马耳他、瑙鲁、图瓦卢七国面积之和还要大，也的确有水上巡逻艇，并且属于国际湖，他的气才稍微顺了一些。我们在路上给他取了个绰号叫"航母"。这个绰号来自他的一句话，他说，开个护卫舰有什么了不起的，等我在天海子练好了航海技术，直接去开航母，引得我们大笑，就给了他这个绰号。大家那几天把自己从小到大的事儿、把军校的各种事情都讲了一遍。大家最后都成了好朋友，还说以后要多打电话。

第六天一大早，我们在冰海子兵站早早地吃了碗稀饭就出发了，到达冰岔口，也就是冰达坂岔路口，我们看到了来接我们去各自连队的吉普车。我们几个同行的人握了握手，正要分开，各走各道，杨烈却提议大家拥抱一下。他和每个人都拥抱了，然后大家又在一起拥抱了才分开。

天空边防连的路不好走，我到连队后，已是下午五点二十分，我正在向连长报到，连队的电话就响了。我以为是杨烈打来的，头都大了，还在心里埋怨他，说这个家伙真是性急啊，怎么能在这个时候来电话呢？通信员接了电话，看着我——他还不知道我的名字，对我说，排长，是找你的。我抱歉地对连长说，对不起，可能是一块儿上来的，打电话报个平安。连长的脸刚才就拉长了，现在更长，你是人还没到电话就到了，已经有三个电话打来找你了。我再次向连长道了歉，尴尬地拿起话筒，你好，杨烈！但话筒里传来的却是一个故意压低声调后有些神秘、瘆人的声音，你说话方便吗？我一听就知道对方是在偷偷给我打电话。我看了一眼连长，在心里嘀咕了一句，这不是鬼话吗？然后说，哦，是航母啊，不，任排长啊？什么？杨烈死了？你胡说什么啊！我一急，突然提高了声音，使连长愣了一下。刚才天堂湾边防连连长跟我们指导员打电话讲的，我偷听到了，你知道就行了。任自立说完，匆匆挂断了电话。我愣在那里，好半天不知道把话筒挂上，话筒里传出的刺耳的忙音我也没有听到。怎么啦？神神秘秘的。连长不满地问道。我猛地惊醒过来。没什么，那家伙开了个玩笑。连长一听，气得差点拍桌子，但他把手举起来，强忍着没有拍下去，只用一种嘲讽的口气说，开了个玩笑？吕家禾同志，能告诉我是个什么玩笑吗？

我希望那是一个玩笑。我的眼泪突然涌了出来，跟我们一起上来的一个家伙牺牲了。

连长见我那样，也愣住了，缓和了脸色。不可能吧？

他是到天堂湾边防连任副连长的杨烈。

就是那个先进典型？那更不可能了，如果有这事，天堂湾的陈向东马上就会把电话打过来，他这人心里装不住事。

他刚说完，电话铃就真的响了，但不是天堂湾边防连连长打来的，而是边防营营长。营长的声音很严厉，他向连长通报了杨烈猝死这件事情，然后要各连加强高原疾病的预防，稳定新报到的学员排长的情绪，做好思想工作，要他们多注意休息，身体适应后再开始工作。

连长放下电话，对我说，吕排长，你说得对，这的确不是玩笑。在这高原，这不是稀奇事，不让你难过是废话。我们都很难过。等会儿我让副连长告诉你高原生活的注意事项。

这家伙，他就这样走了，真他妈的不够意思！我忍着剧烈的头痛喊叫着说。

对了，凌干事，他还说到了你，说你俩是最好的朋友。他说他好多事儿都跟你讲过。

哎，我知道的就这些。总之，他是个看上去很安静的人，即使漂大厢的时候也是如此。如果不了解他，你根本没法把他和什么特种兵联系在一起。

上等兵扈小兵

凌排长，哦，不，副连长您好，俺是天堂湾边防连通信员扈小兵。扈，扈三娘的扈，就是《水浒传》里的那个扈三娘。俺是安徽淮北人，一边儿靠山东，一边儿靠河南，还有一边儿靠江苏。俺家兄弟三个，俺最小，俺们那农村，计划生育执行得不是太好。俺是一九九四年十二月入的伍，一九九五年八月当的通信员。俺们这个连队很好，是全军的卫国戍边模范连，荣立过集体一等功一次、二等功三次、三等功七次。按说，今年上头还要给俺们授一个称号的，俺听指导员说了，大概是"世界屋脊钢铁哨卡"，但，现在杨副连长死了，这个事情就恐怕相当悬了。哦，说岔了，是说岔了，俺原是想您刚到连队，俺想跟您介绍一下俺们连队的荣誉。那俺就说一下杨副连长。谢谢凌副连长，俺不坐，俺习惯站着说话。

那天，俺听到连队的车响，俺就知道驾驶员把杨排长接回来了——对不起，新来的学员俺们都习惯叫排长，俺就叫他杨排长吧，这样也方便把您和他区别开来。俺们连队又来了一个水平很高的排长，俺心里真高兴，俺赶紧跑出去迎接他。俺看见杨排长真不愧是特种兵专业毕业的，他披着皮大衣，里面穿着迷彩服，神采奕奕地从驾驶室里走出来，虽然在路上走了这么多天，吃了那么多苦，但他的脸蛋还是红扑扑的，还挂着自豪的笑。尊敬的副连长，您知道，谁不为自己马上就要在这样一个光荣的连队工作而自豪呢！俺想杨排长也是。

哦，说得随便一点，好吧。副连长，俺不紧张，不，俺就站着说。那好吧，俺坐下，副连长，您太爱护俺们战士了，谢谢副连长！那好，俺接着说。俺对杨排长说，俺是连队的通信员，你的背包俺帮你拿。他说谢谢谢谢，我自己拿吧。俺拿起他的背包，把它放在一边，说，俺先带你到连长那里去报到，你的背包俺来拿。他又说了声谢谢。他对战士真是客气啊，一看就是素质优秀。但他对俺说，通信员，真是对不起，请问厕所在哪边？我得先上个厕所。俺听他这么说，一想连长在办公室等他报到呢，哪有一到这里不见连长就找厕所的？俺当时态度还不太好，在心里说，这个屙红牌，真是毛病多。俺随手给他指了指，说那边就是，快到了就有味道，你闻着味儿就能找到。您说哪能这样说话呢，真是对不起，俺一定好好改正好好检讨。但他还是那么和气，他穿上大衣，顶着风，又对俺说了一声谢谢，就朝厕所走去，那姿势真是很那个……英勇的。哦，副连长，这个词是有点不恰当。但他就是那个样子的。但俺当时心里还有气，看着他的背影，说了声毛病！也没有给他拿行李和背包，就到连部去了。

连长见俺进去，就往俺身后看。杨副连长呢？

刚下车，就钻进厕所里去了。

这个家伙，也真是毛病多！连长随口这样说了一句，就坐下来等他。俺看连长并没有生气，就出去把他的背包和行李——也就是那个小提箱，提到了他的房间里，往那架空铁床上一摔。好多部队都有看不起红牌——不，是学员排长——的问题，但俺们连不是这样的，每个到俺们连的人，即使是新兵，俺们连长和指导员都要让他有宾至如归的感觉。副连长，您到这里后，肯定感觉到了。

俺到三班磨叽了二十来分钟，直到估摸着他跟连长快报完到了才往连部走。回到连部，没想连部还是连长一个人，他在里面一边抽烟，一边转圈，显然等得有些不耐烦了。见俺进去，就说，这个杨烈，一个厕所上了快半个钟头了，是拉屎啊还是拉棉花啊。

我说，连长，俺去叫他吧。

别人在拉屎，你怎么去叫？连长把那张看了好几遍的《军报》又翻开来。报上的头版头条登的就是关于俺们连的先进事迹。这是在为俺们连做宣传。

好几家中央的报纸、省上的报纸，还有俺们军区的报纸都登了，位置都是一样，头版头条——第一版占了多半版，然后转第二版，第二版没有登下，又转第三版。俺们指导员组织俺们把这篇通讯学了十几遍，他说，同志们啊，你们想想，这么多报纸宣传我们，就是这印刷报纸的纸也不知道耗费了多少车皮。现在，谁都知道世界屋脊上有个钢铁哨卡，可以说是家喻户晓，全国皆知。这样的光荣，哪个连队会有？所以，我们还要继续努力，我们把我们连建设成钢铁哨卡还不够，真金不怕火炼，我们要把它建设成能经受得起任何战火考验的真金哨卡！

呵呵，副连长，对不起，又说岔了。

这个时候，连部只有连长翻报纸的声音。他并没有看，只是不停地翻过去翻过来。他就这样，把那张报纸又翻了十多分钟。屋子里的气氛有些那个，有些让俺心里发毛。

这个屌红牌，真是毛病多！连长终于发火了。他对俺大声说，你去看看，他是不是到班上视察去了？

俺跑到二排，就问三班长，石班长，你看到新来的红牌了吗？

我们哪里见过什么鸟红牌！

连长等他呢，他真的没有到这里来？

我们连根红牌的毛也没有见到。

俺一看他也不像来过三班的样子，他会不会蹿到别的班去呢？俺就一个班一个班地问，最后把连部的每个房间都看了，也没有。在高原上跑这一趟，把俺累得够呛，俺气喘吁吁地跑去跟连长报告。连长一听，一下转过身来，紧张兮兮地说，操，你到厕所里去看看，他不会栽进屎坑里出不来了吧？

连长不放心，俺刚出连部，他也跟上来了。俺们连长真是一个好连长，他就像俺们的亲大哥一样。哦，又说岔了。高原上不能随便跑步的，俺即使在这里已待了一年多，跑那么一段路，俺的心也跳得很厉害，怦怦怦的，俺自己都可以听见。厕所虽然每天打扫，但这种旱厕的味道还是很刺鼻。俺在厕所门口稍稍喘了一口气，就钻进去了。俺找了好几个隔挡才找到杨排长，厕所里不是很亮堂，但还是能把人看清楚的。俺晃眼看去，杨排长还蹲在那里，果然是在拉屎。俺想，一泡屎拉这么久，还蹲在那里拉呢，这不是有意磨时间吗？想到这里，俺真想上去踹他一脚。但俺毕竟是个战士，俺要尊敬干部，兵尊干，干才爱兵嘛，人家拉屎，俺也不好走得太近，就在相隔三个隔挡的地方，很尊敬地喊了一声副连长。但他还是低着头，没有理俺。俺当时哪里想到他真的会出事呢，俺就说，副连长，哪有你这样拉屎的，连长都等你四十多分钟了，如果你还没有拉完，你去报完到再回来拉吧。他还是没有理俺，这一下俺的脾气上来了，俺在心里骂了一句，操！就走过去。等到走近了，俺才觉得他有些不对劲。俺看见他蹲在那里，一动不动，像一个正要起跑的长跑运动员。

他一只手朝后，习惯性地想去撩起大衣的后衣襟，另一只手像是怕自己栽倒，撑在面前的地上，地上还有尿渍。但俺就是在那个时候也没有想到他已经死了。俺还在想，他是不是一路走上来，太累了，低着头在那里睡着了？

俺大声喊他，他没有应。俺用手戳了戳他的头，他还是没有吭气。还装呢？俺一边说，一边低头去看他。俺这才发现他不对劲了。他脸色紫白，嘴微张着，眼睁着，眼珠却没有动。俺拔腿就往外跑，在门口一头撞在连长怀里。俺竟然说不出话来，像个哑巴一样。那个时候也不用说话了，连长从俺那样子就看出来，可能出啥事了。他对刚好要来上厕所的四班刘班副吼道，叫军医跑步到厕所来！那家伙还不明白是咋回事，也不知道让军医到厕所来干什么。他望着连长，想搞清楚他是不是在开玩笑。连长一见他那样，就说，操，快去！那家伙转身飞跑去了。

好了，团里调查事故原因的工作组马上就来了，接下来会是防区的、军区的，又得忙乎好一阵子了。俺得去给他们倒水。后面的事，连长和刘班副都看见了，您如果想了解，可以让他们再给您讲。俺再说最后一句。俺不想流泪，但俺忍不住。副连长，您虽然马上就会是俺们连的副连长，但您现在是代表团里来了解情况，俺想给您提一个要求。排长那泡屎只拉了一小截出来，拉出那泡屎可以说是他这一生最后做的一件事，但却未能遂愿。他肚子里还有大半泡屎呢，他最后的愿望肯定是想把它拉出来。俺一想起这，心里就十分，不，是非常难过。您看您能不能让上头想办法，把他那泡屎弄出来，让他……让他……轻轻松松地走？对不起，副连长，俺想起这个，就伤心……好了，俺不哭了……

好了，副连长，俺就说这么多吧……

上尉军医武延康

这个……哎……的确是……不幸……但并不是没有先例。这种情况，在高海拔地区常有发生，我亲眼所见就有两例。

按生物学家的观点，海拔五千米以上即为"生命禁区"，也就是说，在那海拔高度之上，任何生命将无法生存。超过五千米这个高度一米，生命就脆弱一百分，死亡的可能就会增加一百分。所以，我们连队五千四百多米的高度不仅仅是一个高度，它还是一种危险的象征，像大江大河中的水位，超过某个刻度，就预示洪灾来临一样，到了五千四百米，就是大洪灾了。所以，我们就是生活在大洪灾汹涌激流上的人。反正啊，我们是证明了人类在高寒缺氧的生命禁区生存的可能。

但我们当年设这些哨卡的时候，哪里听到过生物学家的观点？那时候，连什么是高原反应都不知道。你知道吧，凌老三、凌老英雄当年率领先遣连进藏的时候，连队莫名其妙地死了好多人，他们不知道是怎么死的，以为是瘴气。这里的很多哨卡都是他当年设立的。哎，他可是把我们害苦了。我当年也百思不得其解啊，为什么不能把哨卡迁到海拔低一点的地方去呢？后来想明白了，这里就是阵地嘛，是阵地就得守住啊，哪能后退呢？这可以说是最漫长的坚守啊，五十多年了，这还没完，还得守下去。

扯远了。我那天，准确地说是八月四日下午五点半左右。我为什么记得这个时间呢？因为我当时没事可做，心里正烦，到处都太安静了，所以卫生室的钟"咔嗒咔嗒"地走起来的声音特响，像火车在轰鸣。这让我心里发慌。因为它在不停地提示你，你的生命又少了一点，你的生命又少了一点。如果我的生命是一池水，那么它就像没有拧紧的水龙头，一直在一滴一滴地渗漏。这一滴一滴地，看起来没有感觉，但只要你放个盆子去接，一天就可以接一大盆。而我的青春就在这坚守中一点一滴地泄漏掉。主要的是，我在地方医科大学学了六年，在这里就能医个头痛感冒，学到的东西都荒废掉了，这里缺氧，人的记忆力不好，新的东西又学不进去。所以，我有时就在想，我如果能是个傻子就好了。所以，我就不想让时钟再往前走了，我把钟的电池卸

217

下来。我卸电池的那个时刻，我突然觉得自己有些悲壮。

嘿，不好意思，你看扯到哪里去了。哎，我之所以这样往远里扯，是因为我的确想回避当时的情形。这对于一个军人来说，怎么说呢？一个军人可能有千百种死亡的方式，但我相信，杨烈死的方式是比较罕见的。我把电池拿在手里，像是拿着自己的青春岁月和医学才能。我好像觉得两者都留住了，多年以后，等我从这里下去，我还是二十九岁，我还是那么富有医学才华。我得到了一种安慰，不觉两眼有些潮湿。就在这个时候，那个刘班副刘跃华急匆匆地跑进来了。我一想，我有病看了，不由得有些高兴。我问，谁病了？没等他回答，我就拿起药箱往外走。

连长让你赶快到厕所去！

我以为自己听错了，马上就想冒火。连长让我负责连队的环境卫生，全连除了厕所，每个地方的空气都很清新。这个厕所我也是想了很多办法。开头是每天往里面撒石灰。然后是每周清理两次，把清理出的粪便都深埋起来。有工作组的时候，每天清理两次，早晚各一次。就这样，连长还让我在厕所里喷空气清新剂，只要工作组在，每两小时喷一次。我们连的厕所在整个防区味儿最小是得到了公认的。

"是不是又有工作组要来啊？又是厕所！"

"可能是吧！具体的我也不知道，我刚到厕所门口，连长就吼叫着让我来叫你。"

我一听就是个气，"厕所！厕所！我成了扫厕所的！"进了厕所门，我就使劲地、习惯性地嗅了嗅厕所里的气味，臭味不是太浓。我对着连长嘟囔了一句："这厕所都比你老婆的闺房还干净了。"

"别废话，快来看看，杨烈是怎么啦！"连长着急地对我喊。

我还没有见过杨烈。"哪个杨烈啊？他上厕所能出什么问题！"我的眼睛适应着厕所里的光线。我看见杨烈躺在地上，通信员正在压他的胸腔，对他进行人工呼吸。

我一看，就知道杨烈出事了。我检查后，知道他的呼吸已经停止。我对连长说："高原猝死，已经没救了。"

连长铁青着脸："你他妈的再给我看看！"

218

我知道这是没用的，但我还是照着连长的话，检查了一遍。然后说："我确定，他停止呼吸已经有四十来分钟了……"

通信员听我这么说，觉得有些害怕，自己的手像被火烧着了似的，猛地从杨烈胸口处跳开来。

杨烈的脸有些发紫，眼睛半睁着，仰望着我们。

二级士官吴志杰

路况好的时候，我们连到冰岔口要走四个多小时。我吃了早饭，就从连队出发，我一直跑这段路，连长对我很放心。我带着大黑，大黑是我喂养的一条狗。我和大黑吃了早饭就出发了。大黑坐在副驾驶的位置上，显得很兴奋。

那几天天气不错，我们一路顺利，来到了冰岔口。我到达那里的时候，才是中午。我打开了一个扣肉罐头，用喷灯加热后，给大黑分了一半，自己也吃起来。大黑吃那玩意已经吃腻了，不太愿意下嘴。吃完后，我放大黑去兜风，它跑了一阵子，觉得没什么意思，就回来了，卧在原来的位置上眯觉，陪我等杨副连长。

天蓝得没法形容，风很大，看不见风，只能听到风声，感觉它冰冷的手在不停地摇晃着我的吉普车。

两个多小时后，其他两个连队的车才先后赶过来。我们都认识，老远就鸣喇叭问候，然后就挤到我的车上来闲聊。

又等了一个多小时，才看见了鬼脸老万的车拖着一股白色烟尘开过来。三个红牌像三只老鸹似的蹲在大厢上，见了我们，老远就向我们挥手。他们现在还是没有扛星的红牌，我们嫌他们幼稚得很，没有理他们。我们说，还是老万有种，让三个红牌漂着大厢上来了。见了老万，我们激动地和他热烈拥抱，三个红牌也准备好了自己的怀抱，但我们只和他们礼貌性地握了握手。

风吹得大家站不稳。看到太阳已经偏西，我们领了各自连队的红牌，往各自的连队赶去。杨烈坐在副驾驶的位置上，大黑从后面蹭过来，把头放在了他的肩膀处。他吓了一跳。我说这是我的大黑，它来和你打招呼。他一动不敢动，说，他从小就怕狗，见了狗——哪怕是京巴那样的宠物狗，腿也会发软。我说，你不用怕大黑的，它是我们天堂湾的一员，很勇敢，很忠诚，在那里已经待了十年，是个老兵了，它一般都坐你现在的位置。看他还是害怕，我就更是看不起他了。我对大黑说，你把我们的副连长吓着了，不行的话，让副连长同志到后面待着去，你回到你的座位上来？杨烈连说好好好，坐到后面去了。大黑很高兴地哼哼了几声，坐到了副驾驶的位置上。我说杨副连长，你可以在后面的座位上躺一会儿。他说，我想看看外面的雪山。我说你以后天天都会看到，会看得你发晕，看得你恶心的。

我想我不会的。我喜欢雪，我原来很少看到过雪。我觉得雪是世界上最干净的物质，你看，每一座雪山都不一样。它们每一个时刻都是不一样的。他说话蛮抒情的，有些文艺。而我害怕别人抒情，我不想再和他说话。他提起新的话题时，我就对他说，副连长，对不住了，这路不好走，为了保障你的安全，我不能有丝毫分心，所以我不能和你说话了。然后，我们就很少说话。他一直看着外面的风景。可以看出来，他充满惊奇。他是个有好奇心的人，这样的人不论到了哪里，都不会垂头丧气，因为他有永远发现不完的事物。但高原反应最终让他难受起来。我问，副连长，你没事吧？他说，没有前两天难受。我把氧气包递给他，说你吸点氧。他说用不着，我躺一躺就会好的。他说完用背包带把头勒住了，在座位上躺了下来。

凭我的经验，他问题不大。他有勇往直前、英勇顽强的精神。这一点，可以作为他事迹材料的一个小标题。他躺了一会儿，就坐了起来。有一会儿，他像是有些不安，身体扭捏了一番。但我当时没有想到他可能内急。常言道，活人不会被尿憋死，他如果真要大小便，我想他会喊我停车的。

一路上，他有好几次忍不住赞叹，哎呀，这地方真是太干净了，真像天堂一样纯净啊。有一次他还说，难怪有天堂湾这样的地方，难怪有作家说这是神山圣域。我们爬上黑铁达坂的时候，我问他需不需要放水。我们连的人每次到这里都会放水，从冰岔口到这里两个多小时，一般人憋到这里就差不多了。还有，站在高高的达坂上尿一泡高尿，有一种英雄气概。我们有时候会在这里比谁尿得高，尿得远。连长刚上来的时候，把我们所有人都比下去了，后来不知道为什么，他就不和我们比了。后来，我知道了原因，这原因是我从自己身上找到的——我们的尿把子被这高海拔很快就收拾得不行了——这就是所谓的山高氧少屎软——呵呵，原谅我说粗话。他问放什么水？我说放水就是尿尿。在这样干净的地方？不，我能坚持。是的，从他的唠叨中，我第一次意识到了这里的干净。是的，这可能的确是世界上最干净的地方，但我不能不尿尿。我在车后面尿了一泡，开着车继续走。

到达连队后，通信员老远就迎了出来。我把人交给他，就擦车去了。后面的事情我就不明白了。我想，他的屎尿在路上就憋着，到了连队，已憋得受不了，所以，通信员让他去见连长，而他却要去上厕所——他的这个行为无疑很狼狈。他的形象也大大地打了折扣。他如果没有"光荣"，就这个行为，就够他在连队挣一壶的。因为我还没有听谁说过哪个学员发生过这样的事。可能是他跑得急，到了厕所猛地往下一蹲，大脑供血不足，造成了他的猝死。

他对通信员最后说的那声谢谢，也就成了他最后的遗言。如果他知道自己要牺牲，他的遗言肯定要豪迈许多。当然，他也不会在去上厕所的时候说。

我是我们连和他相处时间最长的人，我们一起在路上走了四个半小时。现在想来，我真该让他坐在我的旁边，和他多聊聊的。

我回想了一下，虽然我们大概一共只说了二十多句话，但我感到他是个很不错的人，是个优秀的军人。我希望他能树为典型。这样，他的死就不是白死了，我们连队授称的事也就不会因为他的死而受影响。而这，就看上面怎么说。这样的事情可用辩证的思维来看待，用辩证的方法来处理。副连长，你已经是我们连队的人，可能，两三年之后，你就是我们的连长，你肯定希望连队的荣誉不受影响。杨烈也是你的同学，我想你不会让他白死。你一定明白我的意思。

上尉连长陈向东

你说，你们这个同学死得真是时候！操！关键时刻捞上这事。我的确非常难过。我从战士开始，就在这个连队干，战士、副班长、班长、代理排长，然后提干，从排长一直干到副营职连长，干得满头头发开始一根根往下掉，干得一头黑发变白发，干得白发一抓一大把，干得三十不到就成了大秃瓢，干得智力衰退屌发软。本来，今年要能"授称"，我就会立功受奖，提前晋职，我就可以离开这个圣域仙境，下凡到凡尘人世。现在，就这一个事故就有可能让我多年心血付诸东流。

你可能也知道，不管你工作干得多好，一死人什么都完了。

扯远啦，这牢骚也就我们私下里发发。我把我的青春、健康、心血都赋予了边关，我还有什么可求的呢？

还是说杨烈。我在连部等他来报到，但通信员来报告说他先要去上厕所。这样的情况，我还是第一次遇到，心里就有几分不快，但我没有表露出来。在这里磨了十几年，把我的脾气磨没了。我就看《军报》那篇关于我们连的报道。我都差不多能背下那篇报道了。里面很大的篇幅是写我的。上面还刊登了一幅我的照片。那个记者为了采访我，差点在这里丢了小命。他其实是被高原缺氧给吓的，还没有上山就担心，上来后一有反应就害怕，在山下就吃红景天、维生素，喝葡萄糖，穿得像一头熊，氧气包背着不离身，远看就像宇航员。他让我照相时戴上帽子，说你不是离婚了吗？照片照得好看一点，说不定会有好多姑娘给你写情书呢。我跟他开玩笑说，现在是什么年代了，就凭这篇报道就能骗到姑娘的芳心？我们连里的事迹本来是真实感人的，但被你们笔下生花一番，让读者反而觉得是虚假的了。我就光着头，这光头刚好可以证明你的报道有真实可信的地方。那照片登在报纸上，他们说我像蒋委员长，可以去做特型演员……又扯远啦。我说到哪里去了？对，我在连部等杨副连长，我看了看自己的手表，半个小时已经过去了，这个杨副连长还没有从厕所出来，我忍不住自己的火气了，我让通信员去看看他在搞什么名堂。

不知怎么搞的，我当时心里就隐隐觉得不对劲，我也跟着通信员出了门。走到厕所门口，通信员像遇到鬼了似的，喘着气跑出来，带着哭腔说杨副连长出事了。我说他拉屎能拉出什么事？他说他好像死了。我说你妈的胡说八道！走，我们去看看。我看到他拉屎的样子，还差点笑了，说，这家伙拉个屎还装怪，你幽默得也太没谱了吧。但他没有吭气，的确没有吭气！我过去戳了戳他的头，他没有反应。我觉得有些不对劲了。我趴下头去看他的脸，吓了一跳，心也紧了。我喊杨烈杨烈，他没有回答我。我叫来上厕所的一个

222

副班长赶紧去把武军医叫来。

但我知道他可能不行了。

他有些狼狈——作为一个军人，就更狼狈了。通信员把卫生纸递给我，我把他那只撑在前面的手上的尿渍擦干净，他的屎没有拉完，有一截屎还挂在屁股上，我把它弄掉，帮他把屁股擦干净。冷风从厕所下面灌上来，割人的手。他的屁股冷得像一块冰。我想把他扶起来。但他身体的姿势已经固定了。通信员背着脸，远远地站着，他有些害怕。我把他抱起来，他的头放在我的肩上。他的脸挨着我的脸，有些冰凉。我叫通信员过来帮我把他的大衣脱下来，铺在地上。通信员的脸发白，手有些发抖。如果不是我在那里，他早就逃开了。但他得执行我的命令。他把大衣铺好后，我把他放在上面，我赶紧为他做人工呼吸。他的嘴唇发紫，发凉，脸上已没有血色。通信员也不害怕了，他过来，慢慢把他的身体弄直，帮我压他的胸腔。我看见通信员在流泪。他和我一样，都感觉杨副连长已经没救了。

武军医进来了。他一看，就说没救了。我对他吼叫道，你胡说，就三四十分钟时间！

他又用听诊器听了听他的心跳。说，连长，的确是没救了。

我颓然地蹲在杨烈的身边，对武医生吼叫道，你不是天天嚷着要救人吗，好不容易有个需要你救的人，你却一点办法也没有。

武军医看着我，说，真是对不起。

通信员一听，哭出了声。

我对武军医说，来，你来帮我一把，把他扶起来，我把他背出去。我的声音突然变沙哑了。

武军医说，我来背吧。

我说，他是来向我报到的，还是我来背。

我把杨烈背到了荣誉室，让他在桌子上躺好。

——严格地说，他还没有来向我报到，他还不算天堂湾边防连的人，但他是在这里牺牲的。他是为了到这里来任职牺牲的。他是我的战友。他至少应该算是因公牺牲。

但是，我想强调的是，不管怎么说，他还不是天堂湾边防连的人，他的死与天堂湾边防连无关。这一点非常重要。不然，我们"授称"的事就会泡汤，而这比什么都重要。

我希望——也相信团里和防区能妥善处理这件事情，化腐朽为神奇。事已至此，不这样做，又能怎样？

中校营长徐通

我那天正在边防营营部的窗前看山，陈向东拨通了我的电话，听到电话铃声时，我习惯性地摸了摸自己的秃顶，又摸了一把冒出来的和针尖一样扎人的络腮胡，说，但愿没啥事。

我和陈向东差不多，一当兵就在高原，一晃已经二十一年了。自从两年前团里传出我有可能当副团长时，我就在天天祈祷平安无事。因为我觉得自己老了，在高原上折腾不下去了。我已把自己的血肉之躯捶打成一块粗糙的石头了，而现在，这块石头已被岁月侵蚀得和泥土一样松软，也就是我们平常所说的风化石了，已经经不起高原这双大手的揉搓。还有我的老婆，当年如花似玉的小娘儿们，已在团部低矮的家属院里熬成了黄脸婆。不断有我老婆和谁谁谁有一腿的传言越过一重重高拔冰凉的雪山传到我的耳朵里，开头我还很生气，后来我知道，这肯定是胡说。作为一个男人，我给这个女人的太少了。我和这个女人在一起的日子掰着指头都可以算过来。我们之间的一切都是匆忙的，匆匆地认识，匆匆地相爱，匆忙地结婚，每次从高原下去，和老婆匆匆地睡觉，我和她一干那个事就头疼欲裂。我老婆曾经鼓足勇气，到过这海拔四千多米的营部，但高原反应差点要了她的小命。我爱自己的女人，这爱使我愧疚得要命。这愧疚把我爱的甜蜜冲刷得一干二净，对于我来说，那爱的确太遥远，又太新鲜了，自从她出现在我生命中之后，我就没有好好地享受过。我的爱冰封在那里，如同冰封在亘古雪山上的时光。我觉得时光不会陈旧，爱也就不会陈旧。我想下山多待一些日子，使自己的身体与平原适应了，好好照顾自己的老婆和已十三岁的白痴儿子。

听完陈向东的汇报，我觉得自己这张黝黑的老脸凝重得像高原的岩石，右脸的肌肉抽搐了几下。我心情沉重地说，我知道了，我马上向团里汇报。

放下电话，我晃了晃自己的脑袋，似乎想确认刚才是不是接过那个不吉利的电话。因为这个刚从军校锻打出来的像钢坯一样经得起摔打的小伙子是昨天下午来向我报到的，我今天一大早才送走他。

我望了一眼窗外的雪山顶，夕阳开始在山顶凝结。我想起了杨烈昨天晚上来向我报到的情景。

他们来到营部已是傍晚。我只是象征性地去看望了他。因为我太疲惫了，我刚从边防连队回来，就接到了一位战友从团部打来的电话，说我儿子又揍了他母亲一顿，把他母亲一根肋骨打断了，他母亲现在躺在团卫生队的病床上。我把电话打给我老婆，我老婆瞒着我，说自己不小心摔倒了，没啥事。我假装相信了。放下电话后，我关上门，痛哭了一场。

这时，通信员在门外喊报告。我抹干泪，说，进来。

营长，学员排长们到了。

知道了，我这里还有点好茶叶，你给他们泡杯茶。我把茶叶递给了通信员。通信员转身走到门口，我又说，排长就是排长，什么学员排长，谁叫你这么叫的？

通信员立正站住，说，营长，我知道了！

我望了一眼窗外的雪山顶，夕阳的余晖使它看上去像香格里拉那金字塔形的圣山。它的光芒瑰丽、圣洁而又柔和。记得我刚来营部当副营长时，为了随时看到这座无名冰山，我特意开了一扇朝向它的窗户。我的办公桌和床一年四季都对着它。我就这样面对它，已经整整七年了。

今天的夕阳和昨天的一样绚丽，好像没有区别，好像时光还停留在昨天那个平凡的时刻。

我挂上微笑去见杨烈他们三个。他们一见我，就霍地站起来，向我敬了一个过于标准的军礼。这三个刚从军院的炉火中锻炼出来的军人，举手投足都挟带着钢铁般的铮铮声响，似乎可以感受到他们筋骨间透出的力与光，而那个杨烈——可能是这个名字很响——给我的印象最深，其他的两个小伙子，说句实在话，我当时还没有记住他们的名字。后来我知道，一个叫吕家禾，一个叫任自立。

我一见他们就很喜欢，自己当年也有这股劲头，杨烈要报告什么，我笑

225

着挥了挥手，说，你请坐，你们都坐，我是营长徐通，我已知道你了，杨烈，北方陆军学院特种兵专业的高才生，你们学院的典型。我说完，又把目光转向其他两位，还有你们，你们到高原来，得准备受苦了。

营长，我已经做好了一切准备，你放心吧！杨烈说。

我用手拍了一下他的肩膀，说，我们都是边防上土生土长的土包子，跟山大王差不多，你们是从正规军校毕业的，一定会给我们带来不少新气象。自你们踏上高原的第一步起，我们已经在一起战斗和生活了，有什么困难尽管跟我讲。

现在还没有什么困难，以后有困难肯定会找您的。吕家禾说。

这里的海拔是四千一百米，有没有感到难受啊？

有一点，但还没有觉得难受。任自立说。

我已经叫炊事班给你们做饭，你们吃了饭，好好睡一觉。在这里，能吃能睡就是最大的福气，刚上高原，尽量少活动。

多谢营长关心！杨烈说。

我和他们的谈话就只这么多。杨烈牺牲的当天，我给吕家禾打电话，想问一下杨烈在上高原的路上的情况，他跟我说，杨烈在营部的食堂强咽下那种有些夹生的米饭，刚走出食堂，就全部呕吐出来了。这使他感到十分狼狈，到了简陋的招待所，他只好泡了一包自己带来的方便面，没想吃下去之后，也吐了出来。他感到有些羞耻。他原以为自己强健的身体更能抵抗高原反应，现在看来并非如此。躺在床上，他跟吕家禾说，他觉得自己的头脑又沉又空，而身体却像棉花一样柔软，好像可以随时飘起来。他试着不去吸氧，躺到床上，想早点休息。他感觉好了一些，但仍觉得自己不是躺在床上，而是躺在云彩上，那云随风飘着，不知要飘向哪里。他说身处高原，世上的一切都显得颇不真实，连无边的月光和天上的星辰都像是幻境。

我知道那种感觉，那就是既觉得新鲜，又感到害怕。无论你的身体多么青春和强健，在这个无形的对手面前，都是脆弱而渺小的。你不能做任何反抗，你只能臣服它，慢慢地适应它。

我听吕家禾说，他们是四天前的早晨六点从海拔只有数百米的团部出发，翻雪山、越达坂，颠簸三四天来到营部的，他们的身体困乏不堪，头脑却出奇地清醒，像是非要他们感受这因高原反应带来的失眠之苦。

第二天一大早，我去送他们，我对他们说，等几天我要到边防一线去，到时候我去看望大家，到时再好好聊聊。但我没有想到，我当天晚上就得到了杨烈牺牲的消息。我接到这个电话，总有些怀疑，我把电话打到天堂湾边防连，又一次进行了核实。

我非常难过，放下电话后，我在那扇面向雪山的窗前坐了好一会儿。然后，我给陈向东打通了电话，我对他说，陈连长，我想了，虽然杨烈到了连队，但他还没有向连队报到。他虽然死在赴任的目的地，但还是算死在路上。这件事与天堂湾边防连无关，记住，这一点非常非常重要，我也会跟团里强调这一点。

中尉干事凌高排

我是昼夜兼程，跑了三天三夜赶到天堂湾的。到黑卡兵站的时候，老万刚好返回到那里。团里考虑到去天堂湾的路太险，便让老万接替送我上来的老兵拉我前往。

老万说他和我一样，也不相信杨烈已经牺牲了。我们在路上都不想说话。周围的风景都是白色和灰褐色的。它们交替闪现，令人窒息。

我在路上还可以眯一眯，老万却只能一直瞪着一双眼睛，跑到连队，他眼睛像吃了死人肉一样发红，眼圈也发黑了。我让他赶快去休息，但他执意去看望了杨烈，为他鞠了三躬，然后摸出一瓶白酒来，敬了三杯，吃了一碗面条，就去睡了。

我心里虽然一直想着杨烈，但还是感受到了高原反应的厉害。我到连队后，已经感受到了生命的虚弱。我到这里才想起，部队在上山前根本没有对我们进行体检，没有看一看我们的身体是否有不适应高原的地方，更谈不上有什么适应性训练。好像我们生来就是适合上高原的。我不知道为什么没有这一道程序。杨烈的身体素质可能很棒，但也许有什么地方在近期不适合到高原去。但没人管这些。

虽然如此，但我一路上都不相信他会离开这个世界。我想证实那不是他。

但是，当我揭开床单，看到他的遗容后，确认他就是杨烈。我的战友杨烈的确牺牲了。我不得不面对这个事实。

荣誉室四周的墙上挂满了各种荣誉和首长的题词，最老的一面锦旗是一九三一年的。他身下的桌子是专门为首长题词用的，上面铺着毛毡，毡子上还有几点墨迹。现在，他摆在那里，也像一幅题词。

通信员搬来个小凳，把一支蜡烛拿出来点着，然后用打火机把另一头烤化了，让它凝在凳子上。那种红色的蜡烛是连队在晚上停电后用来照明的。

我对通信员说，你去让炊事班烧点热水，我给他擦擦身子，换上衣服，这家伙爱干净。

通信员很听话地去了。

我看着杨烈，握住他的手。他的手并不冰凉，似乎还有一点点暖意。我的眼泪突然涌了出来。

我虽然不是第一次面对死亡，但他的死亡尤其真切。我感到它那么近，近得一伸手就可以抓住。

他的背包还没来得及打开。

他的遗物不多：一床被褥、两条枕巾、两条床单，洗漱用具和日记本放在他的黄挎包里；黑色的皮箱里则放着他的两套军装，一套迷彩服、一套作训服，还有十多本图书、几沓信件。

通信员端来了热水。他的身体没有我想象的那么僵硬。我把他满是尘土和汗渍的衣服脱下来，小心地把他的身体擦干净，为他换上干净的衣服。

他的肩章已经有些脏了，我给他换了一副新的学员肩章。但我马上又取了下来，我想他应该是中尉了，便到武军医那里找了一副中尉肩章，为他换上。我用他的另一条床单把他盖好。当我要把他的脸盖上时，我忍不住抽泣起来。

——他是杨烈中尉，是永远年轻的杨烈中尉。

金色的肩章衬托得他的脸成熟了许多，也有了几分生气。

然后，我们把他放进战士们临时用床板做的简陋的棺材里。

连队的战士有些怕他，我说他这个人对你们来说，虽然是个陌生人，但安静得很，从不给别人添麻烦的。

在天堂湾的那个晚上，我在设在荣誉室的灵堂里一直陪着他。红烛的光把荣誉室照得跟婚房似的。连队的战士在他跟前摆放了各种祭品：有几盆蒜苗、洋葱、吊兰——这里只能养活这些植物，有糖果、瓜子、香烟、米饭、羊肉，还有一袋氧气和老万那瓶还没有倒完的酒。

在这个荣誉室里，我看到一九四九年前的好几项荣誉都和一个叫凌老三的前辈有关。我就说，凌老前辈，你看你，你怎么也不保佑一下我的战友杨烈啊……

外面是满地的月光。这个海拔五千三百二十五米高的地方似乎因为离月亮更近，它比我在高原下看到的月亮要大很多。夜晚异常寂静，似乎可以听见月光透过洁白的云朵流泻到地面的声音。似乎可以听见白天还没有完全融化的地面再次结上冰霜的声音。哨兵在外面走动着，大头皮鞋踩在冰霜上，咔嚓咔嚓直响。

最响的是老万的呼噜声，他到连队后一躺下去就没有醒。他的呼噜声像一辆发动着的拖拉机，一直在连部轰鸣着，夜晚的寂静使他的鼾声更加响亮，使那条原本一直待在连部走廊里的狗"猹猹"叫着，急得在走廊里转圈子，咬自己的尾巴。最终忍受不了，挤出门，逃到外面去了。

后来我知道，老万每次到连里来都是吃点东西，见到一张床倒头就睡。然后，连里的人就会把他抬到东南角那个远离众人的招待室里。但那天，他们却没有抬走他。因为那个通信员说，他一闭上眼睛，就觉得杨排长坐在他的床沿上，微笑着，用手抚摸他的头。连长说他扯淡，但他这一说，大家心里都有些发怵了。那晚，连里一直点着蜡烛，而老万的鼾声正好为大家壮了胆。

通信员在荣誉室里为我放了一张床。我当晚就睡在那里。我知道这家伙，他就是变成了鬼，也是个笑眯眯的善良鬼。我倒希望他真的能变成什么，他肯定还有很多话要对我说，要我转告。高原反应令人痛苦，我吸了几口氧，那种痛苦并没有缓解多少。我躺在床上，像个重症患者，一会儿望望窗外夜色中的月光，一会儿又望一眼躺在白布床单下的他——他喜欢蒙头睡觉——我多希望他真的只是睡着了，多希望听到他像女孩子一样恬静的鼾声。

遍地月光和哨所周围的雪光相互辉映，月光透过窗户，把屋子照得格外亮堂。我看着那被窗框分割的月光说，杨烈，你还没有来得及看到这么亮、这么大的月亮呢。

我一边陪着他，一边想着怎么写这个关于他死因的调查报告。说句实在话，我不想按真实的情况来写，这样的结果会让他的死格外滑稽，像在说一个玩笑。因为这个真实的情景是没有人会相信的。假如我对别人说，我的战友杨烈一泡屎把自己拉死了，谁会相信？他们一定会说我在拿战友的死亡开玩笑，玩幽默，别人看我的目光肯定会和看一个神经病、看一个疯子、看一个心理变态者一样。

但真正的原因就是这样。

而真实在这里反而不能令人信服。这可能就是我希望说谎的原因。

我希望睡意尽快来临。我希望早点进入梦境。这时，梦境也许是我和他交流的唯一通道。我希望他能在梦里告诉我，怎么向他的父母、亲人和朋友交代。

我在天堂湾边防连调查到的情况就那么多。杨烈虽然死在了天堂湾，但全连在他生前和他打过交道的，也就连队的驾驶员吴志杰和通信员虘小兵。他还没有来得及喝这里的一口水，吃这里的一口饭，没有看到这个连队的荣誉，也没有看到这满地的月光，他只感受了这里的高原反应——它像一柄利刃，猛地刺中了他的要害，使他连把自己体内的秽物排完都没来得及——他在这里唯一的一件事情都没能做完。

虽然我很疲惫，但要睡着却很难。我从简易行军床上爬起来，开始整理他的遗物。我翻了翻他的日记。这是一个很精美的皮质封面的日记本。他是从读军校第二年开始记的，他的日记都记得很认真，字迹十分工整，有些日记是用英语写的，要么是汉语中夹杂着英语的句子。从日期上看，并不是每一天都记。我浏览了一下，觉得这些日记更像是他写给恋人的情书。我知道有一个叫袁芳宁的女孩子一直喜欢他。但这些情书却是写给 L 的。而这个 L 是谁？他从来没有给我讲过。如果这些日记里是谈人生、谈理想、谈荣誉、谈自己作为军人的责任和使命，组织上也许还用得着，说不定还可以把他的典型事迹进一步放大，并出版一本《杨烈日记》供大家学习。但他日记里的内容过于私密，组织上看了，只会影响对他的评价。我把这个日记本拿出来，放进自己包里，想着以后有机会了，交给他的父母。

他的信主要是袁芳宁写给他的，其次是他堂姐写给他的最多。余下的就是他父母、同学和亲戚写的。从邮戳上看，最近的一封信是他父亲十九天前寄给他的。那时他还在军校。但有一沓信比较奇特，一看就是他写的，每个信封上都写着"L 收"。这些信从一写好就没有想着寄出。我就想，这个 L 一定是他暗恋的人。如果是情书，最好也交给他的父母。而袁芳宁的信，最好退还给她。我把这两沓信挑出来，也放进我的包里。我是他的朋友，我觉得这样处理是无可厚非的。

做完这些事情，我终于有了倦意。我望了一眼外面天鹅绒一般的蓝色夜空，望了一眼月光笼罩的雪山，准备迎接梦境的到来。

我惊异于高原的暮色。惊异于它竟能把如此众多的、高拔的山脉笼罩起来。月亮还没有升起来，暮色显得格外浓厚，像厚厚的金丝绒幕布，连那些永生永世的雪山也看不见了。

我睡得很浅，还像在军校一样，我总会注意杨烈是不是会蹬被子。我每次迷迷糊糊地睁开眼睛，看到的却只是那副简易的棺材。

那一夜我脑子里很乱，但我记不起梦见过什么。杨烈并没有打扰我。这令我有些忧伤。我伤感地想到，他的灵魂可能已经走远了，我陪伴的，只不过是一副躯壳，一个皮囊。

连队的官兵看我的眼神有些奇怪，好像我是从坟墓里爬出来的，好像我是被吸血鬼吸过血的人。

武军医过来拍了拍我的肩膀，说，佩服。

我说，杨烈是我的好朋友，我能陪他的机会已经很少了。

老万一边擦着手，一边有些抱歉地对陈向东说，陈连长，你昨晚怎么没把我抬走啊，搞得你们没有睡好，看你们眼睛里都是血丝。

这时，大黑有些幽怨、困乏地从外面挤进来，在一个角落里蜷缩好，准备补觉。

陈连长蹲下来，摸了摸狗头，说，昨晚，除了大黑，大家都想听到老万的鼾声。

231

少校股长吴维

我得到杨烈死亡的报告后，逐级上报，莫不震惊。同时，关于杨烈是属于因公牺牲还是亡人事故的问题马上摆在了各级首长的面前。这个问题不能定性，杨烈的后事就不好处理。

防区政治部主任接到这个名为《关于边防 T 团天堂湾边防连副连长因高原反应猝死事故的报告》后很是恼火，因为那个报告上，就这个问题的最基本的解决方案都没有。看起来是要等待进一步调查，很是郑重其事的样子，其实，是把责任推给了上级，也可看出边防 T 团班子是不团结的，而这种不团结，上级一般会想到是老政委容不下新团长，但实际情况并非如此。

从一开始，这个问题就在团里形成了两种观点，一是上任才半年多的团长陈雷中校认为，好端端一个军校学生刚到连队就死了，属于团党委对刚上高原干部的高原生存训练教育不够重视，正是杨烈连一些高原生存的基本常识都不知道，才导致了他如厕时的猝死，从而给全团工作造成了重大的损失，特别是给天堂湾边防连授称一事带来了不可挽回的影响。

政委李德辉有些生气，但他决定让他们先闹腾去。他说，我们要把擦脸油变成屎抹在自己脸上，的确需要勇气，但上头可不一定同意往他们脸上抹啊。我先不发表意见，你们就按你们现在的意见报上去看看吧。

就这样，副司令员在那份报告上批示道，报告名应改为《关于边防 T 团天堂湾边防连副连长在任职途中因高原反应猝死事故的报告》，其死是否定为事故，请团党委酌情调查后再报。

于是，T 团就这个问题再次召开常委会。李德辉首先发言，杨烈的牺牲使我感到十分悲痛。死者无罪，他是我的部下，更是我的战友，我们不应该拿这件事来做文章，延误时间，让死者灵魂不得安宁！我们部队表面上看是在戍边，实质上是在与高原战斗，虽然看不见烽火硝烟，听不见枪声炮声，但自踏上高原的第一步起，踏入的就是一个残酷的战场。这一点，团长原来一直待在机关，可能感受不到，但半年的时间过去了，现在应该有所体会。

他喝了一口水，傲视了诸位一眼，继续说，杨烈同志的牺牲，涉及各个方面。当然，首先涉及死者，虽说死者长已矣，但他是死在边防一线的，任何一场战斗都会有最先死去的战士，我们不能说他死得早，没有参加更多的战斗，就说他是白死的。而且，无论从道义上还是良心上来说，这件事情都不能按事故来处理，因为他还有亲人，我们应该在力所能及的情况下给他的亲人一些安慰。在座各位每年都要上下高原无数次，谁敢保证自己次次平安无事？如果我们都因为什么新的治军理念，给你们也来报个事故，你的亲人会不难过吗？其次，这涉及我们团的荣誉，我们可以不图虚名，但已有的荣誉我们应当维护。所以，杨烈不但要定为因公牺牲，还应该争取被评为烈士。

谁都可以听出来，李德辉上校嘴里吐出的每个字都是有力的，都是指向团长陈雷的。他说完后，不动声色地喝了一口公务员刚刚泡上的龙井茶。

但陈雷不会就此罢休，他说，政委讲得非常好，不愧是老边防了，我同意政委的意见。通过这件事情的处理，我们都要学习政委顾全大局、考虑周到、遇事沉着冷静的工作作风。但我依然认为，这件事应该定性为事故，因为我们要遵循实事求是的原则，要反对弄虚作假。只有这样，我们才能严肃军纪，减少此类事故的再次发生！这件事究竟怎么定性，我认为我们应当发扬民主，少数服从多数，我建议举手表决。同意定性为事故的请举手。

每个人都明白，这个时候是不是该举手。政委虽然是他们的老领导，但马上就要走人了；政委走后，团长无疑就是团里的权威，以后的一切都得仰仗他了。九个常委中，有五个是政委提拔起来的，政委扫了他们一眼。没想那五个人首先把手举了起来，然后余下的两个人也举起了手。团长看了一眼大家，说，好，很好！既然已经有七个人同意这件事按事故来处理，我就不举手了。我其实是同意政委的意见的，但是呢，我得尊重大多数人的意见。

图书在版编目（CIP）数据

哈巴克达坂 / 卢一萍著. -- 北京 ： 中国文史出版
社，2022.11
　（锐势力·名家小说集）
　ISBN 978-7-5205-4010-0

　Ⅰ．①哈… Ⅱ．①卢… Ⅲ．①中篇小说－小说集－中
国－当代②短篇小说－小说集－中国－当代 Ⅳ．I247.7

中国版本图书馆 CIP 数据核字 (2022) 第 251266 号

责任编辑：胡福星　全秋生

出版发行：中国文史出版社
地　　址：北京市海淀区西八里庄路 69 号　　邮编：100142
电　　话：010－81136602　　81136603　　81136606（发行部）
传　　真：010－81136655
印　　装：北京温林源印刷有限公司
经　　销：全国新华书店
开　　本：787 毫米×1092 毫米　　1/16
印　　张：15
字　　数：238 千字
版　　次：2023 年 5 月北京第 1 版
印　　次：2023 年 5 月第 1 次印刷
定　　价：58.00 元